순교자

THE MARTYRED
by Richard E. Kim

This Korean edition was published by Munhakdongne Publishing Corp. in 2010
by arrangement with Penelope G. Kim c/o Cynthia Cannell Literary Agency
through KCC(Korea Copyright Center Inc.), Seoul.

세계문학전집
041

Richard E. Kim : The Martyred

순교자

김은국 장편소설

도정일 옮김

문학동네

'이상한 형태의 사랑'에 대한 그의 통찰이
나로 하여금 한국 전선의 참호와 벙커에서의
허무주의를 극복할 수 있게 해준
알베르 카뮈에게

차례▐

순교자　　　11

그리고 신성한 밤이면 나는 이 엄숙한 대지, 괴로워하는 대지에 내 가슴을 맡기고, 운명의 무거운 짐을 진 이 대지를 죽을 때까지 충실하게, 두려움 없이 사랑하며 그의 수수께끼를 단 하나도 경멸하지 않을 것임을 약속했노라. 그리하여 나는 죽음의 끈으로 대지의 품에 들었노라.

— 횔덜린, 「엠페도클레스의 죽음」

1

1950년 6월 어느 이른 아침 전쟁이 터졌고 북한 인민군이 수도 서울을 점령했을 무렵 우리는 인류문명사 담당 강사로 재직했던 대학을 이미 떠난 뒤였다. 나는 육군에 들어갔지만 박 군은 당당한 해병대 전투복이 자기 기질에 맞다면서 그쪽으로 지원했다. 전쟁 초기, 초급 장교들이 빠르게 전사해갈 때여서 우리는 짧은 기간 훈련을 받고 실전을 경험한 뒤 장교가 되었다. 우리는 살아남았으나 둘 다 부상당했다. 나는 대구 방어전투 때 박격포탄이 스치는 바람에 오른쪽 무릎을 다쳤고 박 군은 인천 상륙작전 후의 서울 탈환전에서 왼쪽 팔을 저격당했다. 우리는 얼마 동안 입원해 있다가 훈장을 받게 될 것이라는 말을 들으며 서로 다른 임무를 받고 다시 군에 복귀했다.

당시 중위였던 박 군은 동부 전선의 전투부대로 돌아갔지만 나는 원래 소속했던 대전차對戰車 중대로 복귀하지 않았다. 내가 대학 강사였다는 사실이 어떻게 우연히 알려져 육군 특무대로 전속됐기 때문이다. 부산에서 퇴원한 후 나는 곧장 서울로 보내졌고 거기서 육군본부 정치정보국의 한 과를 맡으면서 조직 편제에 따라 대위로 가진급했다.

그해 10월 둘째 주, 유엔군은 북한 수도 평양을 점령했다. 우리는 평양으로 파견대 본부를 옮기고 회색의 우중충한 4층 대리석 석조 건물 하나를 차지했다. 내 사무실은 3층에 있었는데 거기서 밖을 내다보면 장로교 평양 중앙교회의 부서진 잔해가 눈에 들어왔다. 이상한 우연이었다. 그것은 박 군의 아버지가 근 20년간 목사로 있었던 교회였다.

박 군의 아버지에 대해서 나는 별로 아는 것이 없었다. 나와는 친한 사이였지만 박은 자기 아버지에 관한 얘기만은 좀체 입 밖에 내지 않았다. 그럴 만도 했다. 아버지는 박을 아들로 인정하지 않았고 박 군도 아버지를 거부했기 때문이다. 인정받지 못한 아들의 말에 따르면 박 목사는 '광신적인 사람'으로서 '독선과 과장된 믿음과 신에 대한 집착(그 신도 아버지 못지않게 집착에 찬 신이라고 박은 생각하고 있었다)으로 밤낮없이' 그를 '괴롭혔다'는 것이었다. 동경에서 대학을 마치고 돌아오자 박 군은 무신론자가 되었고 그를 키워온 기독교 신앙을 내던졌다. 그러나 박 목사가 어느 일요일 아침 교회 설교단에 서서 신도들을 향해 자기 아들은 악마의 손에 넘어갔다, 그런 아들과 세속의 모든 연을 끊어버린 자신을 용서해달라고 하나님께 빌었다, 등등의 말만 하지 않았어도 박 군이 아버지를 거부하지는 않았을지 모를 일이었다. 전쟁이 터지기 10년 전쯤의 일이었다.

박 군은 자기 아버지가 평양에서 행방불명이 됐다는 사실을 알고 있었다. 그걸 알려준 건 나였다. 평양으로 온 지 얼마 안 되어 나는 박 군에게 그 사실을 알렸는데, 그렇게 한 것은 그때의 내 마음이 워낙 들떠 있었던 탓이었다. 평양 입성의 기분은 좋았다. 처음 몇 주 동안 나는 우리 군이 점령한 적의 수도에 내가 와 있다는 것이 신기했고 그 느낌에서 오는 흥분과 평양 시민들이 보여준 뜨겁고 열렬한 환영 때문에 기분이 상당히 들떠 있었다. 내 동료 장교들 중 상당수가 평양 출신들이었다. 그들은 평양 입성의 기분 좋은 정서적 혼란 속에서 그곳의 가족, 친척, 친구들을 붙들고, 그리고 얼핏 보아 낯익은 듯한 사람이면 아무나 붙잡고 멜로드라마 같은, 그러나 가슴 뭉클한 재회의 장면들을 연출하고 있었다.

나는 평양에 워낙 아는 사람이 없어 내심 동료 장교들이 은근히 부러웠다. 내가 박 군의 아버지를 만나보고 싶다는 충동을 느낀 것은 그 무렵이었다. 사실 그를 찾아갈 구실은 하나도 없다는 걸 나는 알고 있었다. 나는 박 목사를 만나보러 가기 위한 온갖 방법들을 궁리해보았지만 막상 그의 집 대문을 두드리고 들어가서 내가 목사님 아들의 친구요, 하고 나를 소개해야 할 장면을 떠올리면 이상한 두려움에 붙들리곤 했다. 그러고 있던 차에 나는 박 목사가 전쟁 발발 직전 공산당 비밀경찰에 체포되어갔다는 사실을 알게 되었고 '수 미상의 북한 기독교 목사들'이 실종됐으며 '빨갱이들에게 납치당한 것으로 보인다'는 육군 정보당국의 공식 발표가 나왔을 때 부끄러운 얘기지만 나는 되레 안심이 되는 듯한 느낌이었다. 그래서 나는 박 목사의 실종 사실을 장문의 편지에 적어 박에게 알렸다. 그러나 그가 보내온 답장에는 자기 부대가 어떻고 부하들이 어떻고 하는 엉뚱한 얘기들만 잔뜩 쓰여 있었고 심지어는 자신의 장래 계획에 관한 얘기까지도 적혀 있었지만 자기 아버지에 대해선 한마디 언급조차 없었다.

길 건너 교회의 종이 뎅그렁 울렸다. 나는 창문을 열었다. 11월의 청백색 하늘에서 불어오는 차가운 바람이 폐허의 비탈을 쓸어내리면서 여기저기 어지러운 눈가루를 뿜어 올려서는 총탄 자국으로 얼룩진 평양의 회색 건물들에게로 몰아붙이고 있었다. 자기네 집들의 무너져 내린 폐허를 파 헤집고 있던 사람들은 종소리를 듣자 일손을 멈추었다. 그들은 허리를 펴고 일어나 비탈 위의 거의 다 망가져 폐허가 된 중앙교회를, 그리고 십자가를 꼭지에 이고 회색의 시체처럼 솟아 있는 종루를 올려다보았다. 그들은 종소리가 전해주는 비밀의 메시지를 알아듣기라도 한다는 듯 서로 바라보고 있었다. 나이 든 여자 몇몇은 땅 위에 무릎을 꿇었고, 남자 노인들은 개가죽 모자를 벗고 머리를 숙였다.

종소리가 그쳤다. 사람들은 매일 그랬던 것처럼 소리 없이, 그리고 누가 뭐래도 신경 쓸 것 없다는 듯이 다시 일손을 움직이기 시작했다. 평양에 들어오던 날부터 나는 이 사람들을 지켜보았다. 나는 때때로 그들이 폐허 더미에서 부서진 가재도구를 파내는 것도 보았고 때로 시체가 나오면 소리 없이 손수레에 실어 치우러 가는 것도 보았다. 그런 다음 그들은 다시 벽돌과 널빤지와 콘크리트 더미 속을 계속 파 헤집었다.

　나는 창문을 닫고 책상으로 돌아왔다. 방 한쪽 구석의 불룩하고 녹
슨 석탄 난로가 꽤 열을 내뿜고 있었지만 나는 의자에 앉으면서 으스
스 몸을 떨었다. 어떤 차가운 손길이 뭉클한 붓끝처럼 슬그머니 내 목
덜미에 와 닿기라도 한 것 같은 느낌이었다.

　박 군의 아버지는 이미 죽은 후였다. 나는 그의 죽음을 방금 부대장
으로부터 전해 들었다.

2

육본 파견대 정치정보국장 장 대령이 그의 4층 사무실로 나를 불렀다. 그는 허름한 상들리에 밑의 자기 책상 회전의자에 앉아 있었는데 내가 그의 책상 앞으로 가서 섰을 때까지도 알은체를 하지 않았다. 그의 부하들은 그가 이런 식으로 부하를 세워놓고 가끔 5분씩 기다리게 하는 버릇이 있다는 것을 잘 알고 있었다. 그는 키가 작달막하고 번들거리는 대머리에다 큼지막한 주먹코가 작은 면상을 온통 차지하고 있는 40대 후반의 사내였다. 그는 회전의자에 앉아 앞뒤로 몸을 흔들면서 안경 너머로 나를 쏘아보았다.

파견대 본부의 하급 장교들은 장 대령을 대단한 존재로 여기고 있지는 않았으나 그가 성미 까다로운 인물이라는 것만은 모두 인정하고 있었다. 정보부대에서는 대장의 신상기록을 비치하지 않는 것이 관례

였기 때문에 그의 과거는 알 수 없었다. 그를 경멸하는 축은 그가 태평양전쟁 때 일본군 하사관을 지낸 사람이라 했고 그를 싫어하는 축은 그가 중국에서 돈을 긁어모은 악명 높은 군인이었다고 말하는가 하면 이러나저러나 상관없다는 자들은 그가 일개 직업군인에 불과하다고 평가했다. 모두들 그가 별을 바라보고 있을 거라는 생각은 하고 있었지만 그가 어떻게 그처럼 젊은 나이에 대령 계급장까지 달게 됐는지 정확히 아는 사람은 없었다.

한참 만에 대령은 앉으라는 손짓을 해 보인 다음 흔들어대던 의자를 멈추고 엄숙한 어조로 말했다. "실종된 목사들에 대한 조사를 시작해줘야겠네."

"네에?" 나는 속으로 움찔 놀라며 반문했다.

그의 엷은 입술 끝이 말려 올라갔다. "목사들이 실종됐다는 얘기는 알고 있지? 우리 방첩대가 빨갱이 몇 놈을 잡았는데 이자들이 목사 실종 사건과 관련이 있다는 거야." 그는 책상 위에 어지럽게 널려 있는 서류들을 뒤적이며 말했다. "전쟁 나던 날 모두 총살됐다는군."

"집단 처형이군요."

그는 분노가 담긴 시선을 내게 던지더니 목소릴 돋우었다. "집단 살인이라고 해야지."

"그렇겠군요."

"그런데 한 가지 문제가 있어. 방첩대 조사가 서로 어긋난단 말야. 살해된 목사들의 숫자를 정확히 알 수가 없단 말일세."

"그럼 모두 죽은 건 아니란 말인가요?"

"아냐, 아냐. 그런 얘기가 아닐세. 좌우간 어떤 정보로는 죽은 목사가 열네 명이라 하고, 어떤 정보로는 열두 명이라는 거야. 그런데 재수 없게도 그 두 가지 정보를 더 이상 추적할 수 없게 되었단 말일세. 우리 방첩대가 좀 성질이 급했어."

"잡은 빨갱이들을 모두 죽여버린 건가요?"

장 대령은 내 질문에는 대답하지 않았다. "자, 목사가 열네 명이었는데 모두 총살당했다고 치자. 그런데 이 사실을 확인할 만한 정보 출처를 우리가 찾아내지 못하면 이 사건엔 아무 증인도 없는 것이 되네. 우리가 할 수 있는 얘긴 그저 열네 명이 살해됐다는 것뿐이고."

"그러나 아무 증인도 증거도 없다면 목사들이 살해됐다고 말할 수 없을 뿐 아니라 몇 명이 죽었다고도 말할 수 없지 않겠습니까. 그저 숫자 미상의 목사들이 실종됐다고밖에는 말할 수 없을 것 같은데요."

"과연 그 점을 지적해주는군, 대위. 난 자네가 바로 그걸 찍어낼 줄 알았어. 그래서 자네한테 이 사건을 맡기려는 거야. 육군본부 정보처장한테서 조금 전에 전화가 왔는데 이건 우리 정치정보국 소관 사항이라는 거야. 나로선 반대 의견을 제시할 수가 없었네."

"훌륭한 선전 자료가 된다는 얘기군요. 이건 공산주의자들이 저지른 아주 중대한 종교탄압의 경우로서 국제적 중요성, 특히 미국에서 큰 중요성을 가질 만한 사건이다, 그런 뜻이죠? 달리 말하면 기독교 순교사에 들어갈 한국의 장章을 전 세계에 보여줄 수 있게 된다는 거고요."

"그만하게, 그만해. 난 아직 아무 지시도 내리지 않았어." 장 대령은 짜증 섞인 투로 말했다. "자, 본론으로 들어가지. 이건 간단한 산수 문제야. 원래 잡혀간 목사들이 14명이라 치고, 그중 12명만 총살당했다는 정보를 일단 고려할 경우 두 명은 살아남았을 가능성이 있다는 얘기지, 안 그런가?"

"물론입니다."

"지금 생존해 있는 북한 기독교 목사들을 이 시점에 하나하나 점검해볼 순 없는 일이야. 헌데 한 가지 흥미로운 일은 빨갱이들에게 잡혀 투옥됐던 목사 두 명이 지금 평양에 살아 있다는 것일세. 우리가 평양을 점령했을 때까지도 그들은 감방에 갇혀 있었어. 아무리 가정법을 발동한대도 이건 정말 흥미로운 우연이 아니겠나?"

그렇게 말하는 그의 태도로 보아 나는 그가 지금 말하고 있는 것 이상으로 문제의 두 목사에 관해 알고 있는 것 같다는 인상을 받았다. 아마도, 말하는 도중에 돌연히 빛을 발하기 시작한 그의 눈초리 때문이었거나 아니면 그의 벗어진 머리가 한쪽으로 갸우뚱 기우는 모습 때문이었을 것이다.

"그래 그 가능성을 어떻게 생각하나?"

"말씀하신 대로 아직은 가설의 단계지요."

그는 내 답변에 만족한 눈치였다. "좋아, 이제부터 자넨 그 살아남은 두 목사를 찾아가서 만나보고 우리 문제를 얘기하게. 신 목사와 한 목사야. 조심조심 다루어야 하네. 내가 기독교인들을 함부로 다루고 있다는 인상은 주고 싶지 않으니까. 요즘 우리나라에선 기독교인들의 영향력이 대단해." 그는 엷은 미소를 지으며 말했다. 그러고는 잠시 멈추었다가 망설일 것 없다는 투로 말을 계속했다. "요샌 기독교인 아닌 사람이 없는 것 같아. 기독교도인 체하는 게 대유행이야. 대통령에서 부터 장관, 장성, 영관급 장교들, 말단 사병에 이르기까지 말일세. 군대에 기독교 군목이라는 것까지 있잖아? 미군 고문관들을 즐겁게 해 주느라고 말야. 자넨 내 어려운 입장을 알겠지?"

"알겠습니다."

"문제의 목사 두 사람이 집단 살해사건과 직접 관련이 있다거나 당초의 처형 대상에 올랐던 사람들이란 얘기는 아니야. 또 나로선 그들이 어떻게 해서 운 좋게 살아남았는지 의심해볼 생각도 없어. 객관적 정보 분석의 입장에서 보면 그들이 살아남은 이유를 의심해보는 것이 나로선 당연하고 마땅한 일이긴 하겠지만 말야. 그들이 요행으로 살아남았다는 사실을 일단 명심하게, 대위. 그러나 어찌 됐건 지금 공식적으로 나는 귀관이 그들을 찾아가 공손히, 암, 공손히 물어보라는 것만 지시하고 있는 거야. 다시 말할까? 목사 집단 살해사건에 관해 혹시 알고 있는 것이 있느냐, 그때 몇 명이 살해됐는지 그 정확한 숫자만 좀 가르쳐줄 수 있겠느냐─이런 식으로 물어보란 말일세. 알아들었나?"

약간 혼란을 느꼈으나 나는 대답했다. "잘 알겠습니다."

그는 기분이 좋아 보였다. "좋았어. 자넨 바로 그 점이 맘에 든단 말야. 민간 출신들은 요렇게 미묘한 문제가 발생했을 땐 감각 한번 날카롭거든." 그는 웃으며 말했다. "아, 그중의 한 사람, 한 목사라는 친군데 아마 돌아버린 모양이야."

"상태가─좋지 않단 말씀인가요?"

그는 냉소를 담은 듯한 시선을 내게 던졌다. "내 말이 좀 상스러웠나 보군, 용서하게." 그는 자리에서 일어나 책상 위의 서류철 하나를 움켜쥐고 창문 쪽으로 걸어갔다가 큰 소리로 말했다. "용무 끝!"

교회의 종이 뎅그렁 울렸다.

장 대령의 입에서 욕설이 튀어나왔다. "저놈의 종소리 견딜 수가 있나! 밤낮으로 뎅그랑거리니 이거 원!"

"대령님, 저 교회의 목사는……"

그는 내 말을 가로막았다. "죽었어."

3

나는 본부 밖 위병소에서 운전병이 지프차를 몰고 나타나길 기다리고 있었다. 돌풍이 은색의 눈가루를 뿌리며 위병소를 쌩쌩 스칠 때마다 비탈 위 교회 종탑에서 뎅그렁거리는 종소리가 들려왔고 나는 장대령이 욕지거리를 뱉으며 주먹으로 책상을 내려치던 모습이 머리에 떠올랐다. 나는 위병더러 운전병이 오면 기다리게 하라 일러놓고 언덕배기의 교회로 향했다.

원래는 큰길에서 교회로 올라가는 골목길이 민가와 상점들 사이로 뚫려 있었다. 그러나 지금은 골목 좌우에 성하게 서 있는 것이라곤 하나도 없었다. 폭격에 부서지고 허물어진 가옥들의 폐허 더미가 골목을 메우고 있었다. '사진기점'이라 쓴 깨지고 빛바랜 나무 간판 하나가 부서진 상점 한쪽으로 기우뚱 매달려 있었다. 전차電車 한 대가 차갑고 파란 섬광을 터뜨리며 덜컹덜컹 지나갔다. 군용 지프가 잘 알아듣지 못할 소리로 확성기를 울리며 달려갔다. 길가의 삐죽 솟은 가로등 기둥에는 축 늘어진 전깃줄들이 느슨하게 매달려 있었다.

그 폐허 더미 속에서 사람들은 여전히 뭔가를 파내고 있었고 내가 비탈을 오르기 시작하자 몇몇은 일손을 멈추고 나를 쳐다보았다. 노인 한 사람이 몇 발짝 사이를 두고 내 뒤를 따라오다가 내가 교회 앞에 이르자 내 쪽으로 가까이 다가왔다. 우리는 그냥 건성으로 꾸벅 인사를 나누었다. 그는 검은색 외투를 입고 있었지만 손은 장갑도 끼지 않은 맨손이었다. 노인은 그의 흰 머리카락을 헝클어놓는 바람과 겨울 햇살 속에 눈을 껌벅거리며 서서 맨손을 비벼대고 있었다.

중앙교회는 붉은 벽돌의 자그마한 교회였다. 돌계단을 올라가면 두 줄의 후줄근한 대리석 회랑이 나타나고 그 위쪽으로 금색 십자가를 머리에 인 종탑이 서 있었다. 탑을 둘러쌌던 구조물 부분이 떨어져 나가버려 시커먼 놋쇠 종만 덩그러니 위태롭게 매달려 있었고 종에 매달린 로프가 바람에 흔들거리고 있었다. 대리석 회랑 끝에는 두 개의 흰 문이 깨진 채 활짝 열려 있었는데 문짝 하나는 경첩이 반쯤 빠져나가 금방 떨어질 듯 겨우 매달려 있었다. 열린 문 안으로 교회 내부가 흐릿하게 눈에 들어왔다. 폭격을 당했거나 포탄을 얻어맞은 듯 교회 건물의 중간 부분이 날아가고 없었다. 부서지고 뒤틀린 의자들이 멋대로 나뒹굴고 있었지만 제단만은 멀쩡했다.

한차례 세찬 바람이 노인과 나를 잠시 휘몰아쳤다. 또 종이 뎅그렁거렸다. 종탑을 올려다보니 로프가 상하좌우로 미친 듯 요동치는 것이 보였다. 내가 시선을 노인에게로 돌리자 그는 어깨를 움씰해 보였다.

"종이 왜 저렇죠?"

"종?" 노인은 껌벅대던 눈을 가늘게 뜨며 말했다.

"누구 좀 봐줄 사람이 없나요?"

"종이야 뭐 잘못된 게 있을라고요. 아무도 손대지 않아요. 바람이 불어서 종을 울리는 것입죠." 노인은 눈을 비비며 말했다.

"교회 사람들이 손을 좀 봐줬으면 좋겠는데요."

"올라갈 수가 없지요. 계단은 날아가버렸고 사다리를 쓰기도 위험해요. 탑이 언제 쓰러질지 모르니 말입죠."

"하지만 어떻게든 수를 써야 할 것 같습니다."

"우린 기다리고 있어요," 하고 노인은 혼자 중얼거리듯 말했다. "목사님이 돌아오길 기다리고 있는 거외다. 금방이라도 돌아오시겠죠, 우리가 전쟁에 이기고 있다지 않습니까. 그가 돌아오면 교회를 손질하게 되겠지요." 노인은 흐릿한 눈으로 천천히 나를 응시하며 말했다. "그분이 오시면 저 종탑도 어떻게 손질이 될 거외다."

"이 교회 목사가 어찌 됐는지 모두 알고 있을 텐데요?"

"모르고 있어요." 노인은 말했다. "아니, 알고는 있지만 확실히 아는 사람은 없지요. 전쟁 터지기 직전에 목사님은 끌려갔습죠. 그게 마지막이었습니다. 걱정할 것 없어, 돌아오실 테니까, 하고 우린 서로 안심시켜왔어요. 금방이라도 돌아오실 겁니다. 그분은 꼭 돌아오실 거외다."

나는 그의 말에 얼른 동조했다. "그럼요, 오늘 돌아올지도 모르죠."

나는 폐허가 된 교회의 입구 쪽으로 몇 발짝 다가섰다. 그리고 그제야 나는 교회 안에 누군가가 있다는 걸 알았다. 신도용 좌석 의자들이 사방으로 흩어져 널려 있고 부서진 지붕에서 흘러내린 부스러기며 파편들이 그 의자들 위로 쌓여 있었지만 제단 뒤의 흰 벽에는 조그만 채색유리창이 깨진 채 그대로 남아 있었다. 그 왼쪽으로는 반쯤 떨어지다 만 발코니가 제단 끝에 거의 닿을 정도로 축 늘어져 있었다. 바로 거기, 찌그러진 발코니 밑에 한 남자가 두 손을 머리 위로 높이 치켜올리고 아무것도 없는 빈 제단의 가장자리를 꽉 움켜쥔 채 꿇어 엎드려 있는 희뿌연 모습을 나는 보았다. 나는 곁의 노인을 돌아보았다. 그는 어깨를 한 번 으쓱하더니 손가락으로 자기 머리를 가리키며 고개를 저어 보였다. "미친 사람입니다. 누군지 모르겠어요." 노인은 목소리를 낮추어 말했다.

"저 안에 들어가지 말라고 일러주십시오. 못 들어가게 말입니다. 잘못하면 깔려 죽어요."

"이따금 여길 찾아와요. 내가 한 번 얘길 했었죠. 그랬더니 거 왜 있잖습니까, 아주 무서운 눈으로 날 노려보는데 겁이 더럭 났어요. 또 뭐랬는지 아십니까? '난 여기 기도하러 오는 거야'라더군요. 말하는 걸로 봐선 미친 사람 같질 않았습니다. 그래서 그냥 내버려뒀지요."

그때 그 남자가 불쑥 교회 밖으로 나왔다. 그는 우리가 문 앞에 서 있는 걸 보고는 후닥닥 안으로 뛰어 들어가더니 열린 문틈으로 수상쩍다는 듯 우리 쪽을 돌아보았다. 나는 앞으로 나섰다. 노인이 "안 돼요, 안 돼" 하며 내 팔을 잡았다. 그러나 나는 남자를 향해 큰 소리로 말했다. "이봐요! 빨리 나오시오, 위험해요, 그 안에 있다간 죽을지 모릅니다!"

그러자 놀랍게도 사내는 "저리 가!" 하고 고함쳤다. 그는 잠시 사이를 두었다가 또 한 번 "저리 가!" 하더니 안으로 사라졌다.

노인이 내 팔을 잡고 그냥 내버려두라고 간청하지만 않았어도 나는 그 사내를 뒤쫓아 교회 안으로 달려 들어갔을 것이다. 그러나 뒤이어 나는 사내가 웃어젖히는 소릴 들었고 이내 어안이 벙벙해지고 말았다. 사내의 웃음소리가 금세 울음소리로 바뀌면서 꼭 굶주리고 버림받은 아기의 울음처럼 찢는 듯한 오열이 되어 뎅그렁거리는 종소리와 뒤섞이기 시작했기 때문이다. 나는 노인더러 어디 마땅한 소관 당국에(나 자신도 그 마땅한 당국이 어딘지 전혀 생각나지 않았지만) 이 사실을 알려주라고 말했다. 노인은 내 말을 듣는 둥 마는 둥 하다가 내가 자리를 뜨자 땅바닥의 칙칙한 눈더미에 무릎을 꿇고 기도하기 시작했다.

나는 빠른 걸음으로 길 건너 위병소로 돌아와 운전병을 보내버린 뒤 직접 지프를 몰기 시작했다.

4

　그 외딴집은 평양시와 대동강의 겨울 풍경이 한눈에 들어오는 언덕
위에 있었다. 나는 꾸불꾸불한 언덕길로 차를 몰고 올라가다가 중턱
쯤에 차를 세우고 나머지는 내려서 걷기 시작했다. 뭉툭하게 휘어진
소나무들과 관목 사이로 눈에 묻혀 거의 보이지 않는 좁은 자갈길을
따라가자니 군데군데 눈더미가 쌓인 황폐한 정원이 나오고 이어 회
색의 이층 가옥이 나타났다. 짧은 돌기둥 두 개가 철난간을 두른 작은
발코니를 떠받치고 있었다.

　흰 칠을 한 현관문을 두드리자 한참 만에 나잇살 있어 뵈는 여자
가 나와서 문을 열어주었고 나는 컴컴한 현관 안으로 들어섰다. 그녀
는 갈라 터진 손을 앞치마로 닦으며 조심스러운 눈으로 나를 지켜보
고 있었다. 그녀는 신 목사가 낮에는 시내 교회에 나가시기 때문에 지

금은 집에 안 계시고 목사님이 요즘 몹시 바쁘시니까 전할 말이 있으면 자기에게 전해주고 가라고 말했다. 늙은 여자는 조용한 마루 한복판에 버티고 서서 내가 더는 안으로 접근하지 못하게 가로막았다.

나는 신 목사가 안 계시면 한 목사를 만날 수 있겠느냐고 물었다. "한 목사가 여기 있는 줄 어떻게 알았어요?" 여자는 움찔 놀라며 물었다. 겁을 먹고 있는 것 같았다.

"경찰에서 나오셨나요?"

나는 경찰이 아니라 군 장교라고 일러주었다. 그런데 왜 하필 경찰이냐고 물은 것인지 내가 되묻자 여자는 못 들은 듯이 말했다.

"한 목사는 지금 건강이 좋지 않아요. 내가 그를 간호하고 있습니다."

그렇다면 한번 만나뵙고 인사나 하고 갈까요, 하고 나는 말했다.

여자는 질겁하며 나를 제지했다.

"시간은 오래 끌지 않겠습니다, 약속하죠."

"지금 집에 있지도 않아요." 여자는 얼른 대답했다.

"몸이 좋지 않다고 말하지 않았던가요?"

"그 사람, 병자는 아닙니다. 그러니 산보 같은 거야 나다닐 수도 있지 않아요?" 여자는 호소하듯 말했다.

내가 찬찬히 얼굴을 살피자 그녀는 내 눈길을 피했다. 나는 일단 돌아가기로 작정했다. 다시 와서 목사님들을 만나볼 수 있었으면 좋겠다고 나는 말했다. 그녀는 고맙다는 듯한 눈으로 나를 바라보고 있다가 누구냐고 물었다. 뭐 전할 말은 없나요? 없다고 대답하자 그녀는 안심이 된 듯 어디서 나왔는가고 다시 물어왔다. 기독교인이세요? 교인은 아니지만 어릴 때 서울에서 이웃 교회의 주일학교에 다녔노라고 나는 대답했다. 그러고는 방해해서 미안하다는 말을 남기고 돌아섰다. 그러나 현관문의 차가운 놋쇠 손잡이를 쥐는 순간 나는 나도 모르게 후딱 돌아서며 여자를 보고 말했다. "오늘 아침 내가 중앙교회에서 한 목사를 보았다면 어떡하시겠소?"

"아녜요! 거기 갔을 리 없어요!"

"난 봤어요!" 그러고는 내가 중앙교회에서 본 사람 얘기를 꺼내려는데 계단 쪽에서 인기척이 났다. 나는 흥분을 가라앉히며 고개를 들었다.

검은 옷차림의 남자 하나가 계단 중간쯤에 서서 여자가 물러서기를 기다리며 깊숙한 눈으로 나를 내려다보고 있었다. 그는 나를 향해 똑바로 걸어왔다.

"신 목사님이십니까?"

"그렇소. 용서하시오. 어쩌다 얘길 엿듣게 되었소. 나를 만나러 오셨다고?"

나는 철모를 벗고 내 신분을 밝혔다.

가구라고는 갈색 나무의자 두어 개, 불기운이라고는 전혀 없는 휑뎅그렁한 방 안에 자리를 잡고 앉자 신 목사는 조용히 물었다. "한 목사를 보셨다고요?"

"그랬을 것이라 생각하십니까?" 나는 약간 불안한 마음으로 반문했다.

"그럴 수도 있지요." 신 목사는 옷을 여미며 말했다. 그가 긴 목을 움츠릴 때마다 목젖이 움직였다. 면도를 하지 않은 얼굴에는 공허한 표정이 서려 있었지만 열을 뿜는 듯한 큰 눈이 나를 놓치지 않고 응시했다. "있을 수 있는 일입니다."

그가 기침을 했다. 가느다란 체구를 뒤흔드는 마르고 병적인 기침이었다. "여태 그 사람 걱정을 하고 있던 참이오. 어젯밤 집을 나가서 아직 돌아오질 않았어요. 이렇게 오랫동안 나가 있기는 처음입니다."

"찾아보지 않으셨나요?"

"어젯밤 나갈 수가 있어야지요. 통금도 통금이지만 그냥 자리에 누워 있으라는 의사의 당부가 있었고 간병인을 내보낼까 했으나 그 시간에 나갔다간 돌아올 수도 없었을 거요. 내 교회 관리인이 하루 한 번씩 여길 들르는데, 그 사람도 아직 오질 않는군요. 한 목사가 무사히 돌아와줬으면 좋겠소."

"그가 아프다고요? 병이 심한가요?"

신 목사는 대답하지 않았다.

"제가 도와드릴 일은 없겠습니까?" 막상 말을 해놓고 보니 내가 왜 그런 소릴 했는지 알 수 없었다.

"당신이 우릴 도와줄 이유라도 있소?" 그는 약간 얼굴을 찡그리며 말했다. "우린 당신을 전혀 모르는데."

"뭐, 꼭 놀라실 일도 아니지요."

"당신이 여기 온 건…… 뭐랄까…… 날 심문하러 온 게 아니오?"

나는 심문이라는 말을 아주 미묘하게 강조한 그 어투가 마음에 걸렸다. "그렇지 않습니다."

"정보부대에서 오셨다면서요?"

"그렇습니다만 전 심문관은 아닙니다."

"미안하오. 기분을 상하게 할 생각은 아니었소이다." 그는 의자에 앉은 채 몸을 움직이며 말했다. "나에 관해서 알고 있소?"

"조금 알고 있지만 피상적입니다."

그의 창백한 입술에 미소 비슷한 것이 떠올랐다. "그래요?"

"목사님께선 47세, 한 목사는 28세, 두 분은 전쟁이 나기 일주일 전인 6월 18일 공산당 비밀경찰에 체포되었고 같은 날 일단의 다른 목사들도 함께 검거됐습니다." 나는 방첩대에서 들은 얘기를 늘어놓았다. "두 분은 총살 직전에 우리 보병부대에 구조되어 감방에서 풀려났습니다."

"당신은 원래 직업적인 정보원이오?" 그가 말했다. "그렇다면 솔직히 말해 난 당신들의 그 직업을 경멸하는 사람이오."

나는 그에게 나의 대학 경력을 얘기하고 전쟁이 끝나면 다시 학교로 돌아갈 것이라 말했다.

"흥미롭군요. 하지만 당신은 지금 내게서 뭔가 찾아내려는 게 있지요? 그게 뭔지는 몰라도." 그는 팔짱을 끼더니 어깨를 움츠리며 다시 기침했다.

"우리의 관심사는 다른 목사들입니다." 나는 말했다. "목사님께서도 그들이 공산주의자들에게 납치되었다는 사실을 알고 계실 줄 압니다만," 나는 잠시 말을 멈추고 그의 얼굴을 살폈다. 그러나 그 얼굴엔 아무 표정도 일지 않았다. "군에선 그 정도만 알고 있습니다. 그러나 납치당했다는 증거도 없고, 그들이 체포됐다는 얘기를 사실로 믿고 있지만 그에 관한 증거도 없습니다. 우선 그들이 왜 검거된 것인지 알고 싶습니다."

"공산당이 기독교인을 잡아가는 데 무슨 특별한 이유가 있어야 하오?"

"같이 있었습니까?"

"뭐라고 하셨지요?"

"검거될 당시 모두들 같이 있었지요, 그렇지 않습니까?" 나는 대담하게 말했다. "모두 함께 말입니다."

"그렇소." 놀랍게도 그는 주저하는 기색 없이 대답했다.

"그렇다면 목사님께선 다른 목사들이 어떻게 됐는지 알고 계시겠군요."

"모릅니다."

"다 함께 있었다면서요?"

"그렇소. 그러니까 함께 있다가 어째서 격리됐나, 그 이유를 알고 싶단 얘기군요?" 그는 알전구 하나가 댕그라니 매달린 흰색의 금간 천장을 쳐다보고 있다가 다시 내게로 시선을 돌렸다. "나도 그 까닭은 모르오."

"목사님과 한 목사님은 공산당이 남침하던 날인 6월 25일 감옥으로 이송됐다는 걸 우린 알고 있습니다. 이송된 게 맞습니까?"

"심문을 하고 있군요."

"아닙니다. 전 그 나머지 다른 목사들이 어떻게 됐나 알고 싶을 뿐입니다."

"왜 하필 나를 통해 알아보겠다는 거요?" 신 목사는 지친 듯한 목소리로 말했다. "우리가 따로따로 격리당해 있었다는 건 이미 얘기했으니 당신도 알고 있지 않소? 그런 판국에 내가 그 사람들에 대해 무얼 알며 무얼 얘기할 수 있겠소?"

"목사님이라면 혹시 그들의 운명에 대해 아는 것이 있을지도 모른 다고 생각했습니다."

"그만하면 알 만큼 알지 않았소?" 그는 무척 준엄한 눈빛으로 나를 응시했다.

"납치당한 겁니까?"

"그렇소."

"정말 그렇게 믿고 계신 겁니까?" 나는 목소리를 높였다. "그들이 정 말 납치당한 것이고 그러니 어딘가에 살아 있을 거라 생각하시는 겁 니까?"

"당신은?"

"믿지 않습니다. 그렇게 생각하지 않아요."

"나도 마찬가지요."

"그렇다면 처형됐다고 생각하십니까?"

"그렇소."

"언제?"

"모릅니다."

"모두 몇 명이었습니까?"

"열네 명이었소."

"그중 두 사람은 살아남은 거죠?"

"어째서 우리 둘만 총살을 면했느냐는 얘깁니까?"

나는 그의 입에서 대답이 나오길 기다렸다. 그러나 신 목사의 답변은 전혀 뜻밖의 것이었다.

"신의 개입이었소."

나는 침묵했다.

"당신은 신을 믿지 않지요?" 신 목사가 시선을 떨어뜨리며 말했다.

"그렇습니다."

"그럼 운이 좋았다고 해둡시다." 목사는 할 수 없다는 듯이 말했다.

신 목사는 내가 차를 몰고 왔는지 묻고는 차가 있으면 자기를 시내로 좀 태워다줄 수 있겠는가고 말했다. "중앙교회까집니다. 강청하는 건 아니지만 편의를 좀 봐주면 고맙겠소."

그는 잠깐 나가더니 검은색 외투를 입고 회색 외투 하나를 팔에 걸친 채 나타났다. 우린 말없이 언덕을 내려가 지프를 타고 시내로 들어왔다.

교회에 도착했을 때는 땅거미가 내려앉을 무렵이었다. 통금시간이 가까워서 길에는 군복 차림을 빼고는 인적이 끊어져가고 있었다. 지프 한 대가 확성기로 통금시간과 야간 등화관제를 알리면서 시내를 돌고 있는 중이었다.

신 목사는 나를 교회 안으로 들어오지 못하게 하고는 뒤도 돌아보지 않고 컴컴한 문을 지나 어두운 교회 안으로 사라졌다.

잠시 후 그는 내가 아침에 보았던 바로 그 사내를 데리고 나왔다. 사내는 이제 회색 외투를 걸쳐 입고 있었다. 내가 서 있는 계단 밑까지 걸어 내려오던 사내는 나를 보자 걸음을 멈추었다. 신 목사가 타이르듯이 말했다. "괜찮아요, 우리 친구니깐. 참, 서로 인사나 해두지 그래." 신 목사가 나를 돌아보며 말했다. 그 얼굴은 엄숙했다. "대위, 이 분이 한 목사요."

젊은 목사는 마른 얼굴에 보일락 말락 미소를 띠고, 얼빠진 듯한 시선을 내게 던졌다.

그를 보는 순간, 무엇이 내 가슴을 뚫고 지나간 것인지 나는 모른다. 그러나 나는 갑자기 북진 초기에 경험했던 어떤 분노에 다시 한 번 사로잡히고 말았다. 평양 남쪽 얼마 떨어진 지점의 한 산기슭에서 우리는 동굴 하나를 발견했었다. 후퇴하던 공산주의자들이 정치범 수백 명을 동굴 속에 밀어 넣고 기관총 사격을 가한 다음 폭약을 터뜨려 동굴 입구를 막아버린 것이었다. 나는 명령을 받고 파견 병력을 지휘해서 동굴을 파내고 있었다. 몇 시간을 팠는지 모른다. 인근 마을 사람들과 국내외 사진기자들, 마이크를 든 방송 아나운서 등 수많은 구경꾼이 몰려들고 있었다. 마침내 우리는 한 사람이 겨우 비집고 들어갈 만한 구멍을 팠고 나는 그 구멍을 통해 깜깜한 동굴 아가리 속으로 발을 들여놓았다. 무언가가 내 군화 밑에서 물컹 꺼져 들어갔다. 시체를 밟은 것이었다. 나는 온몸에 오싹 소름을 느끼며 시체와 배설물 썩는 악취가 속을 뒤집어놓는 캄캄한 어둠 속에 얼이 빠져 서 있다가 한순간 인간의 목소리 같지 않은 어떤 소리, 신음 같기도 하고 흐느낌 같기도 한 어떤 소리를 들었다. 무언가가 내 팔에 와 닿았다. 얼떨결에 붙잡고 보니 거의 뼈만 남은 인간의 손이었다. 나는 동굴 입구를 향해, 바깥 세계를 향해 잡아당기고 끌고 하며 한 인간을 들어냈다. 밖으로 끌어내자 그는 흘러넘치는 햇살 속에 반듯이 드러누워 그의 영혼은 아직 육신을 따라 동굴 밖으로 나오지 못했다는 듯 공허한 눈을 크게 뜬 채 전혀 주위를 의식하지 못했다. 꺼질 대로 꺼진 그의 육신은 다 썩어가는 옷에 감싸여 있었다. 나는 주위의 다른 사람들과 마찬가지로 세상만사를 잊고 그 남자 곁에 가 웅크리고 앉았다. 그러자 나는 사진기자들이 날카로운 금속성을 내며 카메라를 눌러대는 걸 보았다. 그때 나는 어떤 이상하고도 강렬한 부끄러움에 휩싸였다. 나는 카메라 뒤의 무관심하고 차가운 눈초리들로부터 한 인간이 지닌 고난의 말없는 위엄을 내 온몸으로 지켜주기라도 할 듯이, 남자의 몸 위로 상체를 구부리고 연옥과도 같은 그의 납빛 눈 속을 들여다보았다. "여보, 대위" 하고 누군가가 고함을 내질렀다. "비켜주시오, 사진 좀 찍게." 이빨이 빠져나가고 없는 남자의 부푼 입에서는 검고 누런 액체가 흘러내렸고 파리 떼 윙윙대는 소리, 아나운서들의 신경질적인 목소리, "대위, 사진 좀 찍게 비켜주시오" 하는 소리들이 기분 나쁘게 뒤섞이고 있었다. 누군가가 나를 밀쳐내는 것 같았고 나는 분노로 앞이 캄캄해지면서 한 사병이 들고 있던 삽을 낚아채어 카메라들을, 차가운 눈초리들을, 그리고 파리 떼, 그 끔찍한 파리 떼들을 쫓고 때려 부수고 갈기기 시작했다……

부끄러운 마음으로, 아무 말 없이, 나는 한 목사의 차디찬 손을 잡았다.

그는 다시 신 목사에게로 눈을 돌렸고 신 목사는 고개를 끄덕여 보였다. 그러자 한 목사는 비틀거리다가 갑자기 땅바닥에 쓰러졌다.

나는 그들을 태우고 신 목사의 집 언덕 밑에까지 간 다음, 집까지 걸어서 바래다주었다. 낮에 보았던 여자가 달려 나와 한 목사를 안으로 부축해 들어갔다.

신 목사는 헤어지면서 정중하게 내 손을 잡고 악수했다. 그와 헤어져 한 열 발짝쯤 걷다가 나는 발길을 멈추고 뒤돌아보았다.

신 목사는 땅거미 짙어가는 쓸쓸한 정원에 그림자처럼 가만히 서 있었다.

"목사님."

"예?"

"다른 목사들은 모두 살해당했죠. 목사님이 감옥으로 이송되기 직전에 말입니다. 알고 계십니까?"

그는 침묵했다.

"목사님."

"왜 그러시오?"

나는 잠시 망설였지만 그러나 물어보지 않으면 안 된다고 생각했다. "목사님의 신—그는 자기 백성들이 당하고 있는 이 고난을 알고 있을까요?"

그는 아무 대꾸 없이 돌아서 컴컴한 외딴집 안으로 사라졌다.

5

어둡고 쌀쌀한 11월의 밤이 도시를 휩싸고 있었다. 사방은 죽은 듯 조용했다. 흔히 있는 군대의 이동 소리도, 보급 차량의 엔진 소리도 들리지 않았다. 이따금 지프차가 한 대씩 모기 소리를 내며 지나가거나 멀리서 폭격기 편대가 웅웅거리며 날아가는 소리뿐이었다. 나는 혼자 흐릿한 촛불 빛을 받으며 사무실의 이글거리는 석탄 난로 옆에 야전 침대를 펴고 그 위에 걸터앉아 있었다. 밤은 깊어가고 있었지만 나는 잠이 오지 않았다. 창유리가 덜컹거렸고 중앙교회의 종소리가 뎅그렁 뎅그렁 방으로 스며들어 내 의식 속에 번지고 있었다. 나는 석탄통에서 쇠막대기를 집어 들고 용암 같은 난로 속을 휘저었다. 쉬익 불길이 치솟았다. 흔들리는 촛불과 그 주위의 어둠이 서로를 발작적으로 깨물어 뜯고 있었고, 촛불의 푸르스름한 광심光心이 최면 걸듯 너울거리는 걸 들여다보며 나는 내가 당황스러워하고 있다는 것을 알았다. 딱한 일이었다.

그것이 과연 딱한 일이라는 건 다음 날 아침 더욱 분명해졌다. 내 보고를 받은 장 대령은 "뭐? 신의 개입이었다고? 그 사람, 자기가 무슨 성인이라도 된 줄 아는 모양인가!" 하고 고함을 내질렀다. 나는 비록 잠깐이긴 하나 반쯤은 우스워서, 그리고 반쯤은 불안한 마음으로 장 대령을 따라 웃는 수밖에 없었다.

"오호, 신의 개입이라? 그렇게 말한다면 할 수 없지." 장 대령은 갑자기 맘씨 좋은 사람처럼 말했다.

장 대령이 신 목사와 한 목사에 관한 내 보고를 받으면 틀림없이 버럭 역정을 낼 것이라 생각했던 나는 그가 뜻밖에도 느긋한 태도를 보이는 바람에 한편 놀라고 한편으로는 어리둥절해졌다. 그러나 그의 태도는 시종 점잖았고 심지어는 내가 신 목사를 만나 얻어온 결과에 대해서는 별로 개의하지 않는다는 눈치까지 비치면서 나를 안심시켜 놓으려 했다. 나는 그들 두 목사가 처형 직전까지 다른 열두 명의 목사들과 같이 있었다는 걸 장 대령이 알게 되면 틀림없이 거친 반응을 보일 거라 생각했었다. 그러나 그의 반응은 "으응, 그래, 그래"가 전부였다. 그런 다음 그는 삐걱삐걱 의자를 돌리면서 다시 웃어댔다. "자네가 그 친구에게 잔뜩 겁을 준 모양이군그래. 그러니 자기 신한테로 도망가 숨은 거지. 안 그래, 젊은 친구? 잘했어, 정말 잘했어."

나는 그의 여유 있는 태도와 거침없는 웃음이 마음에 걸렸다. "저는 그 사람이 두려워할 만한 짓은 전혀 한 바 없습니다," 하고 나는 항변했다. "또 한 가지, 신 목사 역시 두려워하는 것 같진 않았습니다. 그저 피곤해 보였을 뿐입니다."

"아, 자넨 몰라. 그는 두려워하고 있는 거야. 그가 무엇보다도 목사란 걸 기억해두게. 그는 적어도 겉으로 어떻게 행동해야 하는지 잘 알고 있어. 말하자면 연기 비슷한 거지. 좌우간 그는 겁을 먹은 거야." 그는 손을 흔들며 말했다. "난 알고 있지, 암, 알고 있어."

"설마 그들이 공산당에 부역했다는 뜻은 아니겠죠, 대령님?"

"자넨 어떻게 생각하나?"

"저로선 그들이 동료 목사들을 배반했다고는 생각하기 어려운데요."

"어째서?" 그는 그 특유의 차가운 미소를 얼굴에 떠올리며 말했고 그 미소를 보는 순간 나는 왠지 그가 도박꾼 같다는 생각이 들었다. 그는 의자에 등을 기댔다. "어째서 그렇게 생각하나? 그들이 기독교인이기 때문에? 자넨 교인이 아니잖은가?"

"네, 아닙니다. 그러나 그건 문제 밖이죠. 공산주의자들에게는 부역이고 뭐고 필요 없었다고 생각되는데요. 처음부터 죽일 셈이었으니까 말입니다. 대령님도 아시다시피 목사들을 검거한 데는 아무 이유도 구실도 없었습니다. 정당화할 만한 혐의도 구실도 없었단 말입니다. 그러니 공산당들에게 무슨 정보 끄나풀이니 부역이니 하는 것들이 필요했겠습니까?"

"물론 빨갱이들에겐 아무 구실도 없었지," 장 대령은 나의 순진이 딱하다는 투로 말했다. "그러나 그거야말로 문제 밖이었어, 자네 표현을 빌리면 말야. 혐의나 구실이 없을 땐 만들어내야 하는 거야. 간단해. 그래서 놈들은 목사들을 잡아다 죽이는 데 필요한 혐의를 만들어냈고 그러고 나니 그 혐의 사실을 인정하고 자백해줄 사람이 필요해진 거야. 맞았어, 그 혐의를 인정하고 자백해줄 증인이 있어야 했던 걸세, 아주 간단한 얘기지."

"그렇다면 살아남은 그 두 목사가 그런 자백을 강요당했단 말씀입니까?"

"그럴 수 있지."

"증거가 없습니다."

"없지, 증거는 없어."

"그럼 어떻게 해야 합니까?"

"그냥 기다려보게."

나는 상당히 긴장해 있었고 무슨 거미줄 같은 미궁에서 빠져나오려 버둥거리고 있는 듯한 느낌이었다. "무얼 기다리는 겁니까?"

"자백이야."

"무슨 뜻입니까?"

"그들이 자백할 때까지 기다리는 걸세."

"무슨 자백을요?"

"빨갱이들한테 자백했다는 자백이지."

"그들이 살아남은 건 바로 그 자백 덕분이라고 실제로 생각하시는 겁니까?"

"그럼 그 밖에 무슨 다른 설명이 있겠어? 신의 개입 어쩌고 하는 돼 먹지 않은 소리 말고 말야."

"행운일 수도 있지요."

"그건 더욱 돼먹지 않은 소리야."

정확히 왠지는 모르지만 나는 절망적인 기분이 들었다. 나는 최대한 침착한 어투로 말했다. "그러면 그들을 체포하셔야죠."

장 대령은 낄낄대고 웃었다. "여보게, 날 정말 그 정도로 우둔한 놈 취급하고 싶은 건가? 그건 아니겠지, 응?"

"물론입니다."

"이것 보게. 난 기독교인들을 깎아내릴 생각이 추호도 없네. 왜 내가 공연히 교인들을 망신시키겠나? 더군다나 이 전쟁에선 기독교인들의 이해관계가 우리와 일치하고 있는 판인데 말야. 오히려 난 최선을 다해서 교인들을 보호하고 그들의 사기를 높여주고 이해관계를 키워주려는 걸세."

"그러시다면 어째서 그토록 두 목사를 의심하시는 겁니까? 설혹 그들이 날조된 혐의 사실을 자백했다 하더라도 그건 강요에 의한 것이었다고 볼 수 있죠. 그런 자백이 실제로 반역 행위가 될 것 같지는 않은데요. 제 생각으론 그렇습니다."

고개를 한쪽으로 기웃하며 장 대령은 두터운 안경 너머로 나를 응시했다. "그들이 믿는 신의 생각으로는 어떨까?"

나는 맥이 빠져 머리를 저었다. "그야 저로선 모를 일이지요."

그러자 그는 그때까지의 느긋해 뵈던 태도를 돌연 거두면서 날카롭게 쏘아붙였다. "자넨 모른다고? 그러나 난 알고 있어, 알고 있단 말야!" 그는 잠시 말을 끊었다가 손가락으로 나를 가리키며 계속했다. "자네가 기독교인의 입장이 되어 그 순교자들을 생각해봐. 냉혹하게 죽임을 당한 열두 명의 목사들을 말야. 살아남은 두 사람이 어떻게 처리돼야 하는지 그래도 모르겠나? 그래, 그 미쳤다는 친구는 그냥 놔두기로 하지. 날 오해하진 말게. 내가 신 목사를 볶아치겠다는 얘긴 아냐. 절대로 아니지. 도와주려는 걸세."

"도와주다니요?"

"정의를 위해서, 난 그의 고백을 듣고 싶은 거야. 허나 그 고백을 그에게 불리하게 이용하진 않겠어. 암, 아니지. 난 정말 그를 보호해주고 싶어. 또 최선을 다해서 그의 비밀을 지켜줄 생각이야. 정보처장도 내 입장에 반대하지 않을 걸로 확신해. 정말이야. 난 신 목사를 보호하고 그를 영웅으로 만들고 싶어. 나는 또 북한 기독교를 위해 신 목사와 협력도 할 생각이거든."

"그러나 그가 아무 고백도 하지 않는다면요?"

장 대령은 몸을 앞으로 구부렸다. 그의 눈이 어둡게 빛나고 있었다. "그땐 그의 양심에 달라붙어야지."

6

이상하게도 그 후로 장 대령은 나더러 신 목사를 한 번 더 만나보라고 지시하지도 않았고 내가 스스로 알아서 만나보라는 낌새도 주지 않았다. 그런 일이 있은 후 며칠 동안 나는 여러 차례 장 대령을 만났지만 그는 이 미결의 문제에 관해선 아무 언급도 시사도 하지 않았다. 그의 이런 태도에 나는 처음 얼떨떨했다가 점차 맘이 켕기기 시작했다. 그러나 나의 일상 업무는 바쁘게 계속되고 있었다. 정기 참모회의에 꼬박꼬박 참석했고 육본 정훈감실에서 요청한 팸플릿을 수없이 써냈는가 하면 장 대령을 위해 연설문도 몇 개 썼다. 장 대령의 활동 중에는 평양시의 민간인 단체들을 모아놓고 연설하는 일도 포함돼 있었다.

11월이 하루하루 지나는 동안 서부 전선의 한국군 보병과 유엔군

휘하의 각국 군부대들은 얼어붙은 광막한 만주벌이 바라다보이는 압록강 근처에서 마지막 소탕작전을 열심히 전개 중이었고 동부 전선의 유엔군과 미 해병대도 거의 저항을 받지 않은 채 두만강 쪽으로 착실히 밀고 올라가는 중이었다. 북한 공산군의 사기는 신속하게, 거의 완전히 무너져버려 전쟁은 사실상 끝나가고 있었다. 사람들은 그해 크리스마스까지는 전쟁이 끝날 것이라는 기대감에 들떠 있었고 다들 희망에 차 있었다.

그러던 어느 날 차갑고 바람 부는 오후, 나는 박 군에게서 온 편지 한 통을 받았다.

자네가 궁금해할까 봐 알려주네만 난 아직 살아 있네. 적어도 이 순간만은 살아 있다는 걸 알고 있지. 우린 요즘 너무 빨리, 어쩌면 무모할 정도로 빨리 북상 중이야. 어디 한군데 잠시 머물러서 우리가 어디로 치달리고 있는지 한 번쯤 생각해볼 겨를조차 없거든. 그건 그렇고 나 말일세, 첫 백병전을 치르고 살아남았어. 그런데 중대장이 전사하는 바람에 내가 대위로 가진급하고 중대를 떠맡게 됐네. 괴뢰군 일개 중대와 어느 골짜기에서 야밤중에 부닥뜨려 총검으로 백병전을 치른 거야. 양쪽이 모두 돌격했는데 처음엔 정규 백병전 같았지. 그러나 잠시 후부터는 쌍방이 온통 뒤범벅이 되어 난투전이 벌어졌어. 문제는 칠흑같이 어두운 밤인 데다 양쪽이 모두 한국말을 하고 있다는 점이었어. 우리가 어느 쪽을 죽이고 있는 건지 알 수가 없었네. 모두 똑같은 언어로 "누구야, 너 누구야?"만 외쳐대고 있었으니 말일세. 처음엔 당황해서 멈칫거렸지만 그것도 잠시고 모두가 뭐랄까, 공포와 두려움에 사로잡혀 그저 닥치는 대로 죽여대는 거야. 갑자기 수류탄 하나가 터졌고 그 통에 모두 흩어지면서 등 뒤로 수류탄을 던져댔어. 한데 어떤 병신이 포사격 지원을 요청했지 뭔가. 캄캄한 밤하늘에서 포탄이 떨어지기 시작했어. 가파른 절벽을 양쪽에 낀 바위투성이 깊은 골짜기였어. 자네가 만약 어느 산꼭대기에 서서 그 캄캄한 계곡을 내려다보며 거기서 벌어지고 있는 난투극을 보았다면 어떤 느낌이 들었을까. 한데 가만있자, 내가 왜 이따위 얘길 쓰고 있는 거지, 자네한테? 알 수 없구먼. 어쩌면 나 자신이 두려워졌는지도 모르이. 나 자신이 바로 공포의 근원일지도 모른다고 생각하면 우울해지는군. 다시 쓰겠네. 몸조심하게……

박 군의 편지는 거의 2주일 전에 쓰인 것이었고 편지의 어느 대목을 훑어보아도 그의 부대가 어디쯤 위치하고 있는지 알 수 없었다. 답장을 쓰고 싶었지만 편지가 그의 손에 들어가자면 그의 편지가 내게 도착한 것보다 훨씬 더 오래 걸릴 것이 분명했다. 그래서 나는 내 지위를 이용해서 정보통신대의 전화를 쓰기로 했다. 그러기 위해선 우리 본부에 파견돼 있는 해병대 연락장교의 도움이 필요했다. 나는 그의 사무실로 내려갔다.

해병대 연락장교는 쉰 목소리에 다리를 눈에 띄게 절름거리는 젊은 중위였는데 그는 박 군의 관등성명과 군번, 소속 부대 등을 들은 다음 최대한 빨리 그와의 연락 방법을 알려주겠노라 다짐했다. 중위는 푸른빛이 도는 맑은 눈빛에 아이 같은 미소를 연신 떠올리는, 명랑하고 사근사근한 친구였다. 그러나 그날 오후 나의 요청을 처리하는 그의 태도는 침착했고 사무적이었다. 나는 그에게 필요한 것 외에는 얘기해주지 않았지만 그 역시 내게 아무 질문도 하지 않았다.

내가 그에게 고맙다는 인사를 하고 돌아서려 하자 그는 자리에서 일어나 나를 잠시 기다리게 했다. 그는 사무실 문을 닫은 다음 내가 서 있는 쪽으로 다가왔다. 그의 행동은 호기심을 일으킬 만한 것이었다. 그는 잠시 나를 바라보고 있다가 짧게 깎은 머리 뒤통수를 긁적긁적하더니 겸연쩍게 웃으며 말했다. "대위님, 이런 얘길 해도 좋을지 모르겠습니다."

나도 마주 웃어 보이며 물었다. "무슨 얘긴데요?"

"그 박 대위님에 관한 겁니다."

"그래요?"

"박 대위님과 연락을 취하려는 사람이 대위님 혼자만은 아니란 얘깁니다. 장 대령님도 그에게 관심을 갖고 있더군요."

"장 대령님이?"

"한 나흘 전 장 대령님이 와서 나더러 박 대위의 소재를 파악해달라더군요. 장 대령님은 그 당시 박 대위가 진급한 줄은 모르고 있었습니다."

"무엇 때문이랍디까?"

"그게 문제죠. 매우 중요한 일인 것 같더군요. 물론 무슨 일인지야 저로선 알 수 없었지만 말입니다. 그러나 장 대령님은 박 대위를 이리로 부를 생각까진 없는 것 같았습니다." 중위는 이맛살을 한 번 찌푸려 보이고는 장 대령이 박 대위의 소재를 확인한 직후 해군 정보처장과 연락을 취했다는 말까지 내게 들려줬다. "일종의 밀담인 것 같더군요" 하고 중위는 말했다. "이런 얘기까지 해드려도 되는 건지 정말 모르겠습니다."

나는 중위가 무슨 보안 규정을 어기고 있는 것은 아니니 괜찮다고 말해주었다.

"그러고 있는 판에 또 대위님이 똑같은 사람에 관해 물어보러 왔으니 궁금할 수밖에요." 중위는 말했다. "박 대위란 어떤 사람입니까? 무슨 사건에 관련됐나요? 이거 제가 말이 너무 많아졌군요. 괜히 한번 물어본 겁니다. 더 묻지 않겠습니다."

나는 박 대위가 내 친구이고 개인적인 일로 소재를 알아보려는 거니까 그 정도 질문쯤 상관없다고 그를 안심시켰다.

그는 맘이 놓인다는 듯이 미소를 지어 보이며 "그랬었군요. 실은 저도 곧잘 그러고 있습니다. 친구들이 어느 구석에 가 있나 늘 연락해보는 거죠. 그냥 잘 있는지 알아보는 겁니다." 그는 또 자기와 함께 훈련받고 임관됐던 2백여 명의 동기생들 중에서 지금까지 살아 있는 사람은 47명뿐이며 이들은 대부분 지원 입대한 대학생들이었다고 말했다. 전쟁 전에 둘 다 대학에 있었다는 얘기가 나오면서 우리는 아주 가까운 사람 같은 느낌이 들어 지금의 군대 계급이나 직무 같은 것은 잠시 잊어버린 채 다니던 대학 이야기며 장래 계획 등을 얘기했다. 우리는 또 그동안 겪은 전투 경험담도 서로 털어놓았다. 그는 자기가 '그 망할 놈의 소련제 지뢰'에 부상당했다는 얘기, 졸지에 군의관이 되어 전선에 투입된 대학 의과대학생 출신의 '돌팔이'들이 응급 치료소에서 완전히 겁을 집어먹고는 그의 한쪽 정강이를 '잘라버릴 뻔'했다는 얘기도 했다. 그러고 있는데 노크 소리가 났다.

내 당번병이었다. 장 대령이 나를 찾는다는 것이었다. 나는 해병 중위에게 고맙다는 인사를 하고 장 대령의 사무실로 향했다. 층계를 올라가면서 나는 내가 어떤 종잡을 수 없는 마술사의 연기를 바라보며 막연하게 추측이나 하고 있는 무력한 구경꾼 같다는 느낌을 떨쳐버릴 수 없었다. 동시에 화가 나기도 했다. 장 대령이 박 군과 관계된 듯한 사건을 다루면서 고의적으로 나를 따돌려 친구에 대한 내 사생활의 영역을 침해하고 있다는 생각이 들었기 때문이다.

장 대령은 내가 들어오는 걸 보더니 의자에 앉아 기다리라는 손짓을 해 보였다. 나는 그가 이미 내 생각을 읽고 있음에 틀림없다고 직감했다. 한동안 그는 책상 위의 서류들을 잠자코 검토하고 있다가 서류들을 한쪽으로 밀치고는 번들거리는 대머리를 치켜들며 혼잣말하듯 내뱉었다. "그래, 그래, 자넨 이걸 어떻게 생각해?"

"네에?"

"이 신∦이란 사람 말야." 장 대령은 도무지 앞뒤를 종잡을 수 없다는 느낌에 압도된 사람처럼 고개를 흔들며 말했다. "도대체 이해할 수가 없어."

"무슨 일인데요?"

"방첩대를 시켜서 여론조사 비슷한 걸 해봤지. 기독교인들에게 그냥 이 두 목사에 관해 몇 마디씩 물어본 정도지. 그런데 대답이 모두 똑같지 뭔가. 그 두 사람은 빨갱이들이 처음부터 격리했기 때문에 다른 열두 명의 목사들이 어떻게 된 건지는 몰랐을 거란 대답들이야. 자넌 어떻게 생각해?"

"사실이 그럴지도 모르죠."

장 대령은 실쭉 웃으며 말했다. "그렇게 간단하질 않아. 문제는 이 신 목사라는 자가 교인들에게 자기와 한 목사는 따로 심문을 받았기 때문에 다른 목사들이 어떻게 됐는지는 모른다고 공언하고 있다는 점이야. 어떻게 보나, 이걸?"

"신 목사 교회의 신자들뿐만 아니라 전국의 기독교인들이 그 죽은 목사들의 운명에 대해 알고 싶어 할 것이고 그러니 신 목사에게 물어보는 것은 당연한 일이 아니겠습니까. 아주 당연한 일일 것 같은데요."

"당연하지" 하고 그는 말을 받았다. "또, 그들은 신 목사가 하는 말이면 모두 믿을 테고. 안 그런가, 그들이 모두 선량한 기독교 신자들이라면 말야."

"그렇겠죠." 나는 맥 빠진 투로 대답했다. "목사가 교단에 서서 거짓말을 하고 있지 않나 의심할 신자는 별로 없을 테니까요."

"그 말 잘했어, 대위, 좋은 말이야."

나는 장 대령의 방을 곧바로 돌아 나올 순 없었다. 나는 자리에서 일어나 이번에는 내 쪽에서 박 군에 관한 반대 심문을 해야겠는데 어떻게 운을 떼는 게 좋을지 몰라 잠시 망설이고 있었다. 장 대령은 책상에 앉았다가 고개를 들며 내가 아직 거기 있다는 사실에 놀랐다는 듯이 말했다. "됐어, 대위. 와줘서 고맙네."

내가 모든 걸 포기하고 돌아서 나가려는데 장 대령이 슬쩍 말했다. "내일이 일요일이지?"

"그렇습니다."

"잘됐어. 자네 내일 나랑 신 목사 교회 예배에나 가보지 그래."

7

"그런데 어째서 내게 그 얘길 해주는 거요?" 신 목사가 천천히 고개를 들며 물었다.

사실 나는 본부에서 그날 저녁을 먹은 다음 신 목사를 찾아가 만나보기로 작정하고 있었다. 그저 막연하고 어정쩡한 불안감 외에는 내가 왜 신 목사를 만나보고 싶어 했는지 나도 모를 일이었다. 막상 신 목사와 마주 얼굴을 대하고 앉았을 때도 나는 무엇 때문에 내가 이 언덕배기 신 목사의 집으로 차를 몰아 달려왔는지 딱히 알 수가 없었다. 나는 한참 신 목사만 멀거니 쳐다보며 앉아 있었고 신 목사는 다행히도 흔들림 없는 침착과 평온을 유지하고 있었다.

"내가 지금 처한 상황을 알려줬으니 당연히 감사를 드려야 하긴 하겠소만," 신 목사는 천천히 말을 이어나갔다. "솔직히 말해 난 왜 당신이 일부러 내게 그런 호의를 베푸는지 딱히 이해가 되질 않소." 그는 손수건으로 입을 막으며 차분하게 나를 응시했다. 기침을 하는 모습이 매우 힘들어 보였고 깡마른 어깨가 움츠러들면서 요란하게 흔들렸다. 그는 피로한 기색이었고 두 눈도 움푹 꺼져 있었다. 기침이 멎자그는 말을 계속했다. "고맙지 않다는 얘긴 결코 아니오. 당신을 이해할수 없다는 얘기일 뿐이지."

"저도 저 자신 이해가 가질 않습니다." 나는 솔직히 말했다.

"언젠가 또 만나게 되리라 생각은 하고 있었소. 그러나 이런 상황에서일 줄은 몰랐소." 그는 내가 자기를 만나러 온 진정한 동기에 의심이 간다는 듯 나를 바라보며 말했다.

나는 좀 불안한 마음이 되어 엉뚱한 소릴 했다. "저를 여전히 심문나온 사람으로 생각하고 계신 겁니까?"

"이러나저러나 내겐 별 차이 없습니다. 당신이 심문을 한대도 괜찮으니까 말이오." 그의 태도는 적어도 내겐 침착하고 신중해 보였다.

"제게 더 들려줄 얘기가 있습니까?" 나는 스스로 약간 당황해하면서 말했다. 오지 않았더라면 좋았을걸 하는 생각 때문이었다. "살해당한목사들에 관해선 모두 얘기해주시지 않았던가요?"

그는 대답하지 않았다.

"사람을 심문하고 기소하고 처단하는 일을 주 업무로 하고 있는 사람들에 대해 목사님이 어떤 느낌을 갖고 계실지 이해합니다." 나는 말을 계속했다. "목사님께선 그런 사람들이 북한 공산주의자건 남한 사람이건 기타 어느 누구건 다를 게 없다고 생각하시겠지요. 그러나 우리 조직의 경우, 제가 아는 한에선 남을 돕고 싶어 하는 점잖은 사람들도 많다는 사실을 말씀드리고 싶군요. 특히 목사님 같은 분을 도우려는 사람들 말입니다." 나는 얼굴이 다소 붉어짐을 느끼면서 일단 말을 중단했다.

"당신은 나를 도우려는 거요? 왜 돕겠다는 거죠?"

"그건 저도 모르겠습니다. 어쩌면 제 쪽에서 되레 목사님 도움을 더 필요로 하고 있는지도 모르잖습니까?"

"솔직히 말해서 난 당신네 장 대령을 나무랄 생각도 없소." 신 목사는 기침이 멎기를 기다렸다가 말했다. "오히려 그렇게 생각하는 것이 그의 임무라고 난 보고 있소. 내가 그의 입장이었대도 당연히 그랬을 거요."

"목사님을 의심할 만한 정당한 이유가 있다는 말씀입니까?" 나는 이맛살을 찌푸리며 말했다.

"물론이오." 신 목사의 어조는 침착했고 당연하다는 투였으며 빈정대는 기미는 전혀 보이지 않았다.

"그러나 사실이 그렇다는 뜻은 아니겠죠?"

"그래서 안 될 것도 없지 않겠소? 기독교인이나 목사도 인간이란 점을 잊지 마시오. 그들을 잴 때는 다른 인간에 대해서도 똑같이 적용되는 척도와 저울대 위에 올려놓고 그 감정과 허약함을 재어야 하지 않겠소? 나는 나 자신은 물론 다른 어떤 성직자도 육체적 정신적 고문에 결코 굴복하지 않을 것이라고는 보지 않습니다."

그의 목소리는 나직했고 태도에도 흥분하는 기색이 없었지만 나는 그가 이처럼 강력한 어조로 말하는 걸 보기는 처음이었다. 그는 내 눈에는 보이지 않는, 그러나 내 머리 위를 배회하는 어떤 존재를 향해 말하고 있기라도 하듯 차가운 허공을 응시하며 말했다.

"아시다시피," 하고 신 목사는 말을 계속했다. "국군이 감옥을 점령했을 때 한 목사와 나는 처형되기 직전이었소. 그렇다고 얘기가 달라지는 건 아니지만 말이오. 어쨌든 우리는 살아남았고, 공산 치하의 감옥에서 정치범이 살아남는다는 건 그 자체가 흔치 않은 일입니다. 특히 우리의 경우는 기적에 가까운 일이었소. 하지만 기적이란 요즘 세상에선 잘 이해되지 않는 말이지요. 열두 명의 다른 목사들이 모두 처형당한 마당에 우리만 살아남고 보니 기적이란 말의 의미도 애매해지고 말았소. 그러니 당연히 의심을 살 만도 하지요."

"그러나 목사님께선 그런 혐의와는 무관하지 않습니까, 안 그런가요?" 나는 불쑥 말했다. "전 목사님께서 제게 들려준 얘기가 진실이라 믿고 있습니다."

그는 의자에 앉은 채 몸을 움직였다. "내가 해줄 수 있는 얘기는 모두 해준 거요."

"목사님께선 무고한 거죠, 그렇죠?"

"그렇소."

"그렇다면 제게 들려준 얘기는 모두 진실이겠군요."

"내가 말하는 진리는 내 양심의 진리요, 대위."

"제겐 진리를 판단할 힘이 없단 말씀입니까?"

"이것 보오." 그는 엄숙한 어조로 말했다. "당신은 인간에 관한 사실을 얘기하고 있고 나는 내 신앙의 진리를 얘기하고 있다는 걸 모르시오?"

"그렇다면 목사님께선 당신께서 믿는 신의 눈으로 볼 때 무고하다고 믿고 계신 거군요?"

그는 내 말에 놀란 모양이었다. 그는 한참 나를 뚫어지게 바라보고 있다가 눈길을 떨어뜨리며 나직한 소리로 말했다. "나를 판단하는 일은 그분의 몫입니다."

신 목사는 나를 바래다주러 문간에까지 따라 나왔다. 한 목사의 안부를 물어보자 의사와 간병인의 치료를 잘 받고 있다는 대답뿐 더는 말하지 않았다. 나는 신 목사를 위해 무언가 해주고 싶었고 그래서 도와줄 일이 있으면 얘기해달라는 말을 꺼내려는 참인데 그가 불쑥 물어왔다. "당신과 비슷한 연배의 박인도라는 젊은이를 혹 아시오?"

"알다 뿐입니까!" 하고 나는 외치듯 말했다. "제일 가까운 친굽니다."

신 목사는 박 군에 대해 물어본 걸 후회하기라도 하듯 한동안 잠자코 나를 응시했다. "당신이 전쟁 전에 가르쳤다는 그 대학에 그도 재직하고 있다는 얘길 들은 것이 마지막이었소. 당신도 알 것 같아서 물어본 거요."

"우린 늘 붙어 다녔습니다. 또 대학에서 같은 과목을 담당했었죠. 그를 어떻게 아십니까?"

"그의 아버님에 관해서도 들어서 알고 있겠지요?"

"알고 있습니다."

"난 그들 부자와는 다 아는 사이였소. 집안 친구였으니. 그래 그 젊은이는 요즘 어떠시오?"

나는 박 군 소식을 전한 뒤 그날 오후 그에게서 편지도 한 통 받았다고 말해주었다.

"그도 우리 일을 알고 있소?"

"아직 얘기하지 않았습니다."

"난 박 군과 그의 아버지를 모두 이해하고 있소. 그의 아버지를 이해하듯이 난 그 젊은이를 잘 이해하고 있어요. 모두 긍지가 대단하고 자부심 강한 사람들이었소. 난 잘 알고 있소." 거기까지 말한 다음 그는 입을 다물었다. 나는 그가 나를 더 붙들어두고 싶어 하지 않는다는 걸 알았다. 그래서 그에게 막 인사를 하고 돌아서려는데 노크 소리가 났다. 나는 신 목사를 쳐다보았고 그는 고개를 끄덕였다. 내가 문을 열었다.

군복을 입은 사람 하나가 흐릿한 불빛 속의 홀 안으로 들어서다가 또 한 사람의 군복 차림이 와 있을 줄은 몰랐다는 듯 흠칫 놀라며 나를 쳐다보았다. 그의 겉모습은 나와 거의 다를 것이 없었다. 군화에 전투복 차림이었고 철모를 쓰고 있었지만 권총이나 부대 표지는 없었다. 그는 내 뒤에 잠자코 서 있는 집주인은 미처 못 본 모양으로 내게다 대고 말했다. "신 목사를 만나러 왔습니다. 나는 제3여단의 고 군목입니다. 옛 친구지요."

나는 그가 신 목사에게 바로 얘기하도록 비켜섰다. 군목은 앞으로 다가서더니 신 목사를 찬찬히 들여다보았다. 그는 키가 크고 뚱뚱한 체구였으며 눈썹까지 눌러쓴 철모가 고르지 않은 그늘을 짓고 있어 움푹한 턱 끝 말고는 옆모습이 잘 보이지 않았다. 그제야 그는 신 목사를 알아보고 큰 소리로 말했다. "아니 이거 자네 아냐! 정말 못 알아보게 됐군, 맙소사, 얼마나 고생을 했어, 그래?" 그는 불쑥 손을 내밀었지만 신 목사가 응하지 않는 바람에 그의 크고 뭉툭한 손이 갑자기 얼어붙은 듯 허공에 댕그라니 쳐들려 있었다. 군목은 그 손으로 신 목사의 팔을 움켜잡으며 말했다. "이거 원, 의사의 치료를 좀 받아야 겠네!"

신 목사는 군목의 손을 한쪽으로 거칠게 밀어붙였다. 그는 한 걸음 물러서더니 엄격한 어조로 말했다. "날 건드리지 말게." 그의 기침이 다시 터져 나왔고 간병인이 뒤에서 나타났다.

"왜 그래? 자네 아픈가?" 군목은 신 목사를 향해 물었다가 나를 돌아보며 계속했다. "이 사람 괜찮습니까? 어디 아픈가요?"

"자넬 만나고 싶지 않네," 하고 신 목사는 언짢은 어조로 말했다. "내 집에서 나가주게. 내가 왜 자넬 만나고 싶어 하지 않는지는 자네도 잘 알고 있지 않은가."

나는 막연한 적개심 같은 걸 느끼며 고 군목을 바라보았다. 그러나 그는 충격을 받거나 화를 내는 기색이 전혀 없었다. 오히려 그는 신 목사가 그런 태도로 나오리란 걸 예상했던 것 같아 보였다. 그는 잠시 말없이 서 있다가 공손한 투로 말했다. "그래, 잘 알고 있네. 날 어떻게 생각하고 있을지 이해하고 있어. 그러나 한 가지 긴요한 얘기가 있어 온 거니 그 얘기만 끝나면 돌아가겠네."

"말해보게." 신 목사가 명령하듯 말했다.

나는 신 목사를 돌아보았다. "제가 해드릴 일은 없겠습니까?"

"없소. 고맙소, 대위. 잘 가시오."

8

　일요일 아침 느지막이 장 대령과 나는 우리 본부에서 그리 멀지 않은 신 목사의 교회로 차를 몰아갔다. 우리는 인적 없는 골목에 차를 세우고 걷기 시작했다. 지프를 세워둔 곳에서 한 30보쯤 되는 곳에 두 사람이 간신히 지나갈 만한 낮은 오르막길이 있었다. 길 양쪽에는 회색 돌과 꾀죄죄한 석회로 지은 초라하고 얇은 집들이 줄지어 서 있었다. 새로 내린 부드러운 눈길 밑에는 오래되어 굳고 미끌미끌해진 얼음이 깔려 있었다. 장 대령은 꾸불꾸불한 골목길을 올라가느라 애를 먹었다.

　한참 가다가 돌아보니 우리가 방금 지나온 인가들의 눈 덮인 지붕이 내려다보였고 더 멀리 떨어진 집들의 지붕과 또 그 아래쪽으로 뚫린 한길이 보였다. 거기서 좀 더 위로 추어 올라가면 좌우로 공터와 조그만 나무문이 나오고 나무문을 지난 지점에 눈을 깨끗이 쓴 돌계단이 나타났다. 계단을 올라서자 넓고 커다란 반석 위에 네 개의 육중한 대리석 석주로 둘러싸인 붉은 벽돌의 웅장한 교회가 서 있었다. 교회의 커다란 채색유리창들이 햇살을 받아 붉게 빛나고 있었다. 십자가를 인 종탑은 흰 눈에 덮인 눈부신 교회 지붕 위로 높이 솟았는데 거기서 여러 개의 종소리가 밝은 허공으로 퍼지고 있었다. 교회 왼쪽으로는 바위 공터 끝에 쇠 울타리가 쳐져 있고 그 밑으로는 깎아지른 절벽이었다. 종소리가 멈추었다.

우리는 예배 시간에 좀 늦게 도착한 모양이었다. 사방이 너무 조용했다. 교회 안에서도 아무런 소리가 들려오지 않았고 아래쪽 한길의 자동차 지나가는 소리도 거기까지는 들리지 않았다. 교인들이 모두 기도 중인 것 같다고 나는 장 대령에게 말했다.

그는 나를 돌아보며 말했다. "대단한 교회지? 1천 명은 앉힐 수 있을 것 같은데."

"고스란히 남아 있으니 운이 좋았군요," 나는 말했다. "이 교회만은 누구도 손끝 하나 대지 않은 모양입니다." 그러면서 나는 같은 도시에서 서로 다른 운명을 만난 두 교회—박 군 아버지의 다 부서진 중앙교회와 전쟁의 환난을 견뎌낸 이 신 목사의 교회를 비교해보지 않을 수 없었다.

"운과는 아무 관계 없어," 장 대령이 말했다. "우린 일부러 이 교회만은 손대지 않은 거야. 이 교회에서 치열한 접전이 있었다는 거, 자넨 모르지? 빨갱이들은 바로 여기다 대공對空 포대를 설치했었다네. 공습당하기 쉬운 곳이지만 위로 쏘아 올리기에도 좋은 위치지. 놈들은 우리가 강 건너편으로 진격해왔을 때 여기다 포 관측소까지 차렸었어. 우리가 이 교회만은 때려 부수지 못하게 돼 있다는 걸 그자들은 알고 있었던 거야. 이 교회를 치지 않은 건 전술적 입장에서 보면 바보 같은 짓이지만 전략적 가치로 따지면 당장의 전술적 이득을 노려 때려 부수는 것보다는 훨씬 큰 의미가 있는 거지. 말하자면 우리 쪽의 상징적 제스처였지. 그러나 빨갱이들은 여기서 어느 목표에건 정확히 사격을 유도할 수 있었기 때문에 우리가 도하작전으로 평양을 점령하는 데 막대한 지장을 줬어. 할 수 없이 우린 특공대를 넣었지. 어떻게 했는지 모르지만 좌우간 특공대가 여기까지 기어 올라와서 포대를 점령했고 우리가 도하작전을 끝낼 때까지 공중 엄호를 받으며 여길 지켜 냈어. 그게 바로 이 교회 건물이 살아남은 뒷얘길세." 그는 종탑을 올려다보며 말을 계속했다. "자넨 빨갱이 하나가 바로 저 종탑에 올라가 우리 쪽을 향해 포격을 지휘하면서 제 목숨도 안전하게 도모했다는 사실을 상상할 수 있겠나? 우린 이 교회를 다치지 않으려고 온갖 노력을 다하고 있었는데 말야." 그는 머리를 좌우로 저으며 쿨럭쿨럭 헛기침을 한 뒤 나더러 교회 안으로 들어가자고 말했다. 우리는 뒷줄에 가서 자리를 잡고 앉았다.

교회 내부는 커다란 극장 안처럼 뒤쪽으로 오면서 좌석 줄이 높아지고 석회 기둥들이 발코니를 떠받들고 있었으며 제단을 향해 여러 개의 통로가 나 있었다. 제단 한가운데 설교단이 높직하게 만들어져 있었다. 흰 칠을 한 넓은 천장엔 여남은 개의 수정 샹들리에가 금색 도금을 한 사슬에 매달려 있었고 그 아래에서 신도들이 차가운 겨울 대기에 얼어붙은 수백 개의 생명 없는 조상彫像처럼 머리를 숙이고 기도 중이었다. 나는 신 목사를 찾아보았지만 제단 위에는 흰옷 차림의 장로 넷이 등 높은 의자에 앉아 있을 뿐 신 목사는 보이지 않았다. 제단 위의 의자 하나가 비어 있는 게 눈에 띄었다. 나는 장 대령을 흘깃 쳐다보았다. 그의 얼굴엔 아무 표정도 없었다. 다시 제단 쪽으로 눈을 돌리자 장로 하나가 제단의 오른쪽 방으로 들어갔다 나오는 것이 보였다.

그러자 기도가 끝났고 신도들 사이에선 옷깃 스치는 소리와 조심스러운 기침 소리들이 났다. 아까 그 장로가 다른 장로들 쪽으로 몸을 굽히는 것이 보였고 그중의 한 장로가 큼지막한 성경책이 펼쳐져 있는 설교단으로 올라가더니 찬송가 한 대목을 지정하며 그걸 부르자고 말했다. 장 대령은 앞줄 의자 뒤의 시렁에서 찬송가책을 하나 꺼내어 내게 넘겨주면서 일어서라는 손짓을 해 보였다. 파이프오르간이 서곡을 울리는 걸 들으며 우리는 일어섰다. 장 대령은 통통한 손가락으로 찬송가 한 대목을 가리키며 나더러 따라 부르라고 옆구리를 찔러댔지만 나는 신도들의 성가 합창에 끼어들지 않았다. 장 대령은 재미있다는 듯 내 행동을 지켜보면서 쿡쿡 웃기까지 했다.

합창이 계속되는 동안 앞서의 그 장로가 다시 옆방으로 들어갔다가 합창이 끝날 때쯤 해서 나왔다. 장 대령은 시렁에서 네모진 작은 봉투두 개를 집어 들고 돈이 있으면 조금만 꾸자고 내게 말했다. 나는 그에게 잔돈을 좀 건네주었고 그는 그걸 봉투 속에 집어넣으며 이건 헌금 액수를 밝히고 싶지 않을 때 쓰는 봉투라고 설명했다. 그는 봉투하나는 내게 건네주었다.

예배가 진행되고 있었으나 신 목사는 여전히 나타나지 않았다. 장로 한 사람이 성경 한 구절을 읽고는 신도들에게 말했다. 섭섭하지만 신 목사가 갑자기 병이 나서 예배에 나오지 못하게 됐다는 얘기였다. 장로는 이어 하나님의 뜻을 거역하는 자들에게서 고초를 겪고 나온 신 목사의 건강과 그의 빠른 회복을 위해 모두 기도하자고 말했다.

장 대령은 벌떡 일어나 교회 밖으로 나갔다. 나도 급히 뒤를 따랐는데 내가 묵직한 교회 앞문을 닫고 났을 때 그는 이미 저만큼 아래쪽 울타리 문으로 다가가고 있었다. 나는 내리막길을 달려가 그를 따라잡았다. 우리 두 사람은 말없이 언덕을 내려왔다.

장 대령은 지프를 세워둔 곳까지 와서야 한마디 내뱉듯 말했다. "설교를 하기엔 너무 병이 들었겠지!"

9

회의다 브리핑이다 하며 몇 차례 오가다보니 그날 오후가 후딱 지나가버렸고 4시가 훨씬 넘어서야 자유 시간을 얻게 된 나는 사무실로 가서 혼자 창밖을 내다보았다. 중앙교회 회색 종탑 위의 십자가는 기우는 저녁 햇살을 받아 희미하게 빛나고 있었다. 바람에 날린 눈가루들이 도시의 폐허를 스치다가 지나가는 지프며 트럭들의 뒤꽁무니를 따라가기도 하고 길 양쪽을 휘몰아치기도 했다. 땅거미와 그늘이 언덕배기로 기어올라 반신불수가 된 교회를 침범하다가 이윽고 종탑까지도 삼켜버렸다. 땅거미 속의 들쭉날쭉한 형체들이 점점 시커멓게 변하면서 침울한 정적이 온 도시에 내리덮이기 시작했다. 해가 빠르게 모습을 감추자 바람도 자고 종탑에서는 아무 소리도 들려오지 않았다. 저녁이 된 것이다. 나는 다시 신 목사의 집으로 향했다.

간병인이 나와서 나를 맞았다. 그녀는 머리를 말끔하게 빗질하고 옷에도 구김살이 없었으나 얼굴만은 걱정스러운 표정이었고 나를 보자 안으로 들어오게 할 것인지 내몰아야 할 것인지 판단이 서지 않는다는 듯 난처해하고 있었다. 우리는 흐릿한 어둠 속에 한참 말없이 서로를 바라보고 있었다. 이윽고 그녀는 머리를 저으며 겸연쩍은 웃음을 지어 보인 다음 나를 안으로 들어오게 하고는 말소리를 높이지 못하게 했다. 그녀는 내가 전날 신 목사와 면담했던 방의 문을 열어주면서 따라 들어오게 했다. 나는 그녀의 태도에 다소 기분이 좋았지만 여전히 마음 한구석은 꺼림했다. 나는 그녀에게 신 목사가 편찮은가고 물어보았다.

여자의 두 눈이 점점 가느다랗게 좁혀지면서 눈가에 주름을 만들었다. 갓을 씌우지 않은 냉혹한 알전등 아래에서 그녀의 얼굴은 얼핏 오므라든 데스마스크 같아 보였다. "편찮으신 정도가 아녜요" 하고 그녀는 말했다.

"의사를 부르러 보냈나요?"

"의사가 무슨 소용이 있겠어요?"

"어젯밤 보니 기침이 심하시던데요."

"그동안 피를 토했어요." 그녀는 머리를 설레설레 흔들며 말했다.

나는 신 목사의 병세가 그 정도이리라고는 생각지 않았던 터라 놀라움을 금치 못했다. "왜 진작 얘길 해주지 않았습니까? 이러고 있어선 안 돼요, 무슨 조치를 취해야지."

"우리가 무얼 어떻게 하겠어요? 목사님은 약을 드시지 않겠다고 거절했어요. 당신에게 필요한 것은 의사의 약이 아니라고 하셨어요."

"만나볼 수 있을까요? 지금 당장 좀 만나게 해주십시오."

"안 돼요. 어젯밤부터 계속 기도 중이시고 단식까지 하고 계세요. 저도 목사님이 부를까 봐 꼬박 밤을 새웠지만 목사님은 주무시지도 드시지도 않고 절 부르시지도 않았어요. 지금도 이층에서 기도 중이실 거예요."

우리는 한참 아무 말 없이 서 있었다.

"모두가 그 사람 때문예요!"

"어제 그 군목 말입니까?"

"어젯밤 목사님을 만나러 온 그 사람이죠. 댁이 가고 나서 두 사람은 고함을 치며 싸웠어요. 전 어떻게 해야 할지 몰랐습니다. 그러자 목사님이 기침을 하기 시작했는데 어찌나 심했던지 기침 소리가 부엌에까지 들리더군요. 할 수 없이 제가 나가서 그 사람더러 가달라고 했어요."

"전에도 그 사람을 본 일이 있나요?"

"아뇨, 없어요. 그러나 개인적으로는 모르지만 그가 어떤 사람인지는 모두들 알고 있어요." 그녀는 말했다. "그도 전에 평양에 교회를 갖고 있었지요. 그런데 어느 날 밤 도망갔어요. 아무한테도 말하지 않고 도주해버린 거죠. 전쟁 나기 1년 전 쯤이었어요."

"그 사람 가족은 없나요?"

"없었어요. 늘 혼자였어요."

"공산당과 무슨 말썽이 있었던 것 아닙니까?"

"모르지요. 그가 도망간 다음 날 빨갱이 내무서원들이 그의 교회를 덮쳐 청년 넷을 잡아갔는데 그 청년들은 그 후 다시는 보이지 않았습니다. 그런데 그가 군목이 되어 돌아온 거예요. 신 목사님이 화를 내고 흥분할 만하게도 됐죠." 그녀는 잠시 말을 끊었다가 계속했다. "그가 도망간 뒤로는 사람들이 우리 아들더러 그 교회를 맡아 돌보게 했었어요."

내가 끼어들었다. "댁의 아들?"

그녀는 내가 불쑥 질문을 던진 데 놀라 멈칫했다가 그제야 자기가 한 말을 깨닫고는 당황해했다.

나는 사과했다. "방금 하신 얘긴……?"

"신 목사님이 그러시던데 댁이 박인도를 아신다고요?"

"부인께서도 그를 알고 계십니까?"

"아뇨. 한 번도 본 일이 없지만 그 사람 아버진 잘 알고 있습니다."

"그럼 그들 부자 관계도 아시겠군요?"

"슬픈 일이었죠. 댁의 친구인 그 박 씨가 지금은 자기 아버질 어떻게 생각하고 있을까요? 아직도 아버지에게 화를 내고 있을까요?"

나는 잠시 망설였다. "아뇨, 아마 그렇지 않을 겁니다."

"그 이야기를 들으니 반갑군요. 내 아들은 일곱 살 때 아버지를 잃었어요. 내가 고생고생 하면서 학교엘 보냈는데 그 애는 이곳 교회 계통의 학교를 나와 교인이 됐어요. 바로 그 박인도 씨 부친한테서 세례를 받았답니다. 박 목사님은 우리 모자에겐 늘 친절하셨지요. 우리 아이가 신학교를 졸업하자 박 목사님이 손수 그 애를 목사로 임명하셨어요. 그러고 있는데 난데없이 전쟁이 난 거예요." 부인은 울먹이기 시작했다.

나는 일단 물어보지 않을 수 없었다. "그러니까 한 목사가 댁의 아드님이란 얘기시죠?"

그녀는 갈라진 손으로 얼굴을 가리며 말했다. "그래요. 내가 그 애 어밉니다."

10

본부로 돌아와보니 당번병이 기다리고 있었다. 장 대령이 나를 찾았다는 것이고 그에게 손님이 와 있다는 얘기였다. 당직 사관과 그날 일을 점검한 뒤 나는 장 대령의 방으로 올라갔다. 두 사람은 난로 곁에 같이 서 있다가 내가 들어서자 이쪽으로 고개를 돌렸다. 나는 대령을 찾아왔다는 손님의 얼굴을 금방 알아볼 수 있었다. 고 군목이었다. 나는 그를 장 대령의 방에서 다시 만나게 된 것이 별로 놀랍지 않았고 되레 재미있다는 느낌이 들었다. 그도 나를 알아본 듯 장 대령이 인사 소개를 하는 동안 얼떨떨한 표정으로 나를 훑어보고 있었다. 우리는 악수를 나누었지만 서로 아무 말도 하지 않았다. 석탄 난로가 탁한 공기를 토해내고 있어 온 방 안이 후덥지근하고 뿌연 습기에 차 숨이 막혀왔다.

"이 사람, 나하곤 오랜 친구라네. 신 목사하고도 친구지간이라면 아마 자네도 상당히 흥미가 동할걸." 장 대령은 그렇게 말하고는 고 군목을 돌아보며 확인했다. "그렇지 않은가?"

고 군목은 나를 향해 슬며시 웃으며 "신 목사와 친구라니 이거 놀랍고 반가운 일이군요. 그 사람과 난 신학교엘 같이 다녔고 같이 목사가 됐었지. 그 친구하곤 사귄 지 오래됐나요?"

"친구라고 할 순 없는 사이입니다. 잘 모르니까요."

"그런가요," 하고 고 군목은 잠시 사이를 두었다가 "그는 자기가 당한 고통에서 아직 완전히 회복이 되질 않은 것 같더군. 그가 공산당 감옥에 갇혀 있었다는 것 아시죠? 그 친군 자기가 빨갱이들의 박해에서 살아남았다는 사실에 굴욕을 느끼고 있는 것 같더군. 내 얘긴…… 거 있잖습니까, 열두 명의 순교자들……"

나는 장 대령을 바라보았다.

"여기 고 군목도 그 사건에 대해선 다 알고 있네." 장 대령은 나를 향해 말하고는 이어 고 군목 쪽으로 고개를 돌리며 "그건 안됐는데. 굴욕을 느껴선 안 되지."

"나는 신 목사를 충분히 이해해," 군목이 말했다. "내가 그의 입장이었대도 아마 같은 느낌일 거야."

"목사들은 할 수 없구먼." 장 대령이 머릴 저으며 말했다.

"사실 우리 목사들의 정신적 유대감은 당신네 군대 친구들 사이의 유대감보다는 훨씬 끈끈하지. 내가 이런 소릴 해선 안 될지 모르지만."

"아, 그 점에 대해선 나도 반박하지 않겠네," 하고 장 대령이 말했다. "아마 이 대위도 같은 생각일 거야. 하나님께 봉사하는 사람들의 동료

의식이 국가에 봉사하는 자들의 그것과 같을 수 있나. 정말로 하나님을 믿는다면 말야."

나는 장 대령을 보고 말했다. "절 찾으셨다면서요?"

그는 고개를 한 번 끄덕여 보였다. "여기 이 고 군목을 좀 돌봐주게. 앞으로 한 일주일쯤 여기 있게 될 거야. 불편한 것이 없도록 잘 좀 봐드려."

"이거, 짐이 될지 모르겠군요." 군목이 나를 향해 말했다.

"우리 군을 대표해달라고 내가 청했다네." 장 대령이 설명했다.

"무슨 뜻입니까?"

"이곳 기독교인들이 열두 명의 순교자를 추도하는 합동예배를 준비 중이야. 준비위원회의 목사 몇이 내게 지원을 요청해왔어. 물론 난 최대한 도와주겠다고 약속했지."

"하지만 대령님, 그들이 어떻게 알았을까요?"

"무얼?"

"그 열두 명에 대해서 말입니다."

"아, 그거, 내가 얘기했어."

"아직은 공표하지 않으셨잖습니까? 곧 공식 발표할 계획인가요?"

"조만간."

"남은 두 목사는 어떡하고요?"

"어떡허냐고? 뭐 좋은 수라도 있나, 이 대위?"

"무슨 수가 있어서가 아니라 그냥 알고 싶을 뿐입니다. 어떡하실 작정인지 말입니다." 나는 이번엔 고 군목을 돌아보며 말했다. "미안합니다. 지금 신 목사와 한 목사 얘길 하고 있는 중입니다."

"두 사람에게 뭐 잘못된 거라도 있나?" 군목이 미간을 찌푸리며 물어왔다.

"내가 알기론 없어." 장 대령이 거침없이 말했다.

나는 다시 한 번 장 대령의 꿍꿍이속을 알 수 없다는 생각이 들었다.

"이 대위, 자네는 여기 이 고 군목과 함께 그 합동추도예배에 군을 대표해서 참석해줘야겠어. 물론 둘 다 준비위원회에 끼어야지. 고 군목은 평양 시내 목사들과 협조하는 일을 맡고 대위 자넨 말하자면 병참 문제를 맡아주면 돼. 더 자세한 건 나중에 의논하지."

"같이 일하게 되어 반갑소이다." 군목이 내게 말했다.

"두 사람에겐 가치 있는 경험이 될 걸세." 장 대령의 말이었다.

"이상입니까, 대령님?"

"군목은 우선 내 방에서 지내게 될 거야. 그러니 야전침대라도 하나 마련해주게." 장 대령은 그렇게 지시하고는 군목을 보고 말했다. "안됐지만 우선 여기서 좀 지내주게나. 하루 이틀 새 좀 더 편한 곳으로 모실 테니."

"제가 이곳 기독교청년회 같은 델 접촉해볼까요, 대령님? 좀 더 지내기 좋은 곳을 마련할 수 있을지 모르니까요."

"나 때문에 괜히 신경 쓰지 마시오." 군목이 말했다. "나도 이왕 군에 있는 몸이니 잠쯤이야 아무 데서 자도 상관 않게 됐습니다. 이곳 교인들한테는 정말 폐를 끼치고 싶지 않아요. 그들에겐 그들 자신의 문제가 많은데 거기 또 짐을 보탤 순 없지. 정말 내 걱정은 마시오. 이 방에서 지내는 게 나로선 제일 편하리다."

"옳아, 군대 사람들은 자기 앞쪽은 자기가 가릴 수 있어." 장 대령이 말했다. "고 군목이 이 평양 바닥에 아는 사람이 없단 얘긴 아냐. 자네 혹 모를 것 같아 말인데, 고 군목은 전쟁 전에 여기 평양에 교회를 가지고 있었어. 나랑은 그래서 서로 알게 된 거지."

"장 대령이 내 목숨을 구해주었소." 군목이 말했다.

"그 당시, 그러니까 일 년 반 전이군. 내가 평양지구 군 정보망을 맡고 있었을 때지. 여기 이 친구가 우리 작전엔 말할 수 없이 소중한 존재였어. 내가 평양지역에 파견한 어떤 정보요원보다도 더 용감했으니까. 때로는 내 쪽에서 좀 슬슬하라고 부탁할 정도였으니 말야."

"자아, 그만들 하시지. 그 얘긴 꺼내지 않는 게 좋아. 난 그저 내 신념에 따라 행동했을 뿐이야" 하고 군목은 말했다.

장 대령은 껄껄 웃었다. "이 대위, 내가 사람을 보내 이 친굴 납치하지 않을 수 없었다는 거 알고 있나? 내 부하들이 이 사람을 억지로 평양에서 증발시켜야 했으니 좀 상상해보게."

"그만해두어." 고 군목이 갑자기 이맛살을 잔뜩 찌푸리며 다시 장 대령을 제지했다.

그러나 장 대령은 멈추지 않았다. "사실은 빨갱이들이 우리 측 작전을 눈치 챘던 거야. 우린 놈들의 첩보조직에 침투시켜놓은 이중 첩자를 통해 그걸 알아냈지. 놈들이 우리 조직에 막 손을 대려던 참이었어. 워낙 상황이 다급해서 이 친구에겐 평양을 빠져나오라고 지시할 여유조차 없었지 뭔가. 게다가 놀랍게도 이 친군 지하로 숨지도 않겠다고 버티었어. 떳떳하니까 숨고 뭐고 할 것 없다는 거였지. 할 수 없어서 내가 요원들을 보내 이 친굴 남쪽으로 납치했던 거야."

그러는 동안 고 군목은 별 감각이 없는 시선으로 장 대령을 바라보고 있었다.

　장 대령은 어깨를 한 번 으쓱해 보인 뒤 계속했다. "나로선 놈들이 자넬 쏘아 죽이게 가만 내버려둘 순 없었어. 자넨 순교자로 죽기엔 너무 아까운 친구니깐."

　"순교자? 희생자가 있었던가요?" 내가 물었다.

　장 대령이 손을 저어 보이며 대답했다. "아, 이젠 다 지나간 얘기니깐 그만해두지."

　그러나 고 군목은 화가 난다는 표정을 짓더니 가만히 대답했다. "그렇소, 대위. 희생자가 났었지. 목숨 넷을 포기했었으니까요. 네 사람이 그 후 빨갱이들에게 총살당했다오."

　"그만하면 됐어, 그만해." 이번엔 장 대령이 군목을 말리고 나섰다. "나로선 어쩔 수 없었네. 나도 최선을 다했던 거야. 자네로서도 어쩔 도리가 없었던 거고…… 자, 이제 그 얘긴 그만하고 당장 해야 할 일이나 의논하세. 참, 이곳 기독교 지도자들 몇 사람을 만나봤는데 이제 생각나는군. 미안한 얘기지만 그들에겐 건설적인 생각이라곤 하나도 없었어. 도대체 전투 정신이 없어. 고 군목, 자넬 부른 것도 그래서야. 그들이 자립할 수 있게 도와줄 사람이 필요해. 자네 같은."

　고 군목은 무언가 골똘한 생각에 잠겨 있는 듯했다.

　"우린 이곳 기독교회를 재건해야 하고 그들에겐 우리의 도움이 필요해." 장 대령은 말을 계속했다. "그들에겐 남한 교인들로부터의 정신적 지원과 우리 군대의 도움이 필요하단 말야. 무엇보다도 열정적으로 일을 시작해나갈 지도자가 있어야겠어. 알다시피 이곳 교인들은 지도자들을 많이 잃었어. 난 이번 합동추도예배가 상당히 도움이 될 걸로 봐. 한 가지, 우리 서로 이해해두어야 할 게 있어. 우린 공산당을 상대로 같이 싸우는 거니까 이 합동작전에선 말하자면 서로가 서로에게 모두 필요한 존재일세. 우린 기독교도를 돕고 교인들은 우릴 돕는 관계지."

"추도예배를 생각해낸 건 아주 잘한 걸세" 하고 군목이 담담한 어조로 말했다.

장 대령도 가라앉은 목소리로 말을 계속했다. "열두 명의 순교자들은 위대한 상징이야. 그들은 고난받는 교인들의 상징이자 궁극적인 정신적 승리의 상징이지. 그 순교자들을 결코 싼 값에 팔아 넘겨선 안 돼. 빨갱이들에 대한 그 순교자들의 정신적 승리를 모든 사람이 목격하도록 해야 한단 말야."

"이곳 교인들은 아직 박해의 질병을 앓고 있어." 고 군목이 마치 자기 자신에게 말하듯 조용히 중얼거렸다.

장 대령은 그러는 고 군목의 어깨를 두드리며 웃는 얼굴로 말했다. "그들에겐 낡은 부대에 담을 새 술이 필요해."

수증기를 내뿜는 난로에 등을 돌린 채 두 사람 사이에 서 있던 나는 그 순간 잠이나 자러 가야겠다는 것 말고는 아무 생각도 들지 않았다.

내가 사무실로 돌아온 직후 해병 중위에게서 전화가 걸려왔다. 박 군은 수일 전 해병대 사령부로 전속이 됐지만 당장 연락이 되질 않는다는 얘기였다. 휴가를 떠났는데 어디로 갔는지 아는 사람이 없다는 것이었다.

11

그날 밤 자정 조금 지나서 고 군목이 내 방을 찾아왔을 때 나는 막 주간 보고서를 끝내고 잠자리에 들려던 참이었다. 그는 그때까지도 군복 차림 그대로였다. 난로 곁에 의자를 놓고 내가 앉기를 권하자 그는 방해가 돼서 미안하다고 말했고 나는 내가 해줄 수 있는 일이 있느냐고 물었다. 그는 조금도 불편한 것은 없노라 대답했다. 한참 말없이 서로를 바라보고 있다가 이윽고 그가 머리를 저으며 말을 꺼내기 시작했다.

"난 정말 놀랐었소. 장 대령한테 시달리다 풀려나서 마음이 좀 편해지는가 싶은 순간부터 난 쭉 당신 생각을 하고 있었소."

나는 웃었다. "드디어 대령님이 군목님을 좀 쉬게 해주었군요?"

그도 히죽 웃었다. "싱거운 얘기지만 어젯밤 우리 신 목사 집에서 만났었죠. 아까 장 대령 방에 있을 때 내가 그 얘길 했어야 했을까요?"

나는 어깨를 으쓱해 보였다.

"당신은 왜 날 보았었다는 얘길 하지 않았소?"

"군목께선 왜 잠자코 계셨던가요?"

"난 생각해보느라고 여념이 없었소. 난 당신이 어젯밤 신 목사 집에 있었다는 사실을 장 대령에게는 알리고 싶어 하지 않는 줄로 생각했소."

"왜 그런 생각을 하셨을까요? 하지만 어쨌건 대단히 사려 깊은 행동이었습니다."

"날 생각해준 건 오히려 당신이었소. 좌우간 당신은 어젯밤 내가 신 목사 집에서 매우 난처한 입장에 있는 걸 본 사람인데 그런 사람을 오늘 밤 만나게 됐으니 나로서도 뭔가 생각해볼 시간이 필요했던 거요."

"그럼 서로가 모두 사려 깊은 편이었군요, 결국?"

"그럼 우리 친구 합시다." 그가 웃으며 말했다.

"친구가 되고 싶으신가요?"

"아하, 역시 좀 까다로우신 편이야," 군목은 말했다. "입대 전엔 대학 강사를 지냈다고?"

"그렇습니다."

"군대가 당신만은 물들이지 못했겠지?"

"왜 그런 말씀을?"

"내 얘긴," 군목은 목청을 가다듬으며 말했다. "당신만은 아직 너무 냉소적이지도 않고 직무에 너무 맹목적으로 충성하는 사람도 아니었으면 싶어서."

나는 아무 대답도 하지 않았다. 그러나 나는 속으로 군목의 얘기에 조금 놀라고 있었다.

"난 알고 있소." 그는 고개를 끄덕이며 계속했다. "대위는 지금 내 입장이 어떤 건지 알고 싶을 테지."

"글쎄요?"

"난 당신이 신 목사를 매우 존경하고 있다는 걸 알 수 있소. 구태여 부인하지는 말아요. 당신은 그를 잘 모른다고 했지만 난 잘 알고 있소. 아니, 신 목사에 관해선 내가 더 잘 알고 있다고 말해야 옳겠지. 난 그의 판단을 존경하오. 그는 당신을 아주 높이 평가하고 있었소. 내게 당신 얘길 합디다. 난 지금 당신한테 잘 보이려고 이러는 것이 아니고 신 목사의 어젯밤 태도가 잘못이라는 얘길 하려는 것도 아니오. 그가 나의 과거 행동을 그렇게 평가하고 있는 것도 무리는 아니니까."

"말씀드려도 될지 모르겠습니다만 저로선 군목님의 과거 행동에 아무 관심도 갖고 있지 않습니다."

"아니지, 관심을 가져야지. 그럴 만한 충분한 이유가 있으니까. 날 공산당 제보자라고 생각하는 사람들이 많았어요. 지금은 그렇지 않지만 말이오. 그래도 경멸은 하고 있거든. 일부 사람들은 내가 수치심도 없는 겁쟁이고 교회를 버리고 도망간 비겁자라 생각하고 있소. 또 어떤 사람은 내가 정보활동—노골적으로 말해 스파이 활동을 했고, 그런 활동은 성직 모독이라 생각하고 있어요. 내가 내 교회의 신도들을 배반했다고 생각하는 축도 있습니다."

"배반하셨던가요?"

"그렇소, 배반한 거요." 그는 망설이지 않고 대답했다. "내가 그들을 배반한 겁니다. 목자牧者가 신도들을 의심하고 심지어 자기 교회 장로들까지도 의심하기 시작한다면 그건 배반이지. 난 어느 누구에게도 마음을 줄 수가 없었소."

"왜 그랬습니까?"

"공포였어요. 단순한 두려움 때문이었소."

"이유 있는 두려움이었던가요?"

"불행히도 그러했소. 아까 내가 얘기했었지. 거 왜 내가 만부득이 버려야 했던 네 사람 말이오. 그중 하나는 공산당 끄나풀이었지. 믿기지 않을지 모르지만 그는 우리 교회 어떤 장로의 아들이었소." 군목은 거기서 잠시 말을 끊고 내 얼굴을 찬찬히 훑어보았다. "믿기지 않는다면 안 믿어도 돼요. 어쨌건, 아까 장 대령이 말한 대로 난 지하로 숨든가 교회를 버리고 달아나든가 하지 않으면 안 될 입장에 몰렸소. 그러나 난 평양에서 이틀을 더 버티었고 그러는 동안 장 대령의 부하들이 진남포 근처 해안에 모터보트를 갖다 대도록 주선했던 거요. 장 대령은, 그 당시는 소령이었지만, 그 무렵 그 끄나풀이 누군지 알고 있었소. 우리 요원들에 대해선 모두 암호를 쓰고 있었으니 이름만은 물론 몰랐겠지만. 그러나 나는 그 암호가 바로 내 수하 사람의 것임을 알고 있었고 네 사람의 이름을 아는 건 나뿐이었으니 그 제보자가 누군지 당연히 알 수 있었지요. 그래서 다른 세 사람더러 어서 지하로 숨도록 지시했습니다. 난 그 세 사람을 남쪽으로 데려갈 생각이었소. 그래서 서로 만나기로 약속을 해두었지. 그런데 장 대령의 수하 요원들을 지휘하던 중위 하나가 기어코 그 제보자를 없애고 가자는 것이었어요. 나로선 선택의 여지가 없었어요. 우린 결국 그 네 사람에게 우리와 만나도록 지시한 다음 회합 장소로 막 떠나려던 참이었소. 빨갱이들이 이미 알고 비상을 걸었다는 정보 연락이 우리 이중 첩자를 통해 전해진 게 바로 그때였소. 그 세 사람에게 연락을 취하기엔 이미 시간이 늦었어요. 나중 안 사실이지만 그들 넷은 빨갱이들에게 모두 붙잡혀 내무서로 끌려갔는데, 가는 길에 그중 셋이 달려들어 대항했소. 달아나려 했던 거지. 일이 다급해지니까 빨갱이들은 넷을 현장에서 사살해버리고 만 거요. 그중 하나는 자기 쪽 끄나풀이라는 것도 모르고."

나는 그 대목에서 끼어들었다. "왜 그 얘길 제게 털어놓으시는 겁니까?"

군목은 그러나 내 질문은 무시한 채 얘길 계속했다. "한데, 그 장로는 자기 아들이 옳은 일을 하다가 영웅적으로 죽었다고 믿고 있는 거요. 이번에 와서 그 장로를 만나보았더니 그렇더구먼. 평양 입성 후 나는 내 교회—아니, 나의 전 교회로 예배를 보러 갔다오. 물론 아무도 환영해주질 않더군. 오히려 쫓겨나지 않은 게 기적인지 모르지. 그 장로는 드러내놓고 내게 증오와 경멸을 표했고 다른 사람들도 그럽디다. 이게 지금 내 형편이오. 당신이라면 이럴 때 어떡하겠소?"

나는 그가 불쑥 내던진 그 뜻밖의 질문에 놀라지 않을 수 없었다. "왜 제게 그런 걸 물으십니까?"

"솔직히 말해서 남들이 어떻게 생각하든 난 상관하지 않아요. 당연히 해야 할 일을 했으니 말입니다. 내가 옳다고 생각한 일을 했던 겁니다. 난 비폭력 저항이라는 생각에는 동조하지 않아요. 다른 쪽 뺨까지 돌려대면서 두 번씩이나 뺨을 맞을 생각은 없거든. 정말이지 그럴 생각은 없어. 미안한 얘기지만 난 초기 기독교도들이 로마 황제의 굶주린 사자 떼 앞에 나아가 조용히 기도나 하면서 잡아먹히기를 기다렸다는 얘기 같은 건 전혀 좋아하지 않습니다. 난 오히려 구약의 신을 더 숭배해요. 까놓고 말해서 죽은 열두 명 순교자들은 순교자라 불릴 자격이 없는 사람들이오. 왜냐? 그 사람들은 빨갱이 박해 앞에서 저항의 손가락 한 번 든 적이 없고 북한 기독교인들의 고난을 덜어주기 위해 어떤 일도 한 적이 없는 사람들이오. 그들은 너무도 겁에 질려서 목소리 한 번 높일 엄두조차 못 냈던 사람들입니다. 신도들은 그들의 목자가 육신의 투쟁까지는 아니더라도 빨갱이들을 상대로 정신적 저항이나마 하고 있다는 얘기는 듣지도 느끼지도 못했어요. 그 목사들의 설교란 게 또 어땠는지 아시오? 말 그대로 양 떼를 돌보는 양치기들인 양 과연 한번 목가적이고 목자다운 것이었지. 그렇게 하면 빨갱이들이 아, 기독교도들이란 아무 해도 끼치지 않는 천사 같은 무리들이구나 하고 생각해줄 줄 알았던 모양이야. 그런데 어찌 됐습니까? 목사 열넷이 둘러앉아 그중 한 사람의 생일을 축하한다고 오찬을 즐기고 있는데 빨갱이들이 덮쳐 몽땅 쓸어 담아 간 거지. 그리고 이유도 없이 열두 명을 쏴 죽인 겁니다. 살아남은 두 사람 중에 하나는 미쳐서 돌아왔고 하나는 자기도 죽어 순교자가 되지 못한 걸 후회하고 있습니다. 난센스지, 난센스야! 하지만 신 목사가 살아 돌아온 건 기쁜 일이오. 그가 아무리 날 경멸해도 난 여전히 그를 나의 가장 훌륭한 친구로 생각하고 있으니까."

"그분이 고 군목님을 경멸하고 있나요?"

"그렇다오," 군목은 생각에 잠겨 말했다. "늘 그랬었소."

"무슨 뜻입니까?"

"아까도 말했지만 난 남들이 뭐라 생각하든 상관하지 않지만 단 한 사람 내가 신경 쓰는 사람이 있소. 그게 바로 신 목사요. 그 친구까지도 날 경멸한다는 건 정말 참을 수 없는 일이야. 그래서 어젯밤 그를 만나 내 얘길 털어놓았고 그 장로 얘기도 했소. 그리고 그의 조언을 구했어요."

군목은 멈추지 않고 계속했다. "사실을 있는 그대로, 진실 그대로 얘기했죠. 나로선 성자건 배반자 유다건 어느 쪽 역할도 더는 계속하기가 피곤했소. 난 그 교활한 장로와 기타 다른 사람들한테 당할 만큼 당한 거요. 그래서 난 사실을 사실대로 모두 폭로하겠다고 신 목사에게 말했소. 내 누명을 벗고 싶어서가 아니라 약자의 고난이 어쩌고저쩌고 하는 그 바보 같은 생각에 넌더리가 나서, 그리고 나를 비겁자니 배교자니 욕해대는 북한 기독교인들의 거짓 자존이 더 이상 참을 수가 없었기 때문이오. 여기 기독교인들은 모두 병들어 있어. 박해에 순순히 굴복하는 동안 몸에 배어버린 정신적 질병이 그들을 마비시키고 있는 거요. 그런데 이제 해방이 되고 나니 하는 짓들이 뭔지 아시오? 떠들어대는 일뿐이야."

군목의 얘기는 더 계속됐다. "신 목사는 화를 냅디다. 왜 그러는지 모르겠소. 아마 그는 내가 군복을 입고 나타난 데다 정의의 이름으로 폭력을 선전하는 자들의 일에 관여하고 있대서 화를 낸 건지도 모르지. 그러나 그는 내가 그 장로의 영광스러운 환상을 벗겨 그의 아들에 관한 진실을 알게 하겠다는 생각에 더 화를 낸 것 같아요. 이렇게 말하더군요. '그러면 그 노인이 어떻게 되겠나 생각해보게!' '내가 알 게 뭐야!'라고 대꾸했더니 그는 '그 사람은 이미 늙었고, 자네가 말한 그 영광스러운 환상이 필요한 사람이야. 어떻게 감히 그 늙은이에게 또 고통을 안겨줄 수 있겠어? 이유야 어쨌건 그 사람은 아들을 잃었고 그에겐 그 사실 하나만도 견딜 수 없는 고통이야. 그러나 그는 자기 아들이 영웅으로 죽었다고 믿기 때문에, 그리고 남들도 그렇게 믿어주니까 그 고난을 이겨낼 수 있었던 거야.' 그래서 나도 대들었지. '그럼 자넨 내가 어떡 했음 좋겠나? 그의 아들이 영웅이라고 나도 계속 인정하란 말인가? 내가 계속 거짓말을 해야겠다는 건가? 진실을 말하지 않는 건 거짓말하는 거나 마찬가지 아닌가. 그 늙은이와 자네들이 모두 나를 경멸할 수 있도록 그 정도 거짓말쯤은 계속해달란 얘긴가?' 그는 나의 이 말에만은 뭐라고 대답을 못합디다. 난 대답하라고 계속 몰아붙였소."

"그래 뭐라시던가요?"

"마침내 한다는 소리가 자길 혼자 있게 내버려두란 거였소. 난 내가 어떻게 해야 할지 혼란에 빠져 있노라 말했소. '난 모르겠네, 어째야 좋겠나, 얘길 좀 해주게,' 그랬더니 그가 뭐랬는지 아십니까. '나도 자네처럼 어찌해야 할지 모르고 있네. 어쩜 자네보다 더할지도 몰라.' 왜 그러냐고 물었죠. 대답을 않더군요. 그는 자기가 기도하고 있다, 자기의 혼란(그게 뭔지 모르지만)에 해답을 줍소사 기도하고 있노라고만 대답했소. 그러고는 '자네도 더 많이 기도해야겠어'라는 것이었소. 자, 당신은 어떻게 생각하오?"

"정말 모르겠습니다," 나는 솔직히 시인했다. "장 대령이 그 장로에 대해 알고 있나요?"

그는 고개를 저었다. "물론 모르고 있소. 그에겐 얘길 할 수 없었소."

"왜요? 그분이라면 문제를 아주 쉽게 해결해줄지도 모르잖습니까?"

고 군목은 그 말에 웃음을 떠올렸다. "이 대위, 난 장 대령이 내 사생활의 영역에서만은 움직이게 하고 싶지 않다는 걸 당신이 기억해줬음 좋겠소."

"그 사생활을 왜 제겐 털어놓으시는 겁니까?"

"당신에겐 내가 흥미를 갖고 있기 때문이오."

"저로선 군목님의 관심을 끌 만한 일을 한 적이 없는 것 같은데요. 저도 군목님 못지않게 혼란에 빠져 있습니다. 이유는 다를지 모르지만."

그는 자리에서 일어섰다. "물론, 당신은 아무 일도 하지 않았소. 그러나 신 목사 때문이오."

나도 일어섰다. "무슨 뜻으로 하시는 말씀입니까?"

"앞서도 말했지만 난 신 목사의 판단을 존중하고 있소. 그와 알고 지낸 지도 오래되고 한때는 그가 나의 가장 좋은 친구였소. 난 몇몇 원칙에 있어서만은 그와 의견이 다르지만 그렇다고 내가 그의 자문을 기피하는 건 아니오."

"그래 무슨 자문을 주시던가요?"

"그는 당신한테 얘길 하면 당신이 내 개인 문제에 관심을 가질 거고 어쩌면 도움이 될지도 모른다고 말했소."

그는 그러면서 내 팔을 잡았다. "이 얘기까지도 해야겠소. 신 목사는 당신이 사람들을 괴롭히는 불의와 절망에 깊은 상처를 받은 사람일 거라고도 말했소."

내가 아무 반응이 없자 그는 말했다. "그럼 잘 자시오, 대위."

우리는 문가에서 악수를 나누었다. 어둑한 복도에서 누군가의 발걸

음 소리가 울려왔다. 당직 사관이 층계를 올라오고 있었기 때문에 군
목은 내 귀에 대고 나지막이 말했다.

"다시 한 번 물어볼까요? 당신이 내 입장이라면 어떡하겠소?"

나는 있는 대로 용기를 내어 그의 눈을 똑바로 대하고 섰다. "제게
물어보라는 것이 신 목사님의 의중이었다고 생각하십니까?"

군목은 고개를 끄덕였다.

"저라면 진실을 얘기하겠습니다." 나는 단호하게 말했다. "진실은 뇌
물을 먹일 수 없는 겁니다."

"당신이 정말 부럽소! 당신의 그 젊음이 부럽소!"

12

다음 날 아침 나는 다른 때와 마찬가지로 9시 반의 브리핑에 참석했고 국군 순찰대가 서부 전선에서 중공군과 조우했다는 보고를 들었다. 그러고 있는데 내 앞으로 전화가 걸려왔다. 나는 본부 입구의 당직 사관 책상으로 내려갔다.

"K-10-9에서 전화입니다." 당직 중위가 말했다. K-10-9는 강 건너에 위치한 공군기지였다.

나는 수화기를 들었다. "이 대위입니다."

"어이, 이리로 차를 좀 몰고 와줄 수 없겠나? 그래야 내가 자네한테 임시 임무를 신고할 수 있을 거 아냐?" 박 군의 전화였다.

나는 장 대령에게 전화를 걸어 내가 잠시 방을 비우게 되겠다고 말하고 박 대위가 도착했다고 알려주었다. 그는 이미 해군 정보부대로부터 연락을 받았음이 분명해 보였다.

"내가 알기론 박 대위가 자네한테로 배속이 된 것 같던데, 아닌가?"

나는 장 대령에게 특별히 배려해주어 고맙다고 대답했다.

"왜 내게 감사하나? 해군에 해야지. 좌우간 박 대위를 만나거든 아버님 일은 참 유감이라고 전해주게. 박 대위에 관해선 나도 좀 들어 알고 있으니 한번 만나보고 싶네. 도착하면 같이 좀 들러주겠나? 그리고, 여기 같이 있는 동안 그 사람 잘 돌봐주기 바라네."

수화기를 내려놓으면서 나는 전쟁 이후 처음으로, 이제 그만 대학으로 돌아갈 수 있었으면 좋겠다는 생각이 들었다. 창밖에는 회색의 아침이 낮게 드리워 도시의 모습을 흐려놓고 있었고 하늘에는 거무죽죽한 구름이 교회 건물 위를 지나가고 있었다. 중앙교회의 종이 약하게 댕그렁거렸다. 고 군목이 신문을 접어 들고 들어와 내 손에 쥐여주었다. 그는 "정말 이해할 수 없어" 하며 고개를 흔들었다.

나는 신문을 들여다보지 않았다. 혼자 있고 싶었던 것이다.

"신 목사 얘기요," 하고 군목은 말했다. "도무지 이해가 되질 않아. 장 대령이 그를 의심한다는 건 나도 알고 있었소. 하지만 난 신 목사를 믿었소. 그는 나한테도 자기는 그 현장에 없었고, 그 사건에 관해선 아는 바가 없다고 말했었소."

"무슨 얘깁니까?"

"열두 명 목사 처형 사건 말이오. 신 목사는 자기와 한 목사가 그 열두 명과는 따로 격리수용이 돼 있었기 때문에 처형에 관해선 아는 바 없다고 내게 분명 말했어요. 장 대령은 생각이 다르다는 걸 나는 알고 있었지만 그러나 난 신 목사를 믿었지. 그런 신 목사가 내게 거짓말을 하다니. 그런데 이것 좀 보시오. 이게 뭐요?" 그는 내게서 신문을 도로 낚아채어 내 책상에 확 펼쳐놓았다. "이걸 읽어보시오. 시내에 쫙 깔렸소."

그것은 평양서 발행되는 〈자유신문〉이었는데 1면에 합동추도예배 준비위원회가 발표한 성명서가 실려 있었다.

육군 방첩대의 발표에 따르면 육군 정보당국은 12명의 북한 기독교 목사들이 전쟁 발생 수시간 전인 6월 25일 새벽 0시 반 북한 괴뢰정권의 비밀경찰들에 살해됐다는 확증을 가지고 있다 합니다. 그들 중 북한 기독교계의 탁월한 지도자였던 박 목사를 비롯한 8명은 평양 지역 목사들이며 6명은 지방 목사들로서 모두 '반동'이라는 혐의로 빨갱이들에게 체포됐습니다. 이 같은 살육 행위는 괴뢰정권의 내무서가 계획하고 평양의 괴뢰 비밀경찰이 자행한 것으로 알려져 있습니다.

체포된 14명 중에서는 단 두 사람만이 살아남았습니다. 그들은 평양의 신 목사와 한 목사인데 이 두 사람은 처형 현장에서 12명의 순교자들이 당한 비극적인 최후 순간을 목격했습니다.

이에 우리는 평양의 기독교 각 종파를 대표하여 이들 12명의 순교자를 추도하기 위한 합동예배를 준비하기로 했습니다. 추도예배는 11월 21일 화요일 하오 2시 제일 장로교회에서 거행됩니다. 순교자 가족들에게는 그들이 전원 합동예배에 참석할 수 있도록 군 당국의 각별한 협조가 있어 당일 차편과 기타 편의가 제공됩니다.

평양 시민들은 종교와 신앙을 초월하여 이날 예배에 참석해주심으로써 영원한 자유의 대의명분을 위해 고결한 피를 흘린 수난의 기독교인들과, 공산주의자들의 박해 앞에서 궁극적인 정신적 승리를 영광스레 증언한 이 순교자들을 다 함께 추도해주시기 바라는 바입니다.

성명서 밑에는 준비위원회 위원들의 이름 여남은 개가 나열되어 있었다. 그중에 고 군목은 준비위원회 위원장이었고 박 군은 순교자 가족대표였으며 나는 연락장교로 되어 있었다.

고 군목은 그 성명서를 쓴 사람이 내가 아니냐는 듯이 나를 응시했다. 나는 신문을 주머니에 구겨 넣고 사무실을 나와 공군기지로 차를 몰았다. 나는 혼란스러웠고 화가 나 있었다.

13

공군기지 작전소 건물의 담배연기 자욱한 대기실은 끊임없이 들락
거리는 전투잠바 차림의 장교와 사병들로 잔뜩 붐비고 있었다. 확성
기가 삑삑거리고 붉은색 푸른색의 신호등이 번쩍거리고 부저가 울리
고, 바깥 활주로에서는 제트 전투기들의 날카로운 금속음이 웅성거리
는 잡음을 뚫고 들려왔다. 박 군과 나는 악수를 나눈 뒤 잠시 서로의
행색을 훑어보았다. 그런 다음 그는 "도대체 어떻게 된 거냐?"며 단도
직입으로 질문했다.

나는 신문을 꺼내어 합동추도예배 준비위원회가 낸 성명을 읽어보
도록 권했다.

그는 그냥 신문을 한 번 거들떠보고는 "알고 있네, 알고 있어. 서울
에서 다 읽어봤으니까," 하고 말했다. 그 성명은 서울과 북한 신문에

동시 게재된 모양이었다. "그게 자네가 한 짓은 아니란 거 알고 있어. 자네가 그럴 위인은 아니라는 것쯤은 알고 있으니 말야." 그는 왼쪽 눈을 찡긋하며 웃어 보이려 했다. "하지만 거기 내 이름이 얹혀 있는 걸 발견했을 땐 난 이미 부산까지 거의 다 갔을 무렵이었어."

그는 별로 변한 구석이 없었다. 몸은 옛날처럼 여전히 호리호리했고 행동은 엄격하고 꾸밈이 없었다. 그의 입술은 과거에 내가 동정 비슷한 느낌으로 늘 눈여겨보곤 하던 그대로 꽉 다물려 있었다. 다만 한 가지, 오만해 보이기까지 했던 그의 눈빛만은 전과는 다르게 생각에 잠긴 눈으로 바뀌어 있었다. 나는 처음으로 그가 안됐다는 느낌이 들었다.

그는 지친 듯한 어조로 말했다. "그 얘긴 하지 말기로 하지. 내가 지금 보고 싶은 건 내 고향 도시가 어떻게 됐나 하는 거야. 평양을 마지막 본 것이 벌써 10년 전 아닌가."

우리는 기지를 나서서 시내로 향했다. 차를 몰아 평양으로 들어가는 동안 우리는 별로 말이 없었다.

사무실에 도착했을 때는 정오 조금 전이었다. 우리는 철모와 야전 잠바, 권총 등을 벗고 난로 옆 의자에 걸터앉았다. 박 군은 담배를 피워 물었는데 그의 왼손이 눈에 띄게 불안정해 보였다.

"팔은 어때?" 내가 물었다.

"괜찮아." 그는 그을린 얼굴에 약간의 미소를 떠올리며 대답했다. "자네 무릎은?"

"괜찮으이." 나는 그의 암녹색 야전복 왼쪽 주머니에 찍힌 한국 해병대라는 뜻의 영문 머리문자 'KMC'와 닻 모양의 해병대 표지를 보며 말했다. 그는 자리에서 일어나 창가로 걸어갔다. 나도 그의 곁으로 다가갔다. 바깥은 여전히 우중충한 회색이었다. 우리가 내다보고 있는 동안 거리에는 마침 오가는 차량도 없었고 폐허를 뒤지는 사람들의 모습도 보이지 않았다. 중앙교회 주변은 잠잠해 보였다.

"그래 그 사람이 죽었단 말이지." 박 군은 담담하게 말했다. "순교자로 말야."

우리는 밖을 내다보며 한동안 잠자코 서 있었다. 다시 의자로 돌아온 박 군은 꼭 쥔 주먹을 무릎에 얹고 구부린 자세로 말했다. "물론 자넨 알겠지만, 난 이 추도예배란 것에 끼어들지 않겠네."

"그럼 뭣 하러 왔나?" 내 목소리가 뜻밖에도 거칠게 나오는 통에 나 자신도 움찔했다.

그는 위축되지 않았다. "뭣 하러 왔느냐고? 자네가 그렇게 물어올 줄 알았어." 그는 생각에 잠겨 말했다.

전화가 울렸다. 박 군이 지금 내 방에 있느냐는 장 대령의 전화였다. "그를 좀 만나보고 싶군. 아, 지금은 바쁘니까 좀 있다 만나겠어. 그동안 박 대위 데리고 신 목사나 좀 만나보고 오면 어때? 그의 아버지의 죽음에 대해 난 심심한 애도를 느끼고 있네. 그도 아마 아버지의 비극적 죽음에 관해 더 알고 싶은 게 있을 거야. 그 사건을 가장 잘 설명해줄 수 있는 사람은 내가 알기론 신 목사뿐일세. 자네 친구에게 내 안부 좀 전해주게나. 그건 그렇고, 고 군목이 어디 있는지 모르나? 모른다고? 그럼 됐어."

나는 박 군을 보고 말했다. "우리 대장이야, 장 대령이지."

"나도 얘기는 좀 들었어." 그는 무관심한 어조로 대답했다.

"자넬 좀 만나고 싶다는군."

"난 전혀 그럴 생각이 없네. 자넨 내가 그를 만나봐야 한다고 생각하나?"

"당분간은 만나지 말게. 필요하다고 생각될 때 내가 데리고 갈 테니."

문에서 노크 소리가 나더니 전령이 들어섰다. 어떤 늙은 부인이 내게 직접 편지를 전하겠다며 찾는다는 것이었다. 나는 박 군더러 잠시 기다리게 하고는 아래층으로 내려갔다. 한 목사의 어머니가 와 있었다.

나는 그녀를 당직 사관실로 데리고 들어갔다. 부인은 편지를 전하면서 왈칵 울음을 터뜨렸다. "좀 도와주셔야겠어요. 신 목사님을 꼭 좀 도와주세요!"

그녀가 들고 온 짤막한 쪽지 편지엔 이렇게 쓰여 있었다.

이 대위,

다시 좀 만나고 싶소. 가급적 빨리 만나러 와주시면 매우 고맙겠소. 당신의 친구 박 군에 관한 문제요. 당신이 도와주길 바라오.

신 목사

"뭐라고 썼어요?" 한 목사의 어머니가 얼굴을 훔치며 물었다.

"저더러 만나러 와달라는군요."

"그러면 얼른 가주셔야겠어요. 가서 어떻게 좀 해주셔야겠어요." 부인은 제정신이 아닌 사람처럼 감정을 억누르지 못했고 거의 신경질적이기까지 했다.

나는 그러는 부인을 진정시키면서 무슨 일이 있었느냐고 물어보았다.

"무슨 일인지 도대체 모르겠어요. 글쎄 수많은 사람들이 한꺼번에 몰려들어 신 목사님을 만나겠다는 거지 뭡니까. 오늘 아침나절은 온 집이 사람들로 꽉 찼어요. 아직도 안 가고 있을 거예요. 교회에서 온 사람들이래요. 신문기자들도 와서 목사님 사진을 찍고 야단이었어요. 목사님은 기침이 대단하면서도 오는 사람마다 죄 만나는 거예요. 선생님도 그 신문 읽어보셨나요?"

나는 고개를 끄덕였다. "부인도 읽으셨군요."

"오늘 아침 어떤 사람이 신문을 들고 일찍 집으로 찾아왔어요. 그가 떠난 뒤 목사님은 나더러 신문을 읽어보라고 했어요. 사실이래요. 목사님은 내게 모든 걸 얘기해줬습니다."

"그랬어요?"

"목사님과 내 아들이 현장에서 모든 걸 다 봤대지 뭡니까." 부인은 내 기색을 살피며 말을 계속했다. "그러자 교회에서 사람들이 몰려오기 시작했어요. 그 군목이란 사람도 왔더군요. 모두들 신 목사님이 그 죽은 목사들에 관해선 지금까지 왜 일절 모른다고 얘기했는지 따져야겠다는 것이었어요." 부인은 또 한 번 말을 중단하고 나를 힘없이 쳐다보다가 계속했다. "어떻게 되는 걸까요? 선생님, 우리 아들과 신 목사님이 어떻게 될 것 같습니까?"

"신 목사님이 아드님에 관한 얘기도 했습니까?"

"내 아들에겐 감당하기 너무 어려운 일이었다면서 그래서 내 아들이……" 부인은 다시 흐느끼기 시작했다.

나는 그녀를 최대한 안심시키려 했다. "교회에서 온 사람들에게도 목사님이 무슨 얘길 합디까?"

그녀는 고개를 저었다. "아네요, 아무 말도 않고 그저 그들이 떠들어 대게 가만 내버려뒀어요."

"화를 내지도 않고?"

"네, 화라도 좀 내줬으면 했는데 그러질 않더군요. 당신들한텐 할 얘기가 없다는 말만 했어요. 어떤 사람은 그럼 왜 거짓말을 했느냐고 따지더군요. 정말 난 참을 수가 없었어요."

나는 부인과 함께 신 목사 집으로 가겠다고 말했다. 그녀에게 의자를 권하고 잠시 기다리게 한 후 나는 내 방으로 뛰어 올라갔다. 박 군은 창가에 서서 밖을 내다보고 있다가 내가 들어서자 고갤 돌렸다.

"자넨 내가 왜 왔느냐고 물었지." 그가 무거운 목소리로 말했다. "신목사를 만나고 싶네. 그를 만나러 온 거야."

"그 사람은 왜 만나겠다는 건가? 알고 싶은 게 뭔가?"

"딱 한 가지, 그가 죽을 때 어떻게 죽었나 알고 싶네." 박 군은 재빨리 대답했다. 그의 목소리에는 감상적이거나 경건한 구석이 전혀 없었고 해야 할 얘기를 당연히 하는 사람처럼 메마른 어조였다.

"난 자네가 아버지하곤 아무 관계도 없는 줄로 알고 있었는데."

"자네가 의외라고 느낀다면 무리도 아니지." 박 군은 건조한 어투로 말했다. "나 자신도 의외라고 느끼고 있으니까. 그는 광신자였어. 난 광신자들을 좋아하지 않아. 우린 통하는 데가 없었어. 정말 아버지로 생각해본 적도 별로 없었거든. 그런데 그가 일단 죽고 나니 그 죽음이 내 마음에서 떠나지 않는군. 난 그가 순교자냐 영웅이냐 따위엔 아랑곳하지 않아. 그런 건 관심 밖이니깐. 내가 알고 싶은 건 그가 끝까지 광신도로서, 자기야말로 이 지상에서 가장 의로운 하나님의 종이라는 그 믿음을 마지막까지 지키면서 죽었느냐 하는 거야. 그게 그의 믿음이었고 자기가 생각한 자기 모습이었거든. 그러니 과연 그가 그런 모습을 구기지 않고 끝까지 지키며 죽었는지 알고 싶은 걸세."

그런 다음 그는 우울한 목소리로 덧붙였다. "내가 너무하다고 생각하나?"

"부친은 이제 순교자야. 자넨 그걸 잊어버리면 안 돼."

"그까짓 거. 내가 알고 싶은 건 하나뿐이야. 죽음을 앞둔 그 최후의 순간에 그가 결국 나하고 나누어 가질 만한 어떤 공통된 그 무엇을 보여주었느냐 하는 것 말일세." 그는 잠시 말을 끊었다.

"계속해보게."

"그런 게 전혀 없었다면 그와 나는 영원히 관계없는 사람이 되는 거야."

"한데 어째서 그런 집념을 갖게 됐나?"

그의 두 눈은 대단한 밀도로 이글거리고 있었다. "그와 내가 마지막으로 만났을 때 난 얘기했었지. 당신도 결코 잘못이 없는 사람일 수는 없다고 말야. 그걸 빨리 깨달을수록 자기 영혼의 진정한 구제를 위해 좋을 거라고 말해줬지. 좌우간 영혼의 구제, 그게 그가 바랐던 거니까. 그래, 그때 난 그렇게 얘기했었어. 이제 그 생각이 나를 사로잡는군. 자네 이해할 수 있겠나?"

그는 말을 이었다. "난 일상적이고 세속적인 부자 관계엔 관심 없어. 심지어 내가 그에게 버림받은 자식이라는 사실조차도 관심 밖의 일일세. 내가 생각하는 건 그가 광신자요, 신에 취한 사람이었다는 거야. 그는 한 번도 냉정하게 자기 자신을 검토해본 일이 없어. 날 버려야겠다고 생각했을 때도 마찬가지였지. 언제나 자기가 옳다고 생각했거든. 그는 단 한 번도 자기의 신에 대한 믿음을 의심해본 적이 없고 자기와 자기 신의 관계가 스스로 믿은 것처럼 과연 그렇게 사이좋은 것인지 단 한 번 의심해본 일도 없었어." 그는 돌아서더니 무너진 교회를 손가락으로 가리켰다. "저것이 그의 세계였어."

"자넨 스스로를 검토해본 일이 있나? 냉정하게 말일세."

"여러 번이지."

"아버님도 죽기 전에 그랬을 거라곤 생각지 않나?"

그는 초조하다는 듯이 후딱 몸을 돌리며 말했다. "그래서 내가 신 목사를 만나겠다는 것 아닌가!"

"그 사람은 가만 내버려둬!" 나는 소리를 질렀다. 나도 모르게 고함소리가 나왔다는 것에 충격을 느끼며. "얼마 동안은 그 사람 좀 가만 내버려둬야 해."

박 군은 놀란 표정으로 나를 바라보았다.

"미안하네. 자네한테 신 목사 얘길 해줄 참이었는데 시간이 없군. 지금 그를 만나러 가야 해."

"나를 데리고 가지 않겠다는 얘긴가?"

"지금은 안 돼." 나는 또 한 번 내 음성이 높아지는 걸 느꼈다. "그를 만나도 될 때에 가서 알려주겠네."

14

내가 편지를 받고 곧장 달려와준 데 감사를 표한 다음 신 목사는 말했다. "고 군목한테서 박인도 군이 왔다는 얘길 듣고 다소 놀랐소." 될수록 기침을 하지 않으려고 목청을 가다듬으며 그는 핏기 없는 얼굴에 억지로 웃음까지 떠올렸다.

나는 박 군의 도착이 내게도 전혀 뜻밖의 일이라고 말했다.

"그럼 그를 오도록 주선한 건 당신이 아니었군요."

"그렇습니다."

"나도 당신이 그 추도예배에 뭐랄까, 박 군이 일역을 맡도록 하기 위해 그를 불러들였으리라곤 생각지 않았소. 그 사람 생각은 어떻습디까?"

"전혀 관계하고 싶지 않다더군요. 하필이면 여러 사람 중에서 그가 순교자 가족대표로 나간다는 건 우습지 않겠습니까?"

"당신네 대령에겐 별로 우스운 일이 아닐 거요."

"장 대령은 박 군이 목사님을 만나봤으면 하고 있습니다."

"그래서 그가 박 대위를 이리로 부른 것 아닐까요?"

"목사님께서 그에게 뭔가 할 얘기가 있을 거다―그런 뜻에서 말인 가요?"

"그럴지도 모르지요. 고 군목은 하필 이런 때 박 대위를 부른 것은 장 대령이 날 난처하게 하기 위해서라고 생각하고 있더군요."

"목사님께선," 하고 나는 약간 망설이다가 물었다. "난처하신가요?"

"그렇지 않소."

"박 군에게 들려주셨으면 하는 얘기가 있습니까?"

그는 대답하지 않았다.

나는 다시 캐물었다. "박 군을 만나보시겠습니까?"

"당신은 내가 그를 만나야 한다고 생각하오? 아니면 박 군이 날 만 날 의향이 있다는 거요?"

불안한 침묵이 우리 두 사람 사이에 깔렸다. 먼지 긴 창 너머 하늘 에는 아직도 구름이 잔뜩 끼어 있었다. 고르지 않은 창살 사이로 휘어 진 소나무들의 눈 쌓인 가지가 때로는 크게 때로는 움츠러든 모습으 로 비쳐들었고 가지들이 바람에 흔들리는 것이 보였다. 한 목사의 어 머니가 발소리를 죽이며 걸어 들어와서 찻잔을 내놓고 물러갔다.

신 목사는 자기 의자 옆의 조그만 탁자에 찻잔을 내려놓으며 말했 다. "신문에 난 성명은 사실이오."

나는 아무 말도 하지 않았다.

"난 목사들의 처형 현장에 있었소," 하고 신 목사는 내가 자기 말을 의심하지 못하게 하고 싶다는 듯이 확고한 어조로 말했다. "그건 결코 당신네 대령이 꾸며낸 얘기는 아니오."

"그러니까……?"

"그러니까 내가 당신한테 거짓말을 한 거요." 그는 담담하게 말했다.

"모든 사람들에게 거짓말을 하신 거죠."

"그렇소. 난 내 양심이 반드시 죄가 없다고 주장하진 않소."

"좀 화가 나는데요." 나는 말했다.

"내게, 아니면 당신네 대령에게? 화내지 마시오. 그는 자기가 해야 할 일을 하고 있을 뿐이니까."

"목사님께선 그의 행위를 오히려 고맙게 생각한다는 툰데요."

그러자 그는 거리낌 없이 대답했다. "난 그에게 감사하고 있소."

"그는 목사님을 거짓말쟁이로 폭로해놓았습니다."

"물론이오."

"목사님께서 거짓말을 해왔다는 걸 이제 모두 알게 된 겁니다."

"그렇소."

"그게 바라던 겁니까? 목사님, 이건 심각한 문젭니다. 목사님 같은 분이 거짓말을 자인한다는 것 말입니다."

"그렇소. 심각한 문제요."

"목사님께선 사람들에게 충격을 주었습니다. 그들이 그 충격과 혼란에서 일단 정신을 차리면 필시 이리로 몰려와 왜 거짓말을 했느냐 따지고 들 겁니다."

"이미 몰려왔었소."

"그래 목사님은 아무 할 얘기가 없었나요?"

"없었소."

"사람들이 왜 무슨 이유로 거짓말을 했느냐고 묻는데 할 얘기가 없다니요?"

"아무 할 얘기도 없소."

"목사님께서 뭔가 잘못한 것이 있구나 하고 다들 생각하게 하기 위해서? 그런 겁니까?"

그는 아무 대꾸도 하지 않았다. 그저 찻잔을 들어 조금씩 마시며 그는 차분한 시선을 내게 던지고 있었다.

"하지만 목사님," 나는 말하기 시작했다. "목사님을 잘 아는 이들은 목사님께서 아무 잘못도 저지른 게 없다고 계속 확신할 겁니다. 물론 인간적 의미에서 말입니다. 당신께서도 그걸 알고 계십니다. 따라서 그들은 목사님께서 도저히 말하고 싶지 않은 그 무엇이 있겠구나, 하는 결론을 내리게 될 겁니다."

그는 감정이 상한 사람처럼 눈길을 떨어뜨렸다.

"그래요, 목사님께선 아무 죄도 없을지 모릅니다. 적어도 장 대령 같은 사람이 생각하는 그런 죄는 저지르지 않았을지 몰라요. 그러나 목사님을 익히 아는 사람들은 목사님께서 밝히고 싶어 하지 않는 얘기가 있다면 그건 분명 처형의 진실에 관한 것일 거라고 결론 내릴 게 아닙니까?" 나는 내 목소리가 어느새 힐문조로 바뀌고 있는 것이 마음에 걸려서, 그리고 그다음 튀어나올 말에 신경이 쓰여 일단 말을 중단했다. 그러나 이미 물러설 수는 없었다. "그리고 그 같은 결론은 바로 목사님께서 희망해온 것이기도 하죠, 그렇죠?"

"그만하시오!" 그가 낮은 소리로 말했다.

"사실 아닙니까? 목사님께선 당신이 말하고 싶지 않은 그 어떤 진실을 사람들이 추측하고 짐작해주길 속으로 바라고 계시죠?"

반짝이는 분노의 빛이 그의 눈에 비쳤다. 그러나 그는 시선을 돌렸다.

나는 어느새 나를 억제하지 못하고 있었다. "목사님께선 뭘 어쩌자는 겁니까? 진실로부터 도망치려는 겁니까, 아니면 남들이 보지 못하게 그 진실을 숨기려는 겁니까?"

"어느 쪽도 아니오." 신 목사는 지친 듯이 낮은 소리로 말했다.

"정말입니까?"

"난 그걸 지키고 있는 거요."

"진실의 수호자가 되시겠다고요? 도대체 그러는 목사님은 누굽니까?" 갑자기 나는 피곤을 느꼈다. "누굴 위해 그걸 지키고 있는 겁니까? 누구를 위해서?"

그는 아무 대답 없이 창밖으로 시선을 돌렸다. 밖에는 눈이 내리고 있었다.

"교회를 위해서? 아니면 군을 위해서? 어느 쪽입니까?"

그는 계속 침묵했다.

"아니면, 목사님의 신을 위해서?"

놀랍게도 그 순간, 그의 온몸이 갑자기 빠른 경련에 휩싸였다. 얼굴 근육과 목이 뒤틀리고 눈도 감겼다. 잠시 후 그가 다시 눈을 뜨고 나를 응시했을 때, 두 눈에는 눈물이 괴어 있었다. 그는 꺼칠한 목소리로 말했다. "이 대위, 내가 신을 모독하도록 강요하지 마시오."

일종의 절망감이 나를 압도했다. "목사님, 사람들은 이미 진상을 요구했습니다. 그들에게 진실을 얘기하십시오."

그는 자리에서 일어나 찻잔을 움켜쥔 채 준열하면서도 부드러운 목소리로 말했다.

"젊은 친구, 그들이 진실을 원치 않을지도 모른다는 생각은 해본 적이 없소?"

15

박 군은 내가 신 목사의 집에서 돌아올 때까지 기다리질 못했다. 내 책상에 남겨둔 쪽지를 보니 그는 해병대 연락장교한테서 지프 한 대를 빌려 타고 평양 시내를 둘러보러 나가고 없었다.

눈발은 점점 심해지고 하늘도 더 컴컴해지기 시작했다. 창밖으로는 마침 중형 탱크대가 삐죽 포신을 내민 채 부서진 폐허를 지나가고 있었고 그 뒤를 이어 곡사포들이 북으로 이동 중이었다. 탱크며 곡사포들이 남기고 간 깊숙한 흔적들은 이내 눈발에 덮이고 거리는 다시 침묵에 잠기면서 북방 도시의 음침한 겨울 오후가 몰려왔다.

단조로운 시간들이 흘러갔다. 나는 혼자 사무실에서 내 부서의 정해진 일과와 본부 측 행정사무들을 처리했다. 보고서 쓸 것이 몇 건 있었고 도장을 찍어야 할 서류도 있었다. 다음으로 내 부서 소속 장교들과의 회의가 있었는데 이 회의 도중에 나는 장 대령으로부터 전화를 받았다. 고 군목이 어디 있는지 알고 싶다는 것이었다. 그러나 나로선 그날 오후 내내 군목의 그림자도 보지 못했던 터라 그가 어딜 갔는지 알 길이 없었다. 장 대령은 아무 말 없이 전화를 끊더니 수분 후에 다시 나를 전화로 불러 자기 방으로 곧 와달라고 말했다. 장 대령은 그의 동굴 같은 방 책상에 소리 없이 미동도 않고 웅크려 앉아 있었다. 난로의 쉬쉬 소리와, 장 대령의 안경이며 원숭이 같은 대머리를 잠깐잠깐 비추는 난로 불빛만이 내가 방에 들어선 걸 알아주는 것 같았다. 그는 나를 쳐다보지도 않았다. 말하자면 나는 그의 방에 와 있지 않은 거나 다름없었다. 마침 어디선가 전화가 걸려왔고 그 소리에 그는 고갤 들었다. 그는 퉁명스러운 말투로 좋아, 안 돼 하고 몇 마디 뱉은 다음 수화기를 쾅 내려놓았다. 그런 다음 후닥닥 의자에서 일어나 "됐어, 놈을 잡았어!"라고 외치며 내 곁으로 다가왔다.

"잡다니 누굴요?"

"방첩대가 해냈어." 장 대령은 삽으로 난로에 석탄을 좀 더 퍼 넣고는 "여태 이걸 기다려왔지 뭔가. 방첩대가 평양 빨갱이 비밀경찰과 관련이 있는 괴뢰군 소좌를 하나 생포했다는 보고야." 그는 잠시 말을 끊고 손수건을 꺼내 손을 닦았다. "놈은 자기가 목사 처형사건에 관해 좀 안다고 자백했다는군."

대령은 상당히 흥분해 있었다.

"그래, 자넨 아무 할 얘기도 없나? 놈의 생포가 우리에게 어떤 의미를 갖는 건지 알고 있어?"

나는 일이 잘 풀려나가게 된 걸 그에게 축하했다.

"두고 보게, 자네 친구 신 목사에 관한 정보가 터져 나올 테니." 대령은 난로 위로 손을 쳐들며 말했다. "자네 생각은 어때?"

"무얼 더 알아볼 게 있습니까, 신 목사에 관해서 말입니다."

"아, 자넨 아마 놀라 자빠질 걸세. 내 약속하지."

"대령님께선 그 북괴군 소좌란 자가 신 목사와 관련된 무슨 놀라운 정보라도 털어놓을 걸로 생각하고 계시는군요?"

"자네 말은 신 목사에 관해 알 만큼 알고 있다는 식인데?"

"대령님께선 안 그런가요?"

"난 그렇지 못해."

"저로선 대령님의 행동을 잘 이해할 수 없는데요. 신문에 난 준비위원회 성명을 읽고 전 대령님이 신 목사에 관해선 이미 태도 결정을 한 걸로 생각했습니다."

"그렇게 간단하지가 않아."

"죄송합니다만 전 간단하다고 생각했습니다."

그는 내 말을 무시했다.

"오늘 오후 신 목사를 만났더랬습니다. 평양 기독교인들을 비롯해서 상당수가 신 목사를 만나본 모양입니다."

"알고 있어."

"신 목사는 그 성명이 사실이라는 것 외엔 아무 논평도 하지 않았어요."

"나도 그렇게 들었어," 하고 그는 중얼거린 다음 그답지 않게 약간의 불안기 섞인 목소리로 같은 말을 되풀이했다. "나도 그렇게 들었어."

"그만하면 족하지 않습니까? 그는 자기가 거짓말을 해왔노라고 시인한 겁니다. 결국 그런 얘기 아닙니까, 대령님?"

그는 얼른 말했다. "알고 있어!"

"전 몰랐어요. 제겐 놀라움이었습니다."

그는 얼굴을 찡그리고 나를 노려보다가 말했다. "미안해, 대위."

"천만에요, 대령님. 우리의 이 사업 분야에선 어느 누구도 자신 있게 자기 확신을 말할 수 없지 않겠습니까."

"자네 우스갯소릴 하는군."

"그런 게 아닙니다."

"그렇다면 아주 지극히 진지한 얘기라고 해줄까?"

"그렇습니다, 대령님."

그는 난로 쪽으로 시선을 돌렸다. 그는 뒷짐을 진 채 한동안 말없이 서 있었다. 난로에서 비쳐 나온 붉은 불빛이 그의 그늘진 옆모습에 가서 번쩍였다. 그는 엷은 웃음을 띤 얼굴로 돌아섰다. "좋아, 대위. 자네가 정말 나만큼 진지하다면 말야, 이젠 툭 까놓고 내게 얘기해줄 수 있겠군? 자네가 신 목사를 어떻게 생각하고 있나를 말일세."

나는 거침없이 대답했다. "그러겠습니다."

"좋았어! 한 가지, 신 목사에 대한 자네 의견을 내놓기 전에 먼저 왜 그가 침묵을 지키고 있는 건지 그 이유를 한번 짐작해보지 그래."

"그에게서 무슨 얘길 기대하십니까? 아니, 대령님께선 그가 무슨 말을 해주길 기대하셨습니까?"

"난 그를 만나본 일은 없지만 잘 알고 있어. 그에 관해서라면 귀가 아플 만큼 들었어. 하도 많이 들어서 난 그가 독실하고 경건한 기독교인일 거라 믿고 있네. 또 그는 절대로 타락하지 않을 양심의 소유자라는 무조건적인 명성을 누려온 사람이란 것도 알고 있어. 자, 그런데 홀륭한 교인이라면 거짓말을 해선 안 되는 것 아닌가? 헌데 그는 거짓말을 했어. 지금 우리는 깨끗한 양심을 가진 경건한 기독교도가 스스로 거짓말을 했노라고 공개적으로 인정하고 있는 사태를 보게 된 걸세. 한 가지 우스운 건 그가 그러면서도 전혀 자기 변명을 하지 않을뿐더러 가책을 받는 기미도 없다는 점이야. 그는 여전히 최고의 양심만이 발할 수 있는 영광스러운 후광을 견지하고 있네. 사실 그 점에서만은 난 그를 인정해야겠지. 허나 나로선 그의 놀라운 행동을 두 가지로밖에는 설명할 수가 없네. 첫째는 그가 거짓말을 했음에도 불구하고 그의 양심은 깨끗할 대로 깨끗하다는 거고, 둘째는 그의 양심이 썩을 대로 썩었다는 거야. 물론 내가 그 밖의 다른 설명을 전적으로 배척할 정도로 단순하진 않아. 그러나 우선 이 두 가지 설명만으로도 내겐 충분히 생각해볼 거리가 생겨. 자넨 그 두 번째 설명을 받아들이지 않을 테지, 안 그래?"

"물론입니다."

"허어, 그렇게 물어본 내가 멍청했군." 그는 히죽 웃으며 말했다. "대위, 자네가 들으면 재미있다고 생각할지 모르지만 나도 그 두 번째 가설은 받아들이지 않아. 놀랄 것 없네. 그게 나로선 백 퍼센트 자연스러운 반응이야. 무엇보다도 기독교인의 양심이 죽은 물고기같이 썩은 냄새를 풍긴다고 보긴 어렵지 않은가. 반드시 그럴 수 없다는 뜻은 아니야. 허지만 당분간 우리는 신 목사의 양심이 지극히 깨끗하다고 생각하기로 하지. 만족하나?"

"네, 만족합니다."

"좋아! 우린 그럼 신 목사를 위해 일단은 수정처럼 깨끗한 양심이란 걸 빚어내고 그리고 뭐랄까, 우리가 그 양심을 보증하기로 하는 거야. 다음으론 그가 거짓말을 했다는 문제가 남게 돼. 그 거짓말 문제는 말할 것도 없이 그의 축복받은 양심에 일대 오점을 찍게 될 터인데, 이건 우리로서도 방치할 수 없는 일이야, 안 그런가? 그러니 우리는 그가 거짓말을 하긴 했지만 그 사실이 그의 양심의 순결을 더럽히지는 못하는 거다, 그가 거짓말을 한 것은 그의 양심의 품질과는 아무 관계도 없는 거다—이렇게 주장하고 나서지 않으면 안 돼. 헌데 한 가지 골치 아픈 문제가 있어. 우리가 어떤 종류의 양심으로 신 목사를 장식하느냐라는 거야. 자네 생각은 어때?" 그는 대답을 기다린다는 듯이 나를 쳐다보았다. 하지만 그는 자기 얘기에 너무 심취하고 자기 입에서 나오는 말 한마디 한마디를 너무도 열심히 즐기고 있었기 때문에 내가 끼어들 틈이 없었다. "그러니까 우리는 한편으로는 신 목사의 양심의 순결과 그의 존경할 만한 평온을 변호해주어야 한다는 거고, 다른 한편으로는 어쨌든 거짓말한다는 행위 자체는 최소한 원칙상 한 인간의 양심에다 불신의 딱지를 붙이는 짓이라는 점을 인정한다는 것인데, 문제는 이 상반된 작업을 우리가 어떻게 동시에 정당화할 수 있겠느냐 하는 거야." 그는 또 한 번 말을 끊었다가 이번에도 스스로 답을 던지고 나왔다. "그의 양심은 이번 같은 특수한 거짓말 행위에는 아무 영향도 받지 않는 일종의 면역된 양심이야. 면역된 양심, 바로 그거야! 우리가 밀고 나갈 건 바로 그거야!"

"대령님께선 그의 양심에 호소하겠다고 말씀하신 적이 있는데," 하고 비로소 나는 입을 열었다. "대령님 말씀대로 여러 종류의 양심이 있다고 한다면 그의 어느 양심에 호소할 작정이었습니까?"

"그야 물론 거짓말에 면역이 돼 있지 않은 양심이지. 그 사람에 관해선 자네가 늘 기억해야 할 것이 하나 있어. 그는 목사이고, 교인들이 부르듯 목자야. 그로선 자기 양 떼를 향해 자신이 보잘것없는 양치기라고 말하고 다닐 순 없는 거야. 그럴 수 있겠어? 아니면 그러고 다녀야 할까? 물론 안 되지. 요점은 거기 있어. 그 사람은 늑대들이 달려들 때 양 떼를 버리고 혼자 도망칠 그런 양치기는 아니라는 행복한 믿음을 자기 양 떼에게 계속 심어주어야 하는 거야. 무슨 수를 쓰든 간에."

"대령님께선 그가 공산주의자들에게 굴복해서 다른 목사들을 배반한 것이라고 여전히 주장하시는 겁니까?"

그는 대답하지 않았다.

"여전히 그렇게 주장하신다면 대령님께선 그가 믿지 못할 목자라는 사실을 그의 양 떼에게 폭로하는 것이 되고 맙니다. 적어도 대령님의 견지에선 말입니다."

"사실 그런 셈이지." 대령은 말했다.

"대령님께선 실망하지 않으셨나요? 신 목사가 자신이 받고 있는 혐의 사실을 자기 스스로 자백하지 않고 있는 것 말입니다."

"실망했지! 그러나 자네가 생각하는 식의 실망은 아냐!" 그는 창가로 걸어가더니 눈이 내려 쌓이는 하오의 창밖을 내다보며 서 있었다. "그가 스스로 자기 변호를 하지 않는 것에 실망한 거야! 누명을 벗기 위해서라도 무슨 말이건 해야 할 거 아냐!"

나도 생각해보았다. 정말 그는 왜 그러지 않는 것일까.

"왜 그런지 말해줄까?" 장 대령이 말했다. "그가 지금 의존하고 있는 양심은 죄가 없으니 자기 변호에 나설 필요가 없다고 그에게 말하고 있는 거야."

"그렇다면 대령님께서 실망하고 말고 할 것도 없지 않습니까?"

"살아 있는 목사 한 사람은 죽은 목사 열두 명보다 낫다—이게 그 사람 생각인가?"

나는 가만히 듣고만 있을 수 없었다. "어쩌면 그에게는 말하고 싶지 않은 그 무엇이 있는지도 모르지 않겠습니까. 대령님이 의심하시듯 그가 자기 한 사람의 이익을 위해서가 아니라 남들—어쩌면 대령님의 이익까지도 포함해서 남들의 이익을 지켜주느라 말입니다."

"말도 안 되는 소리! 도대체 그자가 무슨 신통한 마술을 가졌기에 굶주린 사자 굴에서 죽지 않고 살아나왔단 말인가?"

"대령님, 다시 말씀드리지만 전 신 목사가 무고하다고 믿습니다."

그는 후다닥 몸을 돌렸다. "물론이야, 그는 무고해! 죄가 없고말고! 어떻게 그가 죄를 지을 수 있겠나!" 그러면서 대령은 다시 난로 곁으로 다가왔다. "나한테서 그런 얘길 들으니 놀라운가? 놀랄 필요 없네. 그가 깨끗하지 않다면 어떻게 지금처럼 자기 양심의 보호를 받을 수 있겠어? 그는 자기가 거짓말을 함으로써 무언가 옳은 일을 했다고 믿고 있고, 지금은 굳게 입을 다묾으로써 역시 옳은 일을 하고 있다고 믿고 있는 거야. 그가 지금 같은 평온과 심지어 자부심까지도 갖게 된 것은 바로 자기가 옳고 정의롭다는 그 독선의식 때문이지! 내 배알이 틀리는 것도 바로 그 점일세! 알다시피 난 그를 고발하고 있는 게 아냐. 이 사건에 있어 진짜 악당은 신 목사도 아니고 그의 거짓말도 아

냐. 악당은 오히려 신 목사로 하여금 거짓말을 하게 해놓고도 그의 양
심은 천사의 영혼처럼 티끌 한 점 없이 깨끗한 것으로 건재하게 하는
바로 그 어떤 것이지. 내 말 알아듣겠나?"

장 대령의 말은 내가 이해할 수 있는 차원을 넘어서고 있었다.

"그래 자넨 신 목사가 무죄라는 거 아닌가. 자넨 정말 그렇게 절대
적으로 확신하고 있나?"

"그는 죄가 없습니다, 대령님." 그러나 이 말 끝에 나는 덧붙였다. "우
리 입장에서 보면 그렇습니다."

"내 입장까지도 포함해서?"

"그렇습니다."

"그럴 필욘 없네. 내 입장에선 그가 결코 무고하지 않으니까."

나는 대령 자신이 조금 전 신 목사가 무고하다고 선언했던 사실을
상기시켰다.

"아, 난 내 입장에서 그가 무고하다고는 말하지 않았어."

나는 갈피를 잡을 수 없어 말했다. "대령님께선 그를 고발하는 건
아니라고 말하면서도 그가 무고하다고는 생각지 않습니다. 대령님께
선 지금 누군가를 고발하고 있는 겁니다. 대령님 말씀대로 진짜 악당
을 말입니다."

그는 침착하게 웃는 얼굴로 나를 바라보았다. "자네 말이 옳아,
대위."

"그 악당이 무엇인지 물어봐도 될까요?"

"이거 놀랐는데, 대위. 악당이 누구냐 묻지 않고 무엇이냐고 물으니
말야."

"그럼 누구냐고 물어볼까요?"

"그게 누군지 모르겠나?" 그는 다시 자기 의자로 돌아가 앉으며 말했다. 의자가 그의 체중을 받아 삐걱거렸다. "그의 신이 아니고 누구겠어?" 그가 킬킬대고 웃었다. "신 목사가 무릎을 꿇고 앉아 자기가 한 짓을 그의 신에게 고하고 있는 꼴을 좀 상상해볼 수 없겠나? 그런데 그의 신은 그러는 신 목사의 등을 온화하게 토닥거리면서 말하지. '괜찮다, 내 아들아. 인간은 잘못을 저지르고 신은 용서하는 거야.' 어떤가, 자네 생각은?"

나는 나도 모르게 웃지 않을 수 없었다.

16

    장 대령의 방을 나서면서 나는 박 군이 돌아와 있기를 바랐으나 그는 방에 없었다. 별로 할 일이 없었기 때문에 나는 창가에 서서 북한의 회색 오후가 어느새 황량한 겨울밤으로 바뀌어가는 모습을 지켜보았다. 바람이 꽤 일고 있었다. 내리던 눈도 어느덧 눈보라로 변해가고 있었고 교회 종탑에서 종이 어떤 때는 약하게 어떤 때는 미친 듯이 뎅그렁거리는 소리가 들려왔다. 복도에서 발소리가 울리더니 이어 계단을 내려가 식당 쪽으로 사라졌다. 당번병이 내 방으로 들어왔다. 그는 우선 방을 청소한 다음 밤사이에 땔 석탄 한 양동이를 가져다놓았다. 박 군은 여전히 돌아오지 않았고 기다리던 나는 맥이 빠졌다. 아까 장 대령의 얘기를 들으면서 나는 박 군을 대동하고 신 목사를 만나러 가야겠다고 생각했던 것이다. 빠르면 빠를수록 좋을 것 같았다.

장 대령이 그의 방에서 다시 전화를 걸어 고 군목을 보았느냐고 물어왔다. "도대체 이 친구 어디로 갔담!" 하고 그는 소리를 질렀다. "어젯밤 이후론 종무소식이야. 헌데 박 대위는 어찌 됐나? 신 목사는 만나고 왔어?"

나는 내가 신중을 기하느라고 박 군더러 아직 신 목사를 만나지 못하게 했노라고 대답했다.

"신중은 무슨 말라죽을 신중이야!" 장 대령이 투덜댔다.

그로부터 30분쯤 지나 장 대령이 다시 전화를 걸어왔다. 이번에는 방첩대에서 건 것이었고 역시 고 군목을 보았느냐는 질문이었다. 아직 소식이 없다고 대답하자 그는 욕지거리를 했다. "그 친구 너무 자신만만한 게 큰 탈이야, 이건 믿을 수가 있어야지."

나는 아무 할 말도 없었다.

"난 육본 정보처장한테서 올 전화를 기다리고 있는 중이야. 연락이 오거든 이리로 돌려주게." 그러고는 잠시 말을 끊었다가 계속했다. "내가 자네한테 약속했었지? 그 생포된 괴뢰군 소좌한테서 놀라운 뉴스를 듣게 될 거라고 말야. 자네가 알고 싶어 할 소식이 하나 있네. 듣고 나서 잘 생각해보게. 이 포로는 처음 한동안 완강히 버티었지만 우리 방첩대는 솜씨가 좋단 말야, 자네도 짐작하겠지만. 그자의 말을 종합해보면 평양의 비밀경찰 두목이 그 후에 즉시 처형됐다는 거야. 목사들을 처형한 바로 그 총살대에 처형당한 것 같아. 뿐만 아니라 그 두목 말고도 그의 보좌관 셋도 총살됐다는군. 재미난 건 목사들이 죽은 바로 다음 날 놈들도 총살됐다는 점이야. 왜냐고? 이 포로 녀석은 자기도 잘 모른다고 버티고 있어. 평양 비밀경찰 지휘관들이 목사 처형

직후 체포되었고 고위층으로부터의 직접 명령에 따라 총살됐다는 것
만 알고 있다는 거야. 내가 또 놀란 건 말이지, 놈들이 총살당한 이유
가 크게는 반혁명행위이고 구체적으로는 명령위반이었다는 걸세. 자
네 이걸 어떻게 설명하겠나? 그러나 무엇보다 내 관심을 끄는 건 놈들
이 모두 목사 처형 직후에 총살당했다는 점이야. 곰곰 생각해보게. 포
로가 다시 깨어나고 있으니 쓸 만한 정보를 더 불어놓겠지. 신 목사를
만나거든 이 극히 중대한 사건에 대해 아는 바 있는지 좀 물어봐주게.
난 자네가 그를 만나주었으면 하이." 그는 전화를 끊었다.

나는 얼떨떨한 느낌이었다. 나로선 포로가 말했다는 그 사건과 목
사 처형 사건 사이에 별 연관이 있을 것 같지 않았다. 대령은 무슨 관
련성이 있다고 믿고 있음이 분명했고, 또 적어도 어떤 관련성을 찾아
보려 하고 있는 것 같았지만.

박 군이 돌아왔을 땐 나는 상당히 울적해져 있었다. 그는 몰골이 헬
쑥해서 들어왔다. 나는 얼어서 뻐정뻐정한 그의 야전잠바를 벗겨주었
고 그는 의자에 털썩 주저앉았다. 나는 난로의 석탄불을 쑤셔 불길을
높였다. "그는 갔어" 하고 그는 권총띠를 풀어놓으며 말했다.

나는 깜짝 놀라서 물었다. "가다니? 누가?"

"신 목사 말야. 고 군목이랑 같이 사라졌어. 아니, 고 군목이 신 목사
와 젊은 목사를 납치한 거지."

"납치?" 나는 도대체 종잡을 수가 없어 그의 곁으로 바싹 의자를 당
겨놓고 앉았다.

"난 지금 신 목사 집에서 오는 길이야. 이미 늦었더군. 그가 사라진
뒤였어."

"어디로 사라졌단 말인가?"

"알 게 뭔가. 자네가 아까 방을 나간 뒤 우리 해병대 연락장교가 왔었지. 날 돌보라는 지시를 받았다는군. 그 친구 말이 내가 여기 있는 동안 자기 지프를 쓰라는 거야. 그래서 난 좀 싸돌아다니기로 했었지. 워낙 오랫동안 여길 떠나서 말하자면 유배되어 있다가 돌아왔으니 흠뻑 향수에 젖어 있다고 나 스스로 생각했거든. 한데 그건 잘못이었어. 향수는 무슨 향수, 오히려 기분만 잡치고 말았어. '이거 얼마 만인가, 내 고향 도시여, 내가 돌아왔네,' 하고 아무리 혼자 기분을 내보려 해도 허사였어. 그런 어설픈 감상에 빠질 기분이 아니었어. 그래서 난 아버지를 통해 알게 된 이곳 목사들을 찾아다니기 시작했네. 한데 그들한테서 들은 건 죄다 아버지에 대한 찬사뿐이지 뭔가. 위대한 순교자요, 영웅이요, 어쩌고저쩌고. 게다가 내게 경건한 동정까지 표하지 않겠어? 성 목사라는 양반을 찾아갔다가 고 군목을 만나게 됐네. 군목과는 나도 잘 아는 사이였어. 셋은 신 목사 얘길 했네. 그러자 성 목사가 걱정을 하더라고. 살해된 목사들의 교회 신자들 중에서 일부 열혈분자들이 신 목사의 시시비비를 가리겠다고 들고일어났다는 소문이 있다면서 말야. 그 사람들은 아무리 말려도 듣지 않고 신 목사를 찾아가 직접 대결하든가 아니면 그를 자기네들 교회로 끌고 다니며 진상을 털어놓게 하든가 죄를 자백시켜 회개하게 하겠다는 기세라는 거야. 과연 기독교도들이지! 아닌 게 아니라 한참 얘길 하고 있는데 교인들이 떼를 지어 성 목사를 만나러 왔어. 신 목사 집으로 가는 길이니 성 목사더러 같이 좀 가자는 얘기더군. 성 목사가 그래선 안 된다고 타일렀지만 막무가내였어. 그들이 성 목사 교회의 신자들이었는데도 말야.

다른 교회 사람들도 합세하기로 했다면서 모두 같이 간다는 거야. 그러자 고 군목이 바짝 긴장하고선 나더러 당장 신 목사 집으로 가자는 것이었어. 난 자네가 나더러 당분간은 신 목사를 만나지 말라고 했을 때 뭔가 자네대로 생각하는 것이 있나 보다고 믿고 있었기 때문에 일단 빠지기로 했었지."

전화가 울렸다. 다시 장 대령이었다. 그는 아직 방첩대에 있었고 고 군목이 돌아왔느냐고 물었다.

"아직 돌아오지 않았습니다." 나는 대답했다. "어딜 갔는지 전혀 알 수가 없는데요. 대령님, 혹시 대령님께서 먼저 연락을 받으시면 제가 고 군목을 급히 좀 만나자더라고 전해주시겠습니까? 그러시면 정말 고맙겠습니다."

"자넨 점점 우스꽝스러워지는군." 장 대령은 툴툴댔다. "됐네! 난 고 군목더러 준비위원회 목사들을 집합시켜 회의를 갖자고 그랬을 뿐이 니까. 젠장, 빌어먹을 친구 같으니!"

"그럼 제가 어떻게 좀 해볼까요, 대령님? 그 회의 말입니다. 어차피 저도 연락장교니까요."

"내버려둬. 자넨 가서 신 목사나 만나보게. 내가 좀 만나잔다고 전해줘. 그가 사령부로 와도 좋고 내가 자기 집으로 갈 수도 있다고 해. 자네가 알아서 주선하게."

내가 아무 대꾸도 않고 가만있자 그는 짜증이 난 모양이었다.

"내 말 듣고 있나?"

"네, 듣고 있습니다. 그런데 그 포로한테서는 더 들은 것이 없습니까?"

"망할, 없어! 놈이 무척 시간을 끌고 있단 말야. 걱정할 것 없네, 곧 불게 할 테니."

나는 일단 그에게 알려주기로 마음을 먹었다. "이미 때가 늦은 것 같습니다."

"무슨 소리야?"

"신 목사는 만나실 수가 없게 됐습니다. 그는 이미 이곳을 떠났어요, 대령님."

잠시 그에게선 아무 반응도 없었다. 그러자 그가 버럭 고함을 내질 렀다. "병신 머저리 같으니! 이런 비겁한 자가 어디 있어!" 그 고함 소리와 함께 전화는 끊어졌다.

"대령이 잔뜩 화가 났어." 나는 박 군을 보고 말했다. 그는 그저 어깨만 으쓱해 보였다.

"그럼 내 얘기나 계속하지." 박 군이 말했다. "고 군목이 부랴부랴 떠난 뒤에 나도 신 목사가 걱정이 돼서 일단 가보기로 마음을 고쳐먹었지. 그런데 한발 늦었어. 폭도들이 이미 와 있더군. 신 목사와 한 목사는 사라진 뒤였고 집에는 늙은 부인 한 사람뿐이었어. 폭도들은 신 목사를 만나겠다고 대들다가 그가 없다는 소릴 듣자 집을 부수고 들어갔어. 그 잘난 기독교 신자들이 온 집을 뒤지더군. 찾아봐야 없으니까 모두들 흥분하기 시작하더니 가구며 유리창이며 닿는 대로 때려 부수기 시작했어. 늙은 여자는 밖에서 눈을 맞으며 정신이 나간 상태였고 사람들은 집을 부수고 깨고 야단났지 뭔가. 내가 나서서 만류해보려 했지만 아무도 듣질 않았어."

그는 계속했다. "그러는데 더 많은 사람들이 언덕을 올라오고 있었네. 대부분 아낙네들이었어. 그들은 집 주위를 빙빙 돌면서 찬송가를 부르고 '유다! 유다!'를 외쳐대더군. 무시무시한 광경이었어. 상상해 보게. 사람들이 눈보라 속에서 미친 듯 찬송가를 부르며 '유다'를 외치고, 마른 몸뚱아리를 제 손으로 치면서 돌아가는 광경이라니. 대단한 격정이었어. 핍박받는 동안 암담한 영혼 속에 질질 끓던 모든 것들, 모든 슬픔을 몽땅 쏟아내고 있는 거야. 스스로를 찢어발기는 자학의 격정이지. 나로선 그들을 경멸해야 할지 사랑해야 할지 알 수가 없었네. 양 떼가 한순간 울부짖는 폭도로 돌변한 거야!"

박 군의 얘기는 끝나지 않았다. "그래서 난 다시 한 번 그들에게 돌아가라고 타일렀지만 소용없었네. 할 수 없어 권총을 빼들고 두어 발 공포를 쐈지. 총소리에 비로소 광기가 깨지는 것 같더군. 나는 내가 누군지 신분을 밝혔어. 내가 누군가? 말할 것도 없이 내 아버지의 아들 나 박인도 말일세. 그랬더니 아버지의 이름 석자는 신통력을 가진 마술 같았어. 갑자기 천지가 조용해지더라. 그들은 내 말에 귀를 기울였고 날 존경했어. 위대한 순교자의 아들이고 그들처럼 교인 중의 하나요, 박해받은 사람들의 하나지. 내가 무슨 말을 했느냐? 나도 모르겠어. 난 그냥 지껄여댔고 얼마 후 그들은 언덕을 내려가기 시작했어. 후려치는 눈발과 바람 속에서 여전히 노랠 부르며 말야."

박 군은 쉬지 않고 말했다. "마침내 그 늙은 부인과 나만 남더군. 그녀는 거의 실성한 사람 같았어. 신 목사가 어디로 갔는지는 모른다고 잡아떼더라. 그러다가 하는 말이, 교인들이 몰려오기 직전에 군목이 와서 신 목사와 큰 소리로 한참 다투었다는 거야. 무슨 얘긴지 자기는 몰랐지만 말야. 그리고 나서 신 목사가 자기는 한 목사를 어디 더 잘 돌봐줄 곳으로 데리고 간다면서 나중 부인을 데리러 다시 오겠다고 말했다더군. 그러고는 셋이 군목의 차를 타고 떠났다는 거야. 내 생각엔 그 여자가 목사의 행방을 알고 있을 것 같아. 자네한테라면 얘기할지도 모르지. 그 여자는 자네만은 믿고 있는 것 같더라. 실은 나더러 자넬 좀 데려와달라고 애걸했어."

나는 당번병을 불러 휴대식량 한 상자를 가지고 잠자리와 무장을 갖추어 내 방으로 오라고 지시했다. 나는 당번병을 신 목사의 집에 재울 생각이었다. 우리가 막 떠나려는 참에 장 대령이 문을 밀치고 들어섰다. 그가 나를 만나러 내 방으로 내려오기는 처음이었다.

17

"이거 정말 놀랄 일이야, 정말 그래!" 장 대령이 방으로 들어서면서 큰 소리로 말했다. "아, 당신이 박 대위지? 여기서 만나니 반갑소. 난 평소 귀관의 아버님을 존경하던 터라 더욱 그렇소." 그는 눈보라에 젖은 얼굴과 안경을 닦아내느라 잠시 말을 멈추었다가 계속했다. "그 포로 말일세, 자기도 그 목사들을 심문—아니, 고문한 자들 가운데 하나라고 드디어 자백했어. 목사들은 모두 영웅답게 행동했다고 그러더군." 장 대령은 나를 돌아보며 말했다. "박 대위한테 그 얘기했나? 평양 비밀경찰 지휘자와 보좌관 셋이 처형됐다는 얘기?"

아직 말하지 않았다고 했더니 장 대령은 직접 설명하기 시작했다. "목사들을 죽였기 때문에 놈들도 총살당했다는 거야. 빨갱이들은 장차 볼모로 써먹으려고 목사들을 체포했던 게 분명해. 처음부터 죽일 생각은 아니었던 거야. 적어도 상부의 특별 명령 없이는 말이지."

"그렇다면 왜 죽였을까요?" 박 군이 물었다.

"그건 아직 알 수 없지," 장 대령은 말했다. "포로의 진술은 이런 거야. 평양 내무서의 지휘관 녀석과 보좌관들이 어느 날 밤 술자리를 열었다가 잔뜩 취해서 들어온다, 감방으로 내려가서 죄수 몇을 끌어내어 고문실에 처넣도록 명령을 내린다, 한참 두들겨 패고도 직성이 풀리지 않자 놈들은 마침 감방에 목사들이 잡혀 있다는 걸 기억해내고는 끌어내어 고문을 가한 뒤 트럭에 태워 밖으로 나가 죽여버린다…… 이게 지금 여기 잡혀와 있는 그 포로의 말일세. 물론 그자가 하는 말을 다 믿을 순 없지. 녀석이 지금 우리 환심을 사려고 그러는 건지도 모르니까. 허지만 포로의 진술로는 그렇게 됐다는 거야. 헌데 다음 날 괴뢰 비밀경찰 우두머리가 상부로부터 질책을 당했고 그 우두머리는 크게 화가 나서 평양 내무서 지휘관과 그 보좌관들을 즉각 총살하라고 명령을 내렸다는 걸세…… 전날 밤 목사들을 처형한 바로 그 총살대를 시켜서…… 피비린내 나는 얘기지. 헌데 참, 놈들이 목사들을 어떻게 죽였는지 알아? 한 사람 한 사람 끌어내 죽였다는 거야!"

장 대령은 계속했다. "그럼 신 목사와 한 목사는 어떻게 살아나왔느냐? 난 지금도 이해가 안 돼. 이 포로는 지휘관이 무슨 짓을 하려는 건지 알아차리고는 즉시 비밀경찰 우두머리에게 전화로 보고했다고 말하고 있어. 자긴 그 지휘관 녀석을 좋아하지 않았다는 거야. 왜? 그냥 싫어했다는군. 어쨌건 자기는 상부로부터 지휘관의 행동을 제지하되, 명령에 불복하면 체포하든가 현장에서 사살하라는 명령을 받았다는 거야. 그래서 자기가 일단의 적위대를 끌고 지휘관을 뒤쫓아 갔는데 한발 늦었더라는 거지. 그가 현장에 당도했을 때 이미 목사들은 다 총살당하고 둘만 남았더라는 얘기야."

"신의 개입이군." 내가 말했다.

장 대령은 피곤하다는 얼굴로 나를 돌아다 봤다. "이 대위, 내가 당장 신 목사를 만나야겠어. 그를 만나는 것이 얼마나 중요한 일인지 알겠지?"

"그는 지금 평양에 있지 않습니다, 대령님. 아까 말씀드렸는데요."

"알고 있어, 알고 있어." 장 대령은 안절부절못하며 말했다. "허지만 사라지긴 왜 사라져……?"

박 군이 신 목사 집에서 있었던 일을 장 대령에게 대충 설명했다.

"그러나 왜?" 장 대령은 잔뜩 찌푸린 얼굴로 말했다. "왜 그런 식으로 사라져야 하나? 도망은 왜 치느냔 말야."

"제 생각으론 도망을 간 것 같진 않습니다." 내가 말했다.

장 대령은 나를 꼼꼼히 훑어보기 시작했다. "도망간 것 같지 않다니, 무슨 소린가, 대위? 그게 도망이 아니면 뭔가? 혹시 자네는 내가 모르는 걸 알고 있나?"

"그럴 리 없죠, 대령님. 그가 이곳을 떠나기 직전에 제가 그를 만났다는 사실, 알고 계시죠? 그때까지도 신 목사는 떠난다는 얘긴 하지 않았습니다. 사실 그는 그런 일은 생각지도 않고 있었어요. 전 그걸 확신합니다. 그는 자기가 왜 거짓말을 했느냐는 데 관해서만 아무 할 얘기가 없었던 겁니다. 전 그에게 처형 사건과 관련된 당시 상황을 있는 그대로 털어놓으라고 말했어요. 물론 대령님의 허락 아래 말입니다." 나는 의자를 당겨 앉으며 계속했다. "우리 모두가 알고 싶어 하는 건

오직 그 처형에 관한 진실일 것이라고 전 생각했습니다. 대령님까지 포함해서 말입니다."

"물론이지. 그건 박 대위도 마찬가질걸."

그러나 박 군은 대령의 말에 아무 반응도 보이지 않았다.

"사실은 저도 마찬가지죠. 하지만 대령님께선 정말로 그 처형의 진실을 알고 싶어 한다고 스스로 확신하십니까?"

"아니, 이것 보게, 이것 봐," 장 대령이 나를 가로막고 나섰다. "지금 무슨 소리 하고 있어? 우린 이미 그 진실을 다 알고 있어. 그러니 우리가 그걸 알고 싶어 한다, 아니다 같은 건 지금 아무 문제도 못 돼, 그렇잖아? 이미 우린 알고 있어. 방금 내가 얘기했지 않은가. 죽은 목사들은 그 가장 어려운 순간에도 떳떳하게, 훌륭하게 행동했다고 말야. 그게 바로 진실이야, 진실. 누구든 그 말을 들으면 긍지를 느낄 거야, 빨갱이들만 빼놓고."

나는 참지 못하고 언성을 높였다. "대령님께선 신 목사가 빨갱이라 말하시는 겁니까?"

장 대령은 웃었다. "그럴 리가 있나! 자넨 무슨 이유로 그렇게 생각하나?"

"그 처형의 진실이 방금 말씀하신 대로라면, 또 우리가 정말 그 처형당한 목사들을 자랑스럽게 생각해야 하는 거라면 어째서 신 목사는 우리가 진실을 원하고 있는 게 아닌지 모른다는 말을 했을까요? 제가 말한 '우리'란 모든 관련자들, 대령님과 여기 박 대위와 기독교인들 모두를 포함한 겁니다. 대령님께서 방금 말씀하신 것 같은 그런 영광스러운 진실이 세상에서는 환영받지 못할지도 모른다는 말을 신 목사 같은 사람이 왜 했을까요?"

장 대령은 그 말에 초조한 반응을 보이며 말했다. "그 사람이 그런 말을 했어?"

"전 놀랐습니다, 대령님. 그 목사들에 관한 진실이 그토록 훌륭한 것이었다고 주장하시면서 여전히 신 목사를 의심하고 계시다니 말입니다. 아니면 대령님께서는 신 목사를 처형당한 다른 목사들과는 별개로 떼어놓으시려는 겁니까?"

머리를 한쪽으로 갸웃하며 대령은 나를 노려보았다.

박 군이 나섰다. "제가 알고 싶은 건 그 죽은 열두 명을 어째서 모두들 대단한 순교자로만 생각하고 있는가 하는 점입니다. 죽은 자들은 모두 훌륭했고 성자 같았는데 살아남은 사람들은 그렇지 못했다는 무슨 증거가 있나요? 우리가 알고 있는 건 처음부터 끝까지 대령님의 얘기뿐이잖습니까."

장 대령은 일부러 목소리를 조용히 낮춘 채 박 군의 말을 반박했다. "그렇소. 내가 한 말을 믿으시오. 순교자들은 모두 훌륭했고 성자다웠소."

"생존자들은요?" 나는 추궁했다.

"그들도 훌륭했고 성자다웠어." 대령은 그렇게 대답하고는 뒤이어 버럭 소리를 내질렀다. "순교자들의 영광에는 어떤 의심의 여지도 있을 수 없다는 걸 자네는 이해하지 못하고 있어. 그들은 훌륭했고 성자와도 같았어. 왜? 그들은 '순교자들'이고 빨갱이들 손에 희생됐으니까. 간단하지 않은가. 그럼 나머지 생존자들은? 그들 역시 훌륭했고 거룩했지. 왜? 그들 역시 빨갱이들에게 잡혀가서 투옥됐던 사람들이니까.

그 사람들도 놈들에게 고문을 당했고 그리고 무엇보다 기독교 목사들이니까. 그래도 모르겠어? 모든 건 바로 이렇게 돼야 하는 거야. 죽은 자나 생존자나 모두 칭송받을 자격이 있어. 그들은 다 같이 훌륭하고 성자다워야 하는 거야, 알겠나?"

"누군가가 잘못을 저질렀어도?"

"물론이지. 허지만 이것만은 분명히 알아둬. 아무도, 그 누구에게도 죄는 없어. 그 목사들은 하나같이 영웅적이었고 거룩했어. 우리가 아는 어느 성자나 영웅과도 다름없이 말야. 그 목사들은 어떤 불순한 혐의와도 관계가 없는 거야, 깨끗한 눈처럼. 더 얘기할 거 없어!"

"그러나 대령님, 전 역시 이해할 수 없습니다." 나는 다시 물고 늘어졌다. "이제 그럼 대령님께선 신 목사를 더는 의심하고 있지 않다고 생각해도 됩니까?"

"물론이야." 그렇게 말하고 대령은 조용히 덧붙였다. "난 그 사람을 의심해본 적이 없어."

나는 그 말에 놀라서 대령을 쳐다보았다.

"하지만 그가 했다는 말이 재미있군요." 박 군이 끼어들었다. "그 말을 어떻게 새겨들어야 할까요? 우리가 어쩌면 진실을 원치 않고 있는지도 모른다는 얘기 말입니다."

장 대령은 박 군의 질문을 못 들은 척 무시했다.

박은 내게로 고갤 돌렸다. "자넨 어떻게 생각하나? 그는 그 순교자들에 대한 진실이 너무도 추악한 것이어서 우리가 차라리 듣지 않는 게 낫다고 생각하는 것은 아닌가?"

"박 대위, 그런 불경한 언사는 앞으로 입 밖에 내지 마시오." 장 대령이 꾸짖었다.

"대령님, 저도 진실을 알고 싶습니다." 박 군은 대들었다. 그러다가 그는 내게로 시선을 돌리며 질문했다. "자넨 신 목사가 왜 평양을 떠났다고 생각하나?"

나는 잠자코 있었다. 뭐라고 말해야 할지 몰랐기 때문이다.

장 대령이 대신 말했다. "일단 순교자들의 처형에 관한 진실을 우리가 알게 된 이상, 그리고 그 목사들이 어떻게 행동했나를 알게 된 이상은 신 목사가 왜 여길 떠났느냐를 캐묻는 건 중요한 일이 못 돼."

장 대령의 말이 나로선 곤혹스러웠다. "대령님, 종잡을 수가 없는데요. 아까 대령님께선 신 목사가 왜 자취를 감추었는지 알고 싶어 하셨습니다. 또 실제로 대령님께선 그가 도주했다고 비난까지 하셨죠. 그런데 지금은……"

"자넨 날 철저히 오해하고 있어. 내 얘긴, 전체 상황에 관한 진상에 비추어볼 때 그가 왜 그런 식으로 사라졌나를 이해할 수 없다는 것이었어. 오히려 이곳 신자들 사이에서 일고 있는 의심과 오해를 더 자극하고 깊게 하는 짓이 아니냐는 거야. 그는 아무 잘못도 없어. 그런 그가 왜 종적을 감추느냔 말일세. 특히 교인들이 그를 만나보고 싶어 하는 이때에? 난 그 사람 행동이 아주 못마땅해. 그런 행동은 일부 성질급한 교인들이 틀린 결론을 내리게 할 불리한 행동이야. 이젠 알아듣겠나?"

박 군이 우울한 어조로 말했다. "제 생각에 신 목사는 교인들이 들으면 해롭다고 생각하는 모종의 비밀을 갖고 있는 것 같은데요."

"무슨 비밀?" 장 대령이 양미간을 찌푸리며 물었다.

"그 열두 명 목사들이 모두가 순교자는 아니라는 비밀이죠."

"자네도 같은 의견인가, 이 대위?"

"신 목사는 우리가 진실을 원하고 있는 것이 아닐지도 모른다고 생각하고 있습니다. 제가 아는 건 그뿐입니다."

"그 얘긴," 대령은 언성을 높이며 추궁했다. "자네가 내 말을 진실로 받아들이지 않는다는 뜻인가?"

"대령님, 전 대령님께서 갖고 계신 진실은 전체 진실의 일부에 지나지 않는지도 모른다는 점을 말씀드리고 싶습니다. 전 신 목사의 의중에 무엇이 들어 있는지 알게 될 때까진 전체 상황을 평가하지 못하겠습니다."

"그래, 그가 무얼 갖고 있대?" 장 대령은 방 안을 왔다 갔다 하기 시작했다.

"그건 모르죠. 말해주지 않았습니다. 제가 알고 있는 건 그가 진실을 보호하고 있다고 말한 점입니다. 제게 직접 말하더군요."

"진실을 보호하고 있다고, 그 사람이? 누굴 위해서?" 장 대령은 눈에 띄게 불안해하며 말했다.

"우리를 위해서죠. 교인들을 위해서, 교회를 위해서, 그리고 군을 위해서."

이맛살을 있는 대로 찌푸리며 장 대령은 헛기침 소리를 냈다.

"그리고 그의 신을 위해서." 박 군의 말이었다.

"아하, 이 경우엔 신을 끌어 넣어봐야 소용없네." 장 대령이 말했다. "자네 말이 사실이라면 이 대위, 난 신 목사가 너무 겸손하게 굴고 있다고 봐. 우린 물론 그 사람을 이해해야지. 신 목사 같은 사람이 자신의 고난이건 승리이건 그런 걸 좀체 공표하고 싶어 하진 않을 거라는 점을 이해해야 해. 될 수 있으면 자기 존재를 드러내고 싶어 하지 않는다는 것도 그 사람다운 짓이야. 허나 다른 사람들도 순교자들의 영광을 나눠 가질 수 있게 해줘야 하잖아? 그가 그러지 않는 것은 너무 지나친 짓이라고 난 생각해. 살아 있는 자가 죽은 자들의 고난과 궁극적인 승리를 가로채어서는 안 되는 거야."

박 군과 나는 말없이 장 대령을 쏘아보고 있었다.

그러나 장 대령은 아무렇지도 않다는 듯이 말을 이어나갔다. "열두 명 목사들의 순교는 이제 확고한 사실이 됐어. 이제 필요한 건 더 많은 질문이 아니라 그 사실을 공표해서 그들의 영웅적이고 성스러운 행동을 정당하게 평가해주는 일이야. 그 순교자들의 영광을 증언하는 데는 신 목사를 제쳐놓고 다른 적격자가 없어!"

나는 다시 그를 바라보았다. 그의 시선이 나의 시선과 부딪쳤을 때 나는 입을 열었다.

"목사들의 처형에 관해 대령님이 알고 계신 것은 무엇입니까? 저는 모르고 있고 대령님만 알고 계신 것 말입니다."

그는 그러나 아무 대답 없이 휙 돌아서 방을 나가버렸다.

18

다음 날 아침, 평양 〈자유신문〉은 '기독교인의 용기'라는 제목으로 고 군목에 관한 기사를 실었다. 전투복 차림에 흰 십자가가 그려진 철모를 쓰고 포대를 배경으로 지프에서 몸을 내민 고 군목의 사진도 실렸다. 기사는 장 대령의 증언을 크게 인용하고 있었는데, 그 증언에서 장 대령은 고 군목이 군에 기여한 공로가 얼마나 중요하고 가치 있는 것이었던가, 그리고 암담했던 전투 초기에 고 군목이 기독교도로서 얼마나 용감하게 일선 활동을 했었던가를 회상한 다음 그의 '영웅적 미덕'을 높이 찬양하고 있었다. 그 증언은 평양시의 몇몇 목사들이 제공한 고 군목 찬양 회고담으로 시작되었다.

나는 장 대령의 요청으로 박 군을 대동하고 준비위원회의 목사들을 만나러 갔다. 대령은 그날 오후 자기 방에서 위원회 회의를 갖도록 준비해두고 있었다.

전날 밤의 눈보라는 전쟁의 상처로 얼룩진 대지 위에 두텁고 깨끗한 눈이불을 덮어놓고는 어느새 물러가고 없었다. 날씨는 차가웠다. 푸른 하늘에는 전투기들이 내뿜고 간 흰 줄의 수증구름이 북쪽 산 너머로 뻗어 있었고 지상에서는 수송 차량들이 강 남쪽에서 시내로 흘러들고 있었다. 일선에서 날아드는 전황 보고는 우울했다. 중공군의 활동이 점점 늘고 있다는 정보 보고가 매일처럼 들어오고 있었다. 서부 전선의 일부 부대는 중공군을 생포까지 했다는 것이었다. 아무래도 북한에서의 중공군 활동이 확대될 것 같은 조짐이 보이기 시작했다.

2시 조금 전에 우리는 대령의 사무실에 도착했다.

목사 다섯 명이 벌써 도착해서 난로 곁에 앉아 장 대령의 얘기를 듣고 있었다. 대령은 고 군목이 관련됐던 정보 작전에 관한 얘기를 들려주고 있는 중이었다. 박 군과 나는 창가에 가서 섰다. 목사들은 모두 몸이 마르고 머리가 희었거나 희어가고 있는 노인들이었다. 그들은 똑같이 회색 솜두루마기를 입고 왼쪽 팔에는 검은색 완장을 두르고 있었다. 그들은 굳은 표정으로 올리브색 철제 의자에 앉아 장 대령의 시끄러운 말소리를 들으며 고개를 끄덕이고 있었다. 잠시 후 나는 밖으로 나가 목사들에게 차를 내다놓도록 당번병에게 지시했다.

내가 다시 들어갔을 때 장 대령은 말하고 있었다. "그래 이제 지나간 일을 다시 들추어내서 무슨 소용이 있겠습니까. 전쟁은 곧 끝날 것이고 우리에겐 이제부터 그리고 장차 해나가야 할 일이 쌓여 있습니다."

목사들은 동의한다는 듯이 생각에 잠긴 얼굴로 고개를 끄덕였다.

목사가 또 한 사람 도착했다. 그도 똑같은 회색 두루마기에 검은 완장을 두른 차림이었다. 그는 다른 목사들보다는 훨씬 젊은 40대 중반쯤으로 보였다. 늦어서 죄송하다고 사과한 뒤 그는 딱히 누굴 향해서가 아니라 그냥 좌중을 향해 말했다. "아무래도 우리 힘으론 그들을 어떻게 할 수가 없을 것 같습니다."

누군가가 그 말을 받았다. "그렇소, 나도 알고 있소."

"신자들 얘길 하고 있는 겁니까?" 장 대령이 물었다.

젊은 목사가 다시 말했다. "그렇습니다. 신도들이 점점 더 거칠어지고 통제하기 어려워져가고 있어요."

누군가가 푹 한숨을 내쉬며 헛기침을 했다.

"이미 말씀드렸습니다만 한 번 더 강조해두어야 할 것 같군요." 장 대령의 말이었다. "어젯밤 신 목사의 집에서와 같은 일이 결코 재발해서는 안 됩니다. 여차하면 제가 무슨 조치를 취하는 수밖에 없을 것이고 그렇게 되면 모두가 입장이 난처해집니다. 그 사람들의 감정을 이해 못 한다는 얘기가 아닙니다. 이해는 하지만 완전히 감정에 흐르게 내버려둘 순 없다는 뜻이지요. 뿐 아니라, 이 자리에서 확실히 말씀드리거니와 여러분이나 여러분의 신도들이 신 목사나 한 목사와 관련해서 무슨 무모한 짓이라도 한다면 그건 정말 매우 창피하고 부끄러운 일이 될 겁니다. 여러분들 중에는 혹시 그들 두 목사, 특히 신 목사에 대해 의심하고 계신 분이 있을지 모르지만, 그 의심은 전혀 근거 없는 것이라는 점을 분명히 말씀드리고 싶습니다."

박 군과 나는 서로 빠른 눈짓을 교환했고 목사들 사이에선 불안한 몸짓이 일기 시작했다.

젊은 목사가 창가로 오더니 박 군과 내게 고갤 숙여 인사한 다음 창밖을 좀 내다보라는 손짓을 했다.

"저걸 좀 보십시오" 하고 그는 모두가 들으라는 듯이 말했다.

모두들 창가로 몰려들었다.

하늘은 아직 환하고 맑게 개어 있었으나 들쭉날쭉한 건물 그림자들이 벌써 거리의 절반을 컴컴하게 뒤덮고 있었고 길 건너 허옇게 드러난 폐허와 언덕 위 교회 쪽으로도 그림자가 슬슬 확대되고 있었다. 우리 사령부 건물에서 왼쪽으로 조금 떨어진 곳에는 아직 그늘이 들지 않은 빈 광장이 하나 있었는데 그 광장 여기저기에 쌓인 눈더미 위로 햇살이 빛나고 있었다. 바로 그 광장에서 한 떼의 군중이 줄을 지어 묵묵히 우리 건물 쪽으로 걸어오는 중이었다. 행렬은 우리 사령부 건물에서 일단 왼쪽으로 방향을 틀어 무너진 교회를 향해 언덕을 올라가기 시작했다. 교회 종루 꼭대기의 흰 눈이 햇살을 받아 번쩍거렸다.

"저들은 아침부터 저렇게 순교자들의 교회를 찾아다니고 있습니다." 누군가가 내 등 뒤에서 말했다. "일종의 순례 행렬 같은 거지요."

"불쌍한 사람들." 다른 또 누군가가 말했다.

약 3백 명쯤 돼 보이는 행렬은 마침내 중앙교회 앞에까지 이르렀다. 그중의 몇몇이 행렬 쪽을 마주 보고 계단에 서 있었다.

"그래 어떡하자는 거야?" 장 대령이 말했다.

나는 창문을 열었다.

계단에 섰던 사람 하나가 뭐라고 손짓을 해 보였다. 그러자 군중은 눈 위에 무릎을 꿇었다. 군중을 지휘하고 있던 사람이 하늘을 향해 얼굴을 쳐들며 두 손을 높이 치켜 올렸다. 그러고는 자기도 땅바닥에 무릎을 꿇었다. 뒤이어 무어라 웅얼거리는 소리가 때로는 높고 크게, 때로는 낮게 떨리면서 바람 속에 들려오기 시작했다. 그 소리가 점차 사라지자 앞서의 그 남자가 다시 일어섰다. 그의 손이 차가운 허공을 몇 번 가로세로 가르는 것이 보였다. 신도들이 일어나 찬송가를 부르기 시작했다. "요단 강 건너가 만나리……"

우리 건물의 검은 그림자가 이젠 길을 건너 폐허를 덮은 다음 언덕 쪽으로 길쭉하게 뻗기 시작했다. 열린 창문으로 차가운 바람이 몰아쳐 들어왔다.

장 대령이 창문을 닫으며 말했다. "자, 그만, 됐어."

목사들도 제자리로 돌아가 앉았다.

장 대령은 난로 옆에 선 채 말했다. "저 사람들, 과연 무슨 계시를 받은 것 같군요."

"저런 광경을 보기는 처음입니다." 늙은 목사 한 사람이 말했다. "목사로 평생을 살아왔지만 난 사람들이 이번처럼 저렇게 움직이는 것을 본 적이 없어요."

"나도 여러 부흥회를 다녀보았고 나 자신 여러 번 부흥회를 가져보았지만," 하고 또 다른 목사가 말했다. "이건 정말 처음 있는 대단한 움직임예요. 전 깊은 감명을 받았습니다. 여러분도 그러하시겠지만."

"그중에서도 가장 기적적인 것은," 이번엔 반백의 회색 수염을 기른 늙은 목사 하나가 나섰다. "저 사람들은 누가 시켜서가 아니라 완전히 자발적으로 움직이고 있다는 것이지요. 여기 계신 분들 중에서 저 일을 시키거나 종용한 사람은 아마 없을 겁니다."

"우리가 부끄럽군요." 앞서의 젊은 목사가 말했다.

"아, 이건 하나님께서 저 백성들과 우리에게 내리신 기회입니다," 하고 또 한 사람이 말했다. "그들은 축복을 받은 겁니다. 전 이것이 주님이 준비하신 거라고 말하고 싶어요. 우리에겐 이런 일이 필요했어요. 이 사실을 우린 인정해야 합니다. 우리에겐 지난 수년간의 악몽에서 우릴 일깨우고 해방시킬 어떤 위대하고 신성한 사건이 필요했습니다."

"주님의 성스러운 뜻은 아무도 헤아릴 수가 없어." 또 누군가가 말했다.

좌중의 목사들이 "아멘" 하며 그 말을 받았다.

장 대령이 말했다. "그러니 우선 순교자들의 유덕을 실추시켜선 안 되는 겁니다. 전 계속 그 점을 강조하고 있어요."

"그렇소. 그분들은 바로 우리를 위해 죽었고 나약한 고통과 사악한 힘에 굴복한 죄에서 우리를 구원해주었습니다." 좌중에서 가장 연로해 보이는 목사가 말했다. "우린 그걸 알고 있소. 그리고 저 사람들도 알고 있어요. 장 대령, 우린 죄를 많이 지은 거요. 우리 영혼이 절망 앞에 괴로워하도록 방치했던 일, 정말 부끄럽습니다. 다시는 그런 일이 있어선 안 되겠지요. 교회는 순교자들의 희생을 필요로 했습니다. 그들의 영혼에 주의 은총이 있기를." 그는 잠시 중단하고는 주위를 둘러보았다. "여기 모이신 분들은 모두 나와 함께 기도를 드려주시오. 장 대령님, 어떻겠소?"

"좋습니다!"

그러는데 내 당번병이 일등병 하나를 데리고 들어왔다. 차를 준비해온 것이었다. 목사들의 기도는 사병들이 물러갈 때까지 잠시 지연되었다.

목사들이 마룻바닥에 찻잔을 내려놓느라 접시며 잔 부딪는 소리가 덜그럭거렸다. 그들은 일제히 고개를 숙였다. 장 대령은 어깨를 구부리고 의자에 앉은 자세로 자기 찻잔을 내려다보고 있었다. 박 군은 창밖으로 시선을 돌렸고 나는 목사들의 기도하는 모습들을 지켜보았다.

"주여, 우리 죄를 용서하소서. 우리는 방금 당신의 자녀들이 당하는 영혼의 고통을 보았나이다. 저들은 뉘우치는 가슴의 저 깊은 밑바닥으로부터 울부짖으며 그들의 죄 많은 영혼을 주님께 올렸나이다. 그들의 영혼은 이제 성스러운 순교자들로부터 영감을 얻어 새로운 힘과 활기로 불타고 있습니다. 주여, 우리가 지은 많은 죄를 용서하시고 사악한 사탄으로부터 고통을 당해온 당신의 죄 많은 자녀들에게 당신의 빛과 축복에 이르는 길을 가르쳐주소서. 주여, 그 길을 우리에게 보여주소서. 저들의 소리를 들어주소서. 주여, 우리는 나약했으나 모든 희망을 버릴 만큼 큰 죄는 저지르지 않았나이다. 주여, 우리의 많은 죄를 용서하시고 당신의 영원한 왕국에 받아주소서, 아멘."

"아멘." 좌중이 일제히 뒤따랐다.

장 대령이 일동의 침묵을 깨고 말을 시작했다. "제가 오늘 여러분을 이 자리에 모신 것은 우리 순교자들의 최후의 수일 동안을 가까이서 목격했던 사람 하나를 여러분께 소개시켜드리고자 해서입니다. 전 그 사람이 여러분들께 들려드릴 이야기, 곧 순교자들에 관한 얘기에 큰 긍지를 갖고 있습니다. 그러나 그 얘긴 제가 지금 하고 싶지 않습니다.

여러분이 직접 그 사람의 입을 통해 들어보십시오. 전 우리 기관의 책임자라는 제한된 자격으로 여러분께 그저 자그마한 봉사를 해드리려는 겁니다. 그럼 그 사람을 만나보십시오." 장 대령은 그의 책상 위 버저를 눌렀다.

목사들은 장 대령의 말에 공손히 고개를 끄덕이며 웅성댔다.

그러는데 박 군이 느닷없이 앞으로 나섰다. "여러분들께선 제가 누군지 알고 계시리라 믿습니다. 모두 이 자리에서 뵙게 되어 반갑습니다. 왜냐면 전 이 준비위원회에 끼고 싶지 않다는 말씀을 드리고 싶었기 때문입니다. 전 그 합동추도예배와는 아무 관계도 갖고 싶지 않아요."

장 대령이 제지하고 나섰다. "박 대위, 슬픔이 너무 지나치면 안 돼! 우린 당신이 얼마나 슬퍼하고 있는지 다 알고 있어!"

박 군은 그러나 계속했다. "전 가급적 빨리 평양을 떠나겠습니다. 순교자 가족들을 대표하지 못하게 되어 죄송합니다만 사실 그건 제가 원치 않았던 영광입니다. 이상, 제가 말씀드리고 싶었던 얘깁니다."

어리둥절한 목사들이 난처하다는 표정으로 잔뜩 인상을 찌푸리고 있는데도 아랑곳 않고 박 군은 후닥닥 방을 뛰쳐나가려 했다. 그때 노크 소리가 들리고 장교 두 명이 좌우에 붙어 서서 흰옷 차림의 남자 하나를 데리고 들어섰다. 나는 그 중위들의 얼굴을 단박에 알아보았다. 방첩대 친구들이었다.

포로는 머리가 박박 깎여 있었고 높은 광대뼈 위로 뻘겋게 충혈된 두 눈이 퉁퉁 부어올라 있었다. 그는 방 안을 훑어보았다. 그의 두 손에는 붕대가 겹겹으로 감겨 있었다.

장 대령이 포로의 팔을 잡고 말했다. "여러분, 이 사람은 북한 인민 공화국 평양시 비밀경찰에 소속했던 정 소좌입니다. 정 소좌, 여기 모인 분들은 평양시 기독교회 저명 목사님들이시고 또 순교하신 분들과는 가깝게 지내던 동료들이오. 당신이 여기 와서 순교자들에 관한 얘길 직접 이분들께 들려드리기로 한 건 매우 사려 깊은 행동이오. 여러분, 정 소좌는 순교자들을 대부분 만나보았고 그들의 잊을 수 없는 최후 순간을 목격한 몇 사람 중의 하나입니다. 자, 정 소좌, 당신이 내게 들려준 대로 이 목사님들께도 순교하신 분들의 얘길 좀 해주시오." 그는 잡았던 팔을 놓고 옆으로 비켜섰다.

정 소좌의 눈은 목사들의 얼굴 위에 한참 머물러 있었다. 그는 마른 몸에 키가 컸다. 그는 입술을 축이고 뺨을 씰룩거렸다. 그러는 동안 그의 목젖이 긴 목을 타고 오르내렸다. 이윽고 그는 쉰 목소리로 조용히 말했다. "그래, 당신네가 목사들이란 말이지."

장 대령이 다시 말했다. "참, 여기 이 정 소좌는 과거에 많은 잘못을 저지른 것이 사실이지만 우리에겐 아주 소중한 도움을 주었고 자신의 과거에 대해서도 충분히 반성했습니다. 그러므로 그는 적당한 조처와 절차를 밟아 자유인으로 돌아가게 될 겁니다."

정 소좌가 장 대령을 돌아보며 내뱉었다. "이 거짓말쟁이!"

곁에 섰던 방첩대 중위들이 그의 팔을 잡았다.

"난 당신이 어떤 종자인지 알고 있어." 정 소좌는 착 가라앉은 소리로 계속했다. "당신에 관해선 알 만큼 알고 있었어. 당신이나 나나 동업자니까 날 속일 수 있을 거라 생각하면 오산이야. 당신들이 날 어떻게 할 건지 다 알고 있어. 어차피 날 쏘아 죽일 건데 괜히 이 사람들을 속이지 말라고. 그래 언제요? 오늘 밤? 내일 아침?"

"이게 뭐 이래!" 장 대령이 버럭 소릴 질렀다.

중위들이 포로를 방 밖으로 끌어내려 했다.

"그냥 둬!" 장 대령은 명령한 뒤 포로를 향해 말했다. "이것 봐, 정신 나갔어? 똑바로 행동하라고! 수틀리면 정말 쏴 죽일지도 모르니깐, 알 겠나?"

"그를 살려주시오, 대령." 누군가가 작은 소리로 말했다.

정 소좌가 다시 목사들을 향하고 서서 벗어진 머리를 흔들며 실쭉 웃었다. "하아, 살려주라고? 살려주어? 당신들 날 웃기누만. 벌써들 잊 어버렸나? 당신들을 관대하게 봐줘서 살려둔 건 나야, 나. 당신들을 모조리 쏴 죽일 기회가 있었는데도 난 그러질 않았어. 당신들을 죽여 봐야 총알 값도 안 된다고 생각했기 때문에 죽이질 않았던 거야. 바보 같은 생각이었지. 하, 모조리 쏴 죽였어야 하는 건데. 너무 늦게 깨달 았어."

"끌고 가!" 장 대령이 고함을 질렀다.

나는 그때 중위들의 등 뒤에서 문이 열리는 것을 보았다. 고 군목이 들어서고 있었다. 정 소좌가 말했다. "내가 아직 이 사람들한테 그 잘 난 순교자들 얘길 하지도 않았는데 벌써부터 끌어낼 건 없잖아? 좌우 간, 당신들은 확실히 재미있는 데가 있거든. 자, 여러분, 당신들의 위 대한 순교자들이 어떻게 죽었나 알고 싶다고 했지? 당신네의 그 위대 한 영웅들, 위대한 순교자들이 꼭 개새끼들처럼 죽어갔다는 말을 들 려줄 수 있게 되어 기쁘구먼. 꼭 개새끼들같이 훌쩍거리고, 낑낑거리 고, 엉엉 울면서 죽어갔어! 살려달라 아우성을 치고, 자기네 신을 부정하고 동료들을 헐뜯는 꼬락서니라니 과연 한번 보기 좋았지. 그자들은 개처럼 죽은 거야! 개처럼, 알겠어? 모두 죽여버렸어야 하는 건데!"

"왜 모두 죽이지 않았나?" 박 대위의 날카로운 목소리가 끼어들었다.

"왜냐고? 왜 다 죽이지 않았냐고?" 포로는 몸을 돌려 박 군을 마주 바라다보았다. "하나가 미쳐버렸기 때문이야. 돌아버린 거지, 미친개처럼 말야. 난 야만은 아니거든. 미친놈을 쏘진 않아."

"또 한 사람은 왜 쏘지 않았나?" 느닷없이 고 군목의 커다란 목소리가 터져 나왔다. 그는 우리 쪽으로 뚜벅뚜벅 걸어왔다.

"아니, 이건!" 장 대령이 소릴 질렀다.

정 소좌가 고 군목의 질문에 대답했다. "그자는 유일하게 내게 대항했던 자였어. 난 당당하게 싸우는 걸 좋아해. 그자는 용기가 있었어. 내 얼굴에 침을 뱉을 만큼 배짱 있는 친구는 그자 하나뿐이었어. 난 내게 침을 뱉을 수 있는 자를 존경해. 그래서 그자만은 쏘지 않았던 거야. 사실은 쏘아버렸어야 하는 건데. 너도 마찬가지야. 너도 진작 쏴 죽였어야 했어. 난 너를 알고 있어, 이 가짜 목사야!"

고 군목은 포로의 앞으로 가서 섰다. 그의 주먹이 한 번 날쌔게 번쩍하더니 포로를 마룻바닥에 쓰러뜨렸다. "괴물 같은 것!" 군목이 내뱉었다.

방첩대의 중위들이 포로를 방 밖으로 끌어내 갔다.

"자넨 어찌 된 거야?" 대령이 군목을 향해 말했다.

"이거 정말 어찌 된 건가?" 고 군목은 방 안의 목사들을 휙 둘러보았다. "모두들 여기서 뭘 하고 있는 거요?"

"그는 어디 있나? 신 목사는 어디 갔어?" 장 대령이 다그쳐 물었다.

"그 사람 지금 어디 있소?" 가장 나이 많은 목사가 물었다. "그가 어디 있는지 알고 계시면 말해주시오. 우린 진상을 알아야겠소. 우리에게 진실을 얘기해줄 수 있는 건 그 사람, 신 목사뿐이오."

고 군목은 그러나 아무 말도 하지 않았다.

"뭘 어쩌자는 거야?" 장 대령이 고 군목을 노려보며 화난 목소리로 말했다.

"또 신 목사를 건드리게 내버려둘 순 없어." 고 군목은 그렇게 말한 뒤 목사들을 향해 물었다. "모두 여기 모였으니 신 목사의 말을 어느 분께 전하면 되겠소?"

"군목, 경고해두겠네. 자넨 지금 나의 권위 아래 있는 거야, 알겠나?" 장 대령이 큰 소리로 말했다.

"하아, 권위라니 뭐 말라죽을 권위? 고작 생각해낸다는 게 그건가? 권위로 말하면, 난 이미 국방장관과 얘길 다 끝내고 오는 길이야. 그는 내 친한 친구이고 더 정확히는 내 사촌이야, 자네도 알지? 참, 자네가 그건 몰랐는지도 모르겠군. 어쨌건 그게 문제는 아니지. 난 이미 모종의 권위를 부여받았어. 그게 어떻게 된 권위인지는 구태여 설명하고 싶지 않아. 원한다면 장관한테 직접 전화를 해보지 그래."

내가 앞으로 나섰다. "군목님, 방금 신 목사님에게서 무슨 메시지가 있다고 말씀하시지 않았나요?"

그는 고개를 끄덕였다. "솔직히 말해서 그걸 누구한테 전달해야 할지 모르겠군" 하며 그는 목사들을 둘러보았다.

"우리 모두에게 얘기해주시오." 나이 제일 많은 목사가 말했다. "우리 지도자들은 다 사라졌지만 우리가 각 교회의 임시 대표로서 의무를 다하도록 최선으로 노력하리다."

"좋소," 하고 군목은 말했다. "신 목사는 이미 자기 교회 신도들에게 목사로서의 직무를 떠나겠다고 통고했어요. 한 목사의 교회 신도들에게도 비슷한 통고가 갔습니다."

아무도 말이 없었고 누구 하나 꼼짝하는 사람이 없었다.

"신 목사는 목사직에서 물러날 생각입니다."고 군목이 말했다.

"바보 같으니!" 장 대령이 버럭 소릴 질렀다. "정말 바보 같으니!"

19

목사들이 혼란과 불안에 빠져 얼떨떨한 표정으로들 돌아가고 난 뒤 그 자리에는 우리 네 사람만 남았고, 넷 사이에는 한참 무거운 침묵이 계속됐다. 박 군과 나는 창가에 서 있었고 고 군목은 난로 옆자리에 죽은 듯 앉아 있었으며 장 대령은 회전의자에 등을 기댄 자세로 천장을 쳐다보고 있었다. 창밖은 어둠이 점점 짙어가면서 바람 소리가 드세지기 시작했다. 전차 한 대가 창백한 섬광을 터뜨리며 지나갔다.

한참 만에 장 대령이 의자에서 불쑥 상체를 일으켜 앉으며 침묵을 깼다. "이 대위, 자네 내게 물은 적이 있지, 목사 처형에 관해서 자넨 모르지만 나만 알고 있는 것이 있느냐고. 기억나나?"

박 군과 고 군목이 대령 쪽으로 시선을 돌렸다. 대령은 두 손을 책상 위에 얹은 채 꼭 쥐고 있었다.

"사실 그랬어. 여기 있는 사람들이 모르는 어떤 걸 나는 알고 있었네. 그걸 자네들한테 말해줘야 할 상황이 오지 않길 바랐는데 이젠 어쩔 도리가 없게 됐군. 아까 그 포로가 한 말은 사실이고 진실 그대로야. 좀 과장되긴 했지만 그건 이해할 수 있는 일이지. 그 열두 명 목사들 중에는 동료 목사들을 배반한 사람이 있었다네. 빨갱이들 앞에서 저항할 수 없게 되니까 자기도 모르게 남을 헐뜯는 쪽으로 유도당한 거지. 신 목사와 한 목사에 관해선 얘기하지 않겠네, 이미 그 포로의 말을 다들 들었으니."

"대령님, 이 모든 걸 알게 된 건 언제부텁니까?" 내가 물었다.

"이 사건을 맡고부터야. 물론 자세히는 몰랐지만. 허나 정 소좌를 생포하기 전에도 난 그 목사들 중에 배반자가 있었다는 걸 알고 있었네. 그런 상황이니 나로선 신 목사와 한 목사를 일단 의심해볼 수밖에 더 있었겠어? 이젠 그들이 아무 죄도 없다는 걸 알게 됐지만 말야. 정 소좌는 그 최후 순간의 꽤나 환상적이고 복잡한 진상을 사실대로 얘기한 걸세. 정 소좌의 얘기를 듣고서야 난 비로소 이해할 수 있었어. 신 목사가 왜 처음엔 처형에 관해 자기로선 일절 아는 바 없다고 잡아떼었는지를 말야. 그는 열두 명의 순교를 미화하기 위해 큰 거짓말을 하느니 차라리 작은 거짓말을 하기로 작정했던 거야. 아니면 열두 명 중 몇몇의 부끄러운 허약함과 배반을 폭로하느니보다는 작은 거짓말을 하는 편이 낫다고 생각했던 게지."

장 대령의 얇은 입술이 말려 올라가면서 경멸의 표정을 지었다.

"자아," 장 대령은 잠시 틈을 두었다가 계속했다. "신 목사는 자기를 배반자로 몰아대는 교인들의 분노 앞에서 사라졌어. 게다가 목사

노릇도 때려치우고 교회도 그만두겠다는 모양이야. 우린 이걸 어떻게 설명해야 하나? 자네가 그 사람 입장이라 생각해보게. 자신이 저지르지도 않은 부끄러운 행위로 엉뚱한 비난을 받고 집이 신자들의 손에 부서지는 등 참을 수 없는 모욕을 당했다고 생각해봐. 바로 그들을 위해 이쪽에선 침묵을 지키고 있는 건데 말야. 이 대위, 이제 난 자네가 한 말을 받아들이네. 신 목사가 진실을 보호하고 있다, 사람들은 진실을 원하고 있는 것이 아닌지도 모른다는 말을. 허나 난 그가 어떻게 행동하고 나올지, 아니면 어떤 행동을 생각하고 있는지 걱정이 되네."

"신 목사는 오늘 아침까지도 사임 의사를 말하지 않았어. 왜 사임하려는 건지 이유도 설명하지 않았고 그 후의 행동에 관해서도 일절 말이 없었어." 고 군목이 전했다.

"바로 그 점이 맘에 걸린단 말야." 장 대령의 말이었다.

"그가 진실을 털어놓을까 봐 겁이 나서 그러시는 겁니까?" 내가 묻고 나섰다.

"원하지 않는 진실 말이지?" 박 군이 씁쓸히 한마디 했다.

장 대령이 박 군에게 못마땅한 얼굴을 지어 보였다.

"대령," 고 군목이 나섰다. "지금까지 그대가 한 얘기는 모두 틀림없이 확실한 것인가?"

"그렇다네. 이제 난 모든 자세한 내용들을 다 알고 있어. 죽은 목사들의 이름은 물론, 그들이 어떤 짓을 했고 무슨 말을 했고 빨갱이들한테 무슨 자백들을 했는지 다 알고 있어. 안됐지만 난 그 증거를 갖고 있다네."

"대령님, 그렇다면……?" 박 군이 말했다.

장 대령이 그러는 박 군을 제지하며 엄숙히 말했다. "박 대위, 귀관이 뭘 알고 싶어 하는지 짐작하고 있어. 부친께서는 그들 중에서도 가장 용감한 분이었어. 그 사실을 떳떳하게 생각하시오. 그는 실로 훌륭했어, 대위. 정 소좌까지도 부친께서만은 빨갱이 고문관들에게 두려움과 존경을 일으키게 했다고 시인했거든. 대위, 그는 위대한 순교자요."

박 군은 눈을 감은 채 아무 말이 없었다.

장 대령이 군목에게 물었다. "그래 신 목사는 어디 있나?" 군목의 대답이 없자 장 대령은 말했다. "자네가 말해줘도 좋고 안 해도 좋아. 난 이제 그를 건드리지 않겠네. 그런데 자넨 그 사람이 앞으로 어떻게 행동하고 나올 건지 뭣 좀 아는 거 없나?"

군목은 고개를 가로 저었다. "모르네."

"자기 집에서 무슨 일이 있었는지는 알고 있고?"

"알고 있어."

"어떻게 생각하던가? 화를 내던가?"

"물론이야!" 군목은 의자에서 발딱 몸을 일으키며 말했다. "화를 내더군. 화내지 않고 어쩌겠나? 난 그 사람이 그렇게 화내는 모양은 처음 봤어. 가지 않겠다고 버티었지만 내가 억지로 차에 태웠어. 사실 나로서도 그게 일종의 복수였어. 어제까지 쥐새끼같이 굴다가 오늘은 굶주린 야수처럼 으르렁거리는 그 잘난 소인배 망둥이 기독교인들에게 난 증오가 느껴지더군!" 그는 잠시 숨을 가누느라 말을 멈추었다. "좋아, 말해주지. 신 목사는 지금 진남포의 내 여단 군종실에 있어. 그 합동예배란 것이 끝날 때까지는 거기 데려다두는 게 좋겠다고 생각했네. 한데 합동예배란 것이 정말 열릴 참인가?" 고 군목은 화가 치민다는 표정으로 주위를 돌아보며 말했다. "도대체 누굴 위해서? 누구를 기리기 위해서?"

장 대령은 책상 위에 얹었던 주먹을 내리며 말했다. "물론 열리지! 합동예배는 예정대로 개최되네. 누굴 기리느냐고? 열두 명의 순교자들이지, 그걸 모르겠나? 영광스러운 열두 명의 순교자들이! 무슨 생각들 하고 있어? 내가 아까 한 얘기는 모두 잊어버려! 알고 있는 걸 죄 잊어버리란 말야! 내가 그런 얘기를 해준 것은 자네가 날 돕고 교인들을 도와주길 바라는 뜻에서였어."

"또 자네 선전을 위해서?" 군목이 말했다.

"옳았어! 군의 선전도 빼놓을 수 없지. 그래서 안 될 게 뭔가? 우리의 대의명분을 모독하는 자는 가만두지 않겠네. 누구든 빨갱이들을 유리하게 하는 짓은 내버려두지는 않겠어. 그 점 명심하게. 누가 누굴 배반하고 않고는 상관없어. 내가 관심을 갖는 건 그 배반자들과 배반당한 자들이 다 같이 빨갱이들 손에 죽임을 당했다는 사실이야. 그걸 기억하지 않으면 안 돼. 우리가 강조해야 할 것도 바로 그거야. 또 그것이야말로 모든 국민에게 알려야 할 가장 중요한 사실이야. 육군 정보당국은 빨갱이들의 비인간적 잔혹행위에 관한 자료를 모아오고 있어. 특히 우리가 관심을 두는 건 빨갱이들이 기독교인들을 어떻게 대우했나에 관한 증거 수집이야. 열두 명의 목사 살해 사건은 그들 가운데 몇몇 허약한 사람들이 있었다고 해서 그냥 가볍게 넘겨버릴 사건이 아니야. 중요한 것은 그들이 빨갱이들 손에 죽었다는 거야, 잊지들 말라고!"

"자네가 한 가지 간과하는 것이 있네," 하고 군목이 언성을 높여 말했다. "우린 지금 신앙의 순교자들을 다루고 있어. 그대가 탈영병 백 명을 데려다 백 명의 영웅으로 둔갑시키겠다면 좋아, 얼마든지 그래 보게. 그러나 정말이지 그대가 함부로 신앙의 순교자를 날조할 수는 없는 거야. 그거야말로 최대의 경멸을 받아 마땅할 신성 모독이지. 순교자는 하나님의 뜻에 봉사하는 것이지 인간의 일시적 필요에 봉사하는 게 아냐!"

"자네의 그 신은 이런 땐 좀 가만 모셔놓지 그래." 장 대령이 말했다. "자네의 신에 대해서라면 난 요만큼도 아랑곳하지 않네."

"대령, 그대는 지금 필요 이상의 모독적 언사를 쓰고 있군." 군목은 분연히 말했다.

"그런가? 자넨 내가 하려고 하는 일─그래, 자네 말대로 순교자를 날조해내는 일이 자네의 신께서 반드시 원치 않는 일이란 건 어떻게 확신할 수 있나? 그 목사들의 신성한 복장 밑에 더러운 속옷이 숨겨져 있었다고 폭로하기보다는 열두 명 순교자들의 영광을 드러내어 보이는 것이 자네들 기독교에 더 큰 봉사가 되지 않는다고 확신할 수 있어?"

고 군목은 화를 삭이지 못해 한참 아무 대꾸도 못하다가 이윽고 입을 열었다. "신 목사의 행동을 설명하고 그가 어떤 부끄러운 짓도 하지 않았다는 걸 밝혀줄 무슨 해명이 있어야 해. 대령, 난 그대가 그 진실을 밝혀주기 바라네. 안 그러면 내가 할 테니까!"

"어이, 이 대위. 자넨 입을 꾹 다물고 있는데 자네 생각은 어때? 자네도 내가 진상을 공표해야 한다고 고집할 생각인가?"

그의 어조 속에는 분명한 도전이 들어 있었다. 고 군목과 박 군의 소리 없는 시선을 느끼며 나는 말했다. "좋으시다면 말씀드리겠습니다만 전 대령님께서 왜 그렇게 불안해하는지 잘 이해되지 않습니다. 우리가 지금 대령님의 진실만을 얘기하고 있다는 사실을 상기시켜드리고 싶군요. 지금 우리는 대령님의 진실만 앞에 놓고 어떡할 것인가 다투고 있습니다. 그러나 대령님은 신 목사에 관해선 아주 잊어버리고 있는 것 같군요. 그는 어떡해야 합니까? 그는 앞으로 어떻게 해야 합니까? 신 목사의 진실은요? 문제의 핵심은 그것 아닙니까?"

"자네 말은 못 알아듣겠어." 대령이 말했다.

"대령님, 교인들은 대령님의 말보다는 신 목사가 하는 말을 더 믿으려 할 겁니다." 내가 말했다.

"흐음, 그 점 너무 자신하지 말게. 어쨌건 신 목사를 거론한 건 좋은 일이야. 그가 왜 목사를 그만두려 하느냐, 내가 얘기해줄까? 그는 이 모든 빌어먹을 사건에 대해 지금 상당히 감정적인 상태가 돼 있는 거야. 그는 진실을─배신자들에 대한 더러운 진상을 몽땅 털어놔야겠다고 결심한 거지. 그렇지 않다면 왜 그만두겠어? 그 사람이 목사 자리에 있으면서 다른 동료 목사들의 범죄나 실수를 비난하기는 쉬운 일이 아니거든. 그러니 그는 자기 양심의 가책을 피하기 위해 목사직을 팽개치려는 거야."

"만약 그가 사실 그대로를, 그러니까 배신자가 있었다는 사실을 폭로한다면 대령님께선 어떡하실 작정입니까?" 박 대위가 질문했다.

"그 사람은 말하지 않을걸." 장 대령은 화난 어조로 단언했다.

"만약 털어놓는다면 말입니다."

"최선을 다해 부인해야지."

"그러고는 신 목사가 자기 죄를 숨기기 위해 그러는 것이라 말할 참인가?"고 군목이 추궁했다.

대령은 군목을 노려보았다. "우리는 신 목사가 이성을 잃고 서툰 짓을 하지 않도록 타일러야 해. 그래서 자네 도움이 필요하다는 거야. 우선 우리는 그가 사임하지 않도록 최선을 다해 설득해야 하고 다음으론 그가 교인들에게 어느 목사에게도 죄는 없다고 말하도록 종용해야 하는 거야. 물론 신 목사 자신과 한 목사까지 다 포함해서 말이지. 그렇게만 되면 나도 그를 지지하겠어."

"충분한 증거까지 갖고 말이죠" 하고 내가 말했다.

"자네들한테서는 돼먹지 않은 소리 더 이상 듣고 싶지 않아!" 장 대령이 버럭 소리를 내질렀다. "또 한 가지, 자네들은 오늘 여기서 들어 알게 된 기밀 정보에 관해선 어느 부분도 발설해선 안 돼, 알겠나?"

"대령님께선," 박 군이 차분하게 말을 꺼냈다. "신 목사가 진실을 말하든가 아니면 대령님의 입장, 혹은 신 목사 자신의 입장을 위해 진실을 왜곡하든가 둘 중 하나를 선택하리라고 생각하고 계십니다. 그러나 그가 끝내 아무 말도 하지 않을지도 모른다는 생각은 왜 안 해보십니까? 신 목사가 계속 침묵을 지키려 한다면 그땐 어떡하시겠습니까?"

"난센스! 조만간 그는 자기 해명을 하게 될 거야. 그러지 않는다면 사람들은 그가 정말 큰 잘못을 저질렀다고 확신하게 될 테니까. 이미 많은 사람들이 그렇게 생각하기 시작했듯이 말야."

"신 목사가 무고하다는 사실을 확고히 해줄 필요가 있어. 이건 절대적이야." 군목이 다시 강조했다.

"고 목사, 자네가 무슨 방법으로?" 대령이 반문했다.

"진실을 말하는 거지." 군목은 여전히 화를 삭이지 못한 채 말했다. "다른 무슨 방법이 있겠어? 나는 교인이고 군목이며 한때는 나 자신이 교직자였어. 교인들의 명분과 이해관계에 아무리 뼈아픈 일이 된다 하더라도 진실을 타협해버릴 순 없어. 진실은 숨겨둘 수 없는 거야. 어쩌면 이렇게 뼈아픈 진실이 교인들에게 찾아온 것이야말로 하나님의 뜻인지도 몰라."

"박 대위, 귀관 생각은?" 대령이 물었다.

박 군은 생각에 잠긴 채 묵묵히 앉아 있었다.

"자넨, 이 대위?"

"전 대령님과는 의견을 같이할 수 없습니다. 우리의 선전 목적에 맞추기 위해 진실을 비틀 수는 없습니다. 뿐 아니라, 고 군목께서 지적하신 대로 그 진실은 순교의 종교적 성격과 관계된 것이므로 그 방면의 사람들이 처리해야 할 문제라고 생각합니다."

"자넨 그러니까 내 입장을 이해하지 않겠다는 거군?"

"대령님, 진실은 그것이 그저 진실이기 때문에 밝혀지고 발표되어야 한다는 것이 제 생각입니다. 제가 이렇게 말씀드리는 데는 다른 아무 동기도 없다는 걸 분명히 밝혀두고 싶습니다. 또 만약 신 목사가 배반 행위를 한 것으로 판명되면 당연히 신 목사의 책임도 물어야 한다고 전 생각합니다. 이상입니다."

"왜 반드시 진실을 말해야 해?" 대령은 떨떠름한 얼굴로 의자에서 벌떡 일어나 방 안을 걷기 시작했다. "진실은 묻어두어도 여전히 진실이야. 그걸 꼭 까발리고 떠들어야 하나?"

"우리의 경우 문제는 대령님께서 목사 처형에 관해 무언가 발표를 해야 할 의무를 지고 있다는 겁니다." 하고 나는 다시 입을 뗐다. "상황을 이렇게 만든 것은 바로 대령님입니다. 제가 보기론 대령님께는 달리 출구가 없는 것 같군요. 진실을 그대로 말하든가 아니면 대령님 주장대로 그걸 비틀어 왜곡하든가의 두 길밖에 없습니다. 선택은 대령님께 달려 있습니다."

"자네의 선택은 어느 쪽인가, 대위? 자네가 내 입장이라면 어떻게 하겠어?"

"진실을 말하겠습니다." 나는 대답했다.

"그렇게 해서 빨갱이 놈들을 즐겁게 해주고 똥물은 우리가 뒤집어쓰고? 앙?"

"저라면 달리 선택의 여지가 없습니다."

"그만둬!" 대령은 역정 난다는 투로 외쳤다. "우린 신 목사를 설득해서 우리와 협력하게 해야 해."

"그대와의 협력 말이지?" 군목이 다시 쏘아붙였다.

"그가 설득되지 않거나 대령님과의 협력조차도 거부한다면요?" 내가 말했다.

"그땐 한 가지 방법밖에 없지. 강요하는 거야. 내키지 않아도 할 수 없어."

"그대는 정말로 신 목사가 그대의 강요에 못 이겨 자기 원칙을 거스를 사람이라고 생각해?" 고 군목의 말.

"아, 그건 두고 보세." 장 대령의 말.

"어떤 식으로 강요하겠나? 어디 좀 들어보자고." 고 군목.

"이 단계에서 그런 얘긴 하지 않겠어."

오랜 침묵이 뒤따랐다. 한참 만에 군목이 나를 보고 말했다. "이 대위, 기억하오? 얼마 전 내가 사적인 문제라며 들려주었던 얘기 말이오."

"네, 기억합니다."

"그때 난 당신이 내 입장이라면 어떡하겠느냐고 물었는데, 기억하시오?"

나는 고개를 끄덕였다.

"무슨 얘기들이야?" 장 대령이 어리둥절한 시선을 나와 군목에게로 던지며 물었다.

"그저 문제를 한번 제기해보는 거야." 군목이 말했다. "그대도 이 대위가 자네 입장이라면 어떡하겠느냐고 묻지 않았어? 대령, 그대가 거꾸로 신 목사라면 어쩌겠나?"

"자네라면 어쩔 텐가?" 대령이 얼굴을 일그러뜨리며 반문했다.

"솔직히 고백하네만," 군목은 한숨을 푹 쉬며 대꾸했다. "어째야 할지 몰랐을 테지."

"저라면 진실을 얘기하겠습니다." 나는 말했다.

"그만, 그만!" 장 대령이 다시 와락 고함을 질렀다. "이따위 헛소리들은 이제 그만 집어쳐!"

20

장 대령이 관구 사령부 회의에 참석한다면서 자리를 뜬 후 고 군목과 박 군은 나와 함께 내 방으로 내려갔다. 당번병더러 차를 좀 끓여 오게 해서 우리 셋은 난로 옆에 앉아 조용히 찻잔을 기울였다. 더 이상 소리 지르며 다투지 않아도 된다고 안도하면서.

한참 만에 박 군이 고개를 숙인 채 먼저 입을 열었다. "군목께선 말씀해주십시오. 신 목사가 제 아버지에 관해선 아무 얘기도 않던가요?"

"아무 말도 없었소. 그저 당신을 만나면 할 얘기가 있다는 말뿐이었소. 난 그가 당신을 몹시 만나보고 싶어 하는 줄로 알고 있소." 군목이 나를 돌아보며 말했다. "대위, 저 교회 앞의 신자들을 보았소? 박 대위 아버지 교회 앞에 몰렸던?"

"물론입니다. 왜 물으시는지?"

"당신이 그들을 이해하는지 궁금해서 그렇소." 그는 박 군 쪽을 얼핏 돌아보며 말했다.

"목사님은요?"

"난 구태여 이해할 필요가 없소." 그는 부드러워진 어조로 말했다. "어쨌건 나도 그들 중의 하나니까. 그들을 보면서 내가 느끼는 건 사람들이 흔히 이해한다고 말할 때의 그 '이해'보다는 좀 더 깊은 감정일지 모르오."

"그럴지도 모르죠. 하지만 저는 신비주의 같은 건 별로 좋아하지 않습니다. 참, 아까 군목께선 국방장관과 얘길 했다고 그러시던데 사실입니까?"

그는 웃었다. "실은 너무 바빠서 장관한테 전화할 시간도 없었소. 그가 나하고 사촌지간이란 건 사실이고. 그건 장 대령도 알고 있소. 그러니 내가 전혀 허무맹랑한 소릴 한 건 아니지." 그는 의자에서 일어났다. "이젠 가봐야 할 것 같구려. 신 목사와 한 목사에 관해선 한시름 놓아도 될 거요. 다들 잘 있으니까. 신 목사한테는 오늘 여기서 벌어진 장 대령과의 논쟁을 얘기해주겠소."

박 군은 고 군목에게 밤 인사도 건네지 않은 채 고개를 숙이고 있었다. 그는 무슨 생각에 골똘히 잠겨 있는 것 같았다. 얼마 후 그는 마치 자기 자신에게 말하듯 조용히 입을 떼었다. "나 자신이 공포의 근원일지도 모르겠다고 내가 말한 적 있었지? 그런데 이젠 그럴지도 모른다는 정도가 아니라 아주 그렇다고 생각되는군. 이제 알겠어. 그것 말고는 이 세계의 비참을—세대에 세대를 거듭하면서 끊임없이 계속되는

156

이 세계의 비참을 달리 설명할 길이 없어." 그러다가 그는 갑자기 씁쓸하기 그지없는 어조로 말했다. "그래, 아버지가 위대한 순교자라고? 장 대령도 그렇게 말했고 빨갱이 소좌까지도 그랬다? 그러니 아버진 전에도 그랬듯이 이번에도 이긴 거야. 나는 또 늘 졌듯이 이번에도 진 거고. 자네한텐 말해야겠네. 내가 내심 은근히 무엇을 바라고 있었나 하는 거 말야. 그래야 내가 얼마나 야비하고 비열한 인간인가를 자네도 알 것 아닌가. 난 아버지가 순교자가 아니었으면 하고 열심히 희망했었다는 거, 자네는 알고 있나? 난 그가 마지막 순간에 가서 꺾이고 실패하길 바랐던 거야. 그가 최후 순간에 가서 패배하고, 납작하게 부서지길 바랐어. 영혼이 약하다는 게 어떤 것인지 그도 한번 느끼게 말야. 의심한다는 것, 자기의 신과 신앙과 기타 모든 걸 의심해본다는 것이 어떤 건가를 그가 딱 한 번만이라도 느껴보고 자기 인생의 무서운 불의와 공포를 한 번쯤 맛본 다음 죽어가게 말야. 그런데 그가 위대한 순교자였다니, 그는 최후까지도 빈틈없이 그였지 뭔가! 난 상상할 수 있어. 그 광신자의 오만한 얼굴, 자기가 옳기 때문에 그 어느 것도 자길 패배시킬 수 없다는 신념에 잔뜩 도취된 자의 얼굴 말일세. 그가 마지막 순간 혼자 무슨 말을 했을지도 짐작할 수 있어. '자, 넌 내가 꺾이길 바랐겠지만 천만에, 난 옳고 정당해, 그리고 이겼어,' 이런 말 아니었겠어? 그 불타는 눈길과 의기양양한 미소와 우렁찬 목소리—설교단에서 '너, 배교자!' 하고 외쳐대는 그 우렁찬 목소리, 이 모든 걸 난 충분히 눈앞에 그려볼 수 있어."

박 군은 꼭 움켜쥔 두 주먹을 무릎 위로 내려놓으며 계속했다. "할 수 없네, 난 그를 위해서 도저히 울어줄 수가 없어. 그가 실패했더라면 난 충분히 울 수 있었을 거야. 그가 단 일순만이라도 인간의 허약함을 경험하고 죽었더라면 난 울 수 있었을 걸세. 내가 때때로 예수를 생각하고 우는 것도 그 때문이야."

"스스로 너무 괴롭힐 건 없네."

"자넨 예수를 어떻게 판단하겠나?" 박 군이 다시 절규하듯 말했다. "'내 하나님, 나의 하나님, 당신은 어찌하여 나를 버리시나이까!' 이 고뇌에 찬 절규를 자넨 어떤 식으로 듣고 있나? 죽어가는 예수의 그 절규—창백하게 죽음을 기다리면서도 여전히 신성하게 미친 그 가련한 젊은이, 십자가에 못 박히고 조롱과 미움의 대상이 되고 로마 병정의 창끝에 온몸을 찔리고, 적들의 시선 앞에서 그를 구해줄 기적 하나 없이 무력하게 헐떡이고 땀을 흘리고 피를 쏟고 있는 그 젊은이, 신의 아들이라는 사람의 그 가련한 육신의 절규를? 그도 마지막 순간에는 자기 필생의 사업이 허사로 돌아가는구나 싶은 무서운 의혹을 느꼈을지 누가 알겠어? 신의 아들 예수에게조차도 의혹의 순간은 있었던 거야!"

나는 일어나 난로에 석탄을 부어 넣었다. "내겐 그런 동화 같은 얘기가 아무 소용도 없네."

"소용없다고? 자넨 그럴지 모르지. 그러나 다른 사람들, 어쩌면 나를 포함한 다른 사람들에게도 동화가 소용없다고 확신하나? 자네 말대로 그게 동화란다 해도 말야. 내가 이런 말 한다고 놀랄 건 없어."

박 군은 내게로 와서 팔을 잡았다. "어제 신 목사의 집에서, 그리고 오늘은 내 아버지의 교회로 몰려와서 눈물 흘리며 찬송가를 부르던 사람들—그들이 무엇을 바라고 무엇을 그토록 열렬히 필요로 하고 있는 건지 자넨 아나? 자넨 그들을 경멸할 셈인가? 아니면 그들을 사랑할 텐가?"

나는 마음이 착잡해서 금방 대답이 나오지 않았다. 나는 그저 그 자리에 서서 이글거리는 그의 눈을 바라보고 있다가 마침내 말했다. "난 그들을 이해하네, 내가 할 수 있는 말은 그뿐이야. 그들의 고뇌와 절망을 이해하고 있어."

그는 잡았던 내 팔을 놓고 참을 수 없다는 듯이 외쳤다. "아아, 자네 식의 이해만으론 충분치가 않아. 고 군목이 자네한테 해주고 싶었던 얘기는 바로 그거야. 자넨 그들을 이해한다고 말하지. 하지만 자넨 그들의 아픔과 절망을 이만큼 멀찌감치 떨어진 자리에서 머리로, 지적_{知的}으로만 바라보고 있는 거야. 단순한 동정적 관찰자의 입장에서 말야."

그의 격정에 찬 언어들은 가차 없는 힘으로 나를 후려갈긴 뒤 내 가슴 깊숙이 뚫고 들어왔다.

박 군은 창가로 성큼 걸어가 어둡고 차가운 바깥 세계를 내다보았다. "난 그 사람들을 사랑해." 그는 조용히 말했다. "고 군목의 말대로야. '나도 그들 중의 하나'니깐." 그는 다시 나를 바라보며 덧붙였다. "그래서 난 모르겠다는 거야. 내가 신 목사의 입장이라면 어떻게 해야 할지 말야."

그날 저녁 늦게 고 군목이 진남포에서 전화를 걸어왔다. 여단 군종실에 도착해보니 신 목사도 한 목사도 없더라는 것이다. 그는 마음이 놓이질 않는지 안절부절못했다. 나는 사정이 허락하는 대로 서둘러

진남포로 내려가보겠다고 약속했다. 고 군목은 두 목사가 어디로 사
라졌는지 최대한으로 수소문해두겠노라 말했다.

21

평양을 곧 떠나겠다는 박 군의 결심은 도저히 바꿔놓을 수가 없었다. 다음 날 아침 8시 조금 지나 나는 수송장교에게 동쪽 해안 도시 함흥으로 가는 군용기 편에 박 대위가 탈 자리를 하나 주선해주라고 지시했다. 박 군과 나는 그때까지 이야기를 나눌 시간이 별로 없었다. 그날도 나는 미군 사령부에서 열리는 모종의 회의 준비를 해야 했고 그리고 무엇보다 장 대령이 나를 찾고 있었다.

내가 그의 방으로 들어가자 대령은 책상 앞 의자에 앉아 차를 마시고 있었다. 방금 식사를 끝낸 모양으로 빈 접시가 담긴 조그만 쟁반이 책상 한옆으로 밀어붙여져 있었다. 그의 당번병이 들어와서 쟁반을 내갔고 대령은 나더러 차 한 잔 하겠느냐고 물었다. 당번병이 새로 끓인 차 주전자와 잔을 갖다 놓자 대령은 나에게 자기 곁으로 의자를 당겨 앉으라고 말했다.

나는 박 군이 평양을 떠난다고 일러주었다.

"가겠다더니 정말 가는군." 그는 무관심한 투로 받아넘겼다.

나는 또 진남포에서 신 목사와 한 목사가 실종됐다는 고 군목으로부터의 연락이 있었다고 말했다.

의외로 그는 그 소식을 조용히 받아들였다. "일 참 지랄같이 돼가는군. 자네 생각으론 어떻게 해야겠나?"

나는 가급적이면 빨리 진남포로 내려가보고 싶다고 대답했다.

그는 고개를 끄덕였다. "물론이야. 가서 찾아봐야지. 헌데 당분간은 자넬 여기 좀 붙잡아놔야겠어. 본론을 꺼낼까?"

"그러십시오, 대령님."

"어젯밤 정보처장한테서 전화가 왔어. 사실 처장과는 얼마 전에 얘길 나눈 것이 있었지. 날 딴 데로 전속시켜달라고 요청했었네. 내가 이놈의 정치정보에 넌더리가 났다는 얘길 처장도 이젠 알아들은 모양이야. 좌우간 이건 내 전공이 아니거든. 난 야전 정보작전 쪽으로 자릴 옮겨달라고 했네. 자넨 어찌 생각할지 모르지만 그쪽 일이라면 내가 전문가 아닌가. 난 곧 전속이 될 걸세. 후임자를 즉시 보내달라고 했네. 그런데 그러자면 시간이 걸릴 뿐 아니라 처장 말인즉 지금 당장 마땅한 사람도 없다는 거야. 그러니 당분간 자네가 여길 좀 맡아줘야겠어. 자네라면 나보다 훨씬 잘해나갈 걸세. 나는 옛날 일로 되돌아가게 되어 기쁜 마음이야. 사실 타인의 양심을 다룬다는 건 내 능력 밖의 일이거든, 자네도 알고 있었겠지만."

나는 그가 속마음을 털어놓는 데 찌릿한 감동을 받았다. 장 대령의 다른 일면을 보는 것 같았다.

"또 한 가지, 얘기해주고 싶은 게 있어. 물론 이것 역시 자네 혼자만 알고 있어야 할 기밀이야." 그런 다음 그는 자기가 새로 맡게 될 임무의 성격과 그 임무를 수행하기 위한 자신의 몇 가지 계획들을 설명하기 시작했다. 그는 육군 정보처의 지시를 받고 평양지역에서의 첩보망을 구축하기 위해 이제부터 지하로 들어간다는 것이었다. 또 그의 보좌관들은 육본 정보처장이 손수 골라낸 요원들이라고 그는 말했다.

"난 이제 슬슬 자취를 감추어야 해. 이제부터 우리는 비밀 정보기지를 구축하고 이후 작전에 들어가게 될 거야."

"왜 제게 이런 걸 말씀해주시는 겁니까, 대령님?"

"내 임무가 어떤 건지 자넨 알지 않나?"

"압니다. 어떤 일을 하실 건지 알겠습니다. 그러나 그게 꼭 필요한 일인지는 잘 이해가 되질 않는데요."

"나도 마찬가질세. 정보처장도 그렇고. 이 단계에서 우리가 알고 있는 건, 중공군이 밀고 내려올 경우 우리는 싸우지 않고 철수한다는 쪽으로 고위 결정이 내려졌다는 사실이야. 후퇴한다는 거지, 김빠지게."

"평양을 지키지 않을 모양이죠? 대령님만 이곳에 남아 있으라는 결정이 내려진 걸 보면 말입니다."

"나 하나가 아냐. 난 내가 남고 싶었고 또 남으라는 명령을 받았으니 남는 거야. 하지만 시민들을 생각해봐." 그는 머리를 내저으며 말했다.

회색으로 물들고 있는 창밖으로 시선을 돌리며 장 대령은 다시 차분하게 말했다. "정말 하늘 높지막이 신이 있다면 말야, 그의 눈에는 우리가 이 땅에서 벌이고 있는 일들이 아주 유치해 보이겠지?" 그런 다음 그는 오랫동안 침묵했다. "자넨 내가 사실은 세례교인이란 거 알고 있나? 어쩌다 그렇게 된 걸세. 내 할아버지는 마술이라면 무슨 마술이든 한번 단단하게 믿어버리는 사람이었네. 그에게 친구가 하나 있었는데 그 사람이 침례교라던가 감리교라던가, 잘 기억이 안 나네만 하여간 교인이었어. 어느 날 할아버지는 나를 데리고 그 친구를 따라 교회로 갔다는 거지. 그 사람도 아기를 하나 팔에 안고 말야. 그날은 교회에서 세례의식이 있던 날인데 할아버진 그게 꽤나 신기했던 모양이야. 알잖아, 목사가 애들에게 물방울을 뿌리자 내 조부께선 그만 거기 정신을 홀딱 뺏긴 거야. 그중에서도 최대로 흥미를 느낀 대목은 성신을 부르는 대목이었어. 그가 성부 성자를 알 턱이 없었지만 좌우간 성신을 들먹거린다는 게 마음에 와 닿았던 모양이야. 워낙 마술이다 신령이다 하는 것에 빠져 있었으니 말이지. 그래서 당장 그 자리에서 날 세례시키고 말았다네. 할아버지는 무슨 신령님이든 좌우간 없는 것보다는 낫다고 굳게 믿었던 거야. 그렇게 해서 난 세례교인이 됐어. 그런데 그 신령에 관한 대목에서도 압권이 뭐냐, 내가 다시는 목말라하는 일이 없을 거라고 할아버지는 확신했다는 것일세. 신령님께서 나를 물로 축복해주었으니 목마를 일이 없을 수밖에."

나는 나 역시 세례교인, 정확히는 장로교 신자였다는 사실을 털어놨다.

"정말인가? 허지만 나처럼 어쩌다 그렇게 된 건 아니겠지?"

"억지로 된 거죠. 굳이 말씀드리면 양친께서 신자였거든요."

"이번 전란통에 모두 돌아가셨다고?"

"폭격……이었습니다."

"우리 부모는 만주서 굶어 돌아가셨어. 참, 자네 가족 중에 자네 혼자만 남았다지? 나도 그래. 위로 형이 둘 있었는데 모두 일본놈들한테 죽었어. 그러고 보니 우린 둘 다 고아로군. 게다가 세례교인들이고."

"배교자들이죠, 제대로 말하자면."

"차라리 죄인들이라고 말하겠네, 난."

장 대령은 이제 그만 돌아가도 좋다고 내게 말했다. 내가 의자에서 일어서자 그는 분노 어린 음성으로 일러주었다. "그 정 소좌 말야, 어젯밤 총살했어."

내 방으로 돌아오자 당번병은 박 대위가 해병 연락장교를 만나러 갔다고 전했다. 수송장교에게 전화를 걸었더니 아침나절엔 함흥행 군용기 편이 없고 오후 늦게나 어쩌면 주선이 될 것 같다는 얘기였다. 내 담당 부서의 장교들과 잠시 만나 업무를 처리하고 나니까 당번병이 우편물 한 뭉치를 들고 들어왔다. 그중에는 고 군목이 보낸 두툼한 봉투 한 통이 들어 있었고 그 안에는 또 다른 봉투가 동봉이 됐는데 겉봉에는 군목이 쓴 다음과 같은 쪽지가 붙어 있었다.

어젯밤 당신한테 전화를 건 직후 내 숙소에서 여기 동봉한 봉투를 발견했소. 이곳 사람들의 얘길 들으니 신 목사와 한 목사는 우리가 있는 데서 한 20리쯤 떨어진 마을로 가는 게 목격됐다는 거요. 그러고 보니 신 목사의 오랜 친구 하나가 바로 그 마을 목사로 있었다는 게 생각납디다. 그 목사가 아직 그대로 있는지는 모르겠소. 좌우간, 더 지체할 수 없어 내가 그 마을로 직접 찾아가보기로 했소. 거기서 그들을 만나게 되면 전화하리다.

동봉된 편지는 신 목사가 내 앞으로 보낸 것이었고 편지엔 이렇게 쓰여 있었다.

존경하는 이 대위,

내가 박 군의 집안과는 오랜 친구였고 또 그의 아버지는 나의 가장 가까운 친구요 선도자였지만 나 자신은 박 군을 잘 모를 뿐 아니라 마지막 본 것도 어언 10년 전의 일이오. 당신은 그와 가깝고 막역한 친구지간이라니까 그에게 보내는 편지를 당신에게 맡길까 하오. 당신의 판단과 재량에 모든 걸 맡길 터이니 이 점 용서하기 바라오. 바라건대 내가 박 군 앞으로 쓴 편지를 당신이 먼저 읽어보고 박 군이 지금 그 편지를 읽어도 될 만한 형편이면 전해주되 그렇지 않다면 편지를 없애주시오. 당신이 내 청을 들어줄 것으로 믿겠소. 당신과 고 군목한테서 들은 얘기로 판단컨대 난 이제 당신이 읽어보게 될 그 편지 내용을 박 군에게 얘기해주지 않을 수 없다고 생각했소. 내가 그를 만나 직접 얘길 하고 싶지만 지금 내 처지가 처지인지라, 이미 타계한 친구이며 존경하는 스승의 아들을 만나볼 수가 없구려.

불비
신 목사

박 군에게로 가는 신 목사의 편지는 이러했다.

성 중에서는 죽어가는 자들이 신음하며 다친 자가 부르짖으나 하나님은 그들의 기도를 듣지 아니하시느니라.

—「욥기」 24장 12절

우리가 투옥된 지 나흘째 되던 날 밤, 우리와 떨어져 수감됐던 당신 아버님을 취조관 하나가 우리 감방으로 데리고 왔소. 작은 감방에는 우리 일행 다섯 명이 있었는데 모두 당신 아버님의 모습을 보고 비탄에 빠졌소. 그는 너무 고문을 많이 당한지라 얼굴은 피투성이가 되어 부어올랐고 머리카락도 많이 뽑혀 나가고 손톱은 부러지고 눈은 뜨지도 못했소. 우리 감방에 끌려왔을 땐 거의 의식불명이었소. 우리는 그의 몸을 정성껏 닦아주려 했으나 워낙 고통이 심한 몸이라 모두 어찌해야 할지를 몰랐소. 숨결이 점차 순조로워지기에 우리는 그가 깊은 잠에 빠져드나 보다고 생각했소. 오관五官을 마비시킬 듯한 무더위 속의 악취 풍기는 캄캄한 감방에서 우리는 그의 주위에 무릎 꿇고 둘러앉아 기도했소. 우리 중의 하나가 욥기의 한 구절을 암송하기 시작했소. 그러자 아버님께서는 몸을 움직이며 일어나려고 애를 쓰셨소. 쇠창살을 통해 콘크리트 벽에 비치는 컴컴한 불빛 속에서 두 눈이 감긴 아버님의 얼굴을 보니 가슴이 아팠소. 한동안 그는 욥기를 외우는 조용조용한 목소리를 듣고 있었소. 그러다 갑자기, 그 암송이 내가 이 편지 앞에 인용한 바로 그 대목에

이르자 당신 아버님은 "그만, 그만해!" 하고 외쳤소. 우린 모두 당황했었소. '당황했다'는 말을 쓴 것은, 우리 모두가 그 당시 그를 이해할 수 없었기 때문이오. 나중에야 나는 그를 이해할 수 있었소. 당신은 이해할 수 있겠소? 우리는 그런 식으로 침묵 속에서 그날 밤을 보냈고 그자들은 밤중에 우리를 차례로 하나씩 끌어내 갔다가 다시 감방으로 되돌려 보내곤 했소.

나는 지금도 기억하고 있소. 당신이 평양을 떠나기 전 나를 만나겠다며 찾아왔던 밤을 말이오. 생각나오? 당신은 그때 막 아버님을 떠나오는 길이었소. 당신이 아주 젊었을 때군요. 난 당신의 분노에 찬 얼굴과 거친 목소리와 반항을 아직 기억하고 있소. 당신은 아버님이 독선적 광신자라고 비난해마지않았소. 아버지에게도 잘못과 약점은 있을 수 있다, 아버진 결코 무류無謬의 존재는 아니다, 라는 말을 하고 왔노라고 당신은 내게 얘기했었소. 이상한 일이오. 지금 돌이켜보니 당신의 그 말들이 바로 내게 엄청난 의미를 갖게 됐으니 말이오.

당신이 아직도 아버님에 대한 생각을 바꾸지 않고 있다면, 난 당신이 부분적으론 잘못이고 부분적으론 옳다고 말하고 싶소. 아버님이 독선적인 분이었다는 건 잘못이오. 그는 결코 그런 분이 아니었소. 이 점 필히 알아두어야 할 거요. 그러나 그가 이승에서의 최후 순간까지 어느 의미에서 광신적이었다는 얘긴 옳소. 당신은 광신자란 누구나 독선적이라 말하겠지만 그러나, 그분은 '자기'가 옳다고는 결코 말한 일이 없고 '자기의 하나님'이 옳고 정당하다고만 말했을 뿐이란 것을 당신은 반드시 기억하고 이해해야 합니다. 이해하시겠소? 이해를 못 했다면 꼭 이해하도록 하십시오. 아버님은 당신을 이해하고 있었으니 말이오.

내가 아는 한 아버님께선 우리가 잡혀가기 수일 전까지 한 번도 당신 이름을 입에 올린 일이 없었던 게 사실이오. 그러나 아버님께선 당신이 어디서 무얼 하고 있는지 알고 계셨소. 생각이 나는구려. 바로 그 수일 전에 무슨 얘길 하다가 그는 자기 아들이 역사학자가 된 걸 기쁘게 생각한다고 말했었소. 왜 그런가고 내가 물었지요. '제대로 역사학자가 되려면 누구든 인간 역사의 특수 사건들을 일단 초월해서 보편적인 것을 찾아봐야 할 것이고 그렇게 되면 인류 역사에 언젠가 반드시 종말이 올 것인가 아닌가 하는 훨씬 큰 문제에 부딪힐 게 아닌가. 그러면 그는 역사가로서가 아니라 그저 한 사람의 인간으로서 더 크고 엄청난 또 하나의 문제에 직면케 돼. 그 녀석이 언젠가 그런 질문을 만나게 된다면 그 애와 내가 생각보다는 별로 멀리 떨어져 있는 건 아니구나 하고 인정하게 되겠지.' 그 말 끝에 나는 당신 아버님이 목적론적인 문제를 생각하고 있는 거냐고 물어보았던 기억이 나오. 그랬더니 그는 그렇지 않다면서 종말론적인 문제라고 말합디다. 아버님의 그러한 말씀은 그가 당신과 일단 화해했다는 얘길 그런 식으로 표현한 것이 아니었나 나는 생각하오. 이 추측이 맞는지 틀리는지는 모르겠소.

난 당신이 아버님에 관해, 그의 최후의 며칠에 관해 정말 무얼 알고 싶어 하는지 꼭 집어 짐작이 가질 않소. 그러나 당신이 알고 싶은 게 무엇인지 다른 사람의 입을 통해 알게 됐을 때 솔직히 말해 난 놀랐소. 그가 어떻게 죽어갔느냐? 당신이 아버님의 영웅적 행동이나 순교에 관한 얘기를 더 듣고 싶어 하지는 않는다는 것을 나는 아오. 당신을 만나 얘길 하고 싶었지만 현재로선 만나기가 어려울 것 같아 이제 그 얘길 전해주려 하오. 한 가지 분명히 해둘 것은, 이제 내가 전해줄 그 사건이란 상처받은 영혼의 무서운 고뇌를 거쳐 당신 아버님께 일어났던 일이라는 점이오.

그날 밤, 그 열두 명에게는 최후의 날이었던 밤, 우리는 대동강 상류의 어떤 언덕으로 끌려갔소. 모두들 총살당하게 된다는 걸 알고 있었소. 1분간 하고 싶은 기도를 하라더군요. "난 기도할 수 없어!"—이것이 당신 아버님의 마지막 말이었소. 그 최후의 말을 나는 그의 이름으로, 그리고 그를 기억하며 당신에게 전해주는 바이오. 아버님은 기도하지 않은 채 절대 고독 속에 돌아가신 것이오.

그리스도의 신앙으로

신 목사

나는 수송장교를 전화로 불러 박 군의 비행기 편은 주선하지 않아도 된다고 일러주었다. 해병 연락장교에게도 전화를 걸어 박 군을 찾아보았으나 나가고 없다는 대답이었다. 회의 시간이 임박해서 나는 일단 자리를 뜰 수밖에 없었다. 나는 신 목사의 편지를 당번병에게 맡기고 박 군이 들르면 전해주도록 지시한 뒤 사무실을 나섰다.

정오에 돌아와보니 박 군이 내 방에서 기다리고 있었다. 나는 반가운 마음이어서 점심이나 하자고 말했다.

"얼마 동안 여기 있기로 했네." 그가 말했다.

"신 목사 편지 읽어봤나?"

그는 머릴 끄덕였다. 우리는 창가로 걸어가 밖을 내다보고 섰다. 바람이 센 날이었다. 창살이 덜컹거렸고 길 건너 종루의 종이 뎅그렁거리고 있었다.

"저 종을 어떻게 좀 하질 않고서!"

"종탑에 올라가기가 위험해서 그래." 내가 대답했다.

그는 별안간 몸을 돌려 내게로 다가왔다. "저 교회를 더 이상 보고 있을 수 없어! 저건 마치…… 마치……"

잿빛 하늘 아래 뼈만 남은 교회의 앙상한 잔해들이 폐허의 눈 언덕에 외롭게 서 있었다. 나는 박 군에게로 눈길을 돌렸다. 그리고 그 순간, 내가 그를 알게 된 이후 처음으로 그의 눈이 눈물로 반짝이고 있는 것을 나는 보았다.

"자아," 나는 그의 팔을 잡아주며 말했다. "아무 말도 하지 마. 다 알고 있어."

22

장 대령의 전속과 함께 평양 파견대의 임시 지휘관이 된 나의 새 임무로 인해 여러 일들이 쌓이는 바람에 나는 진남포로 내려가지 못하고 있었다. 고 군목한테서도 그 후론 아무 전화가 없었고 그의 여단 군종실로 전화를 해봐도 연락이 되질 않았다. 한편 평양 신문들은 그동안 열두 목사들의 영웅적 행동과 순교에 관한 오만 가지 기사들을 엄청나게 쏟아내고 있었다. 기사 제목들은 선정적이기 일쑤였고, 내용이며 어조 또한 신파조의 것이었다. 하도 그래서 나는 장 대령을 찾아가 그 모두를 그가 시킨 것이냐고 물어보았다.

그는 망설이는 기색도 없이 자기가 그랬노라 시인했다.

"왜 그러셨습니까?" 나는 항의했다.

"신문이 원하는 걸 주었을 뿐이야." 그는 조용히 대꾸했다.

"그들에게 진상은 전혀 밝히지 않으셨잖습니까?"

그는 나의 추궁엔 더 이상 대꾸하지 않은 채 소관 사무 인계에 관한 얘기로 곧장 들어가려 했다.

나는 그러는 그를 다시 붙들고 내 항의에 대해선 아무 해명도 없이 그냥 넘어가려는 것인가고 따졌다.

그는 지쳤다는 듯한 표정으로 나를 응시했다. "이 대위, 자네가 이 임무를 맡게 되면 어떤 일을 떠안게 되는지 알고 있나? 아니, 자네 구미에 맞게 표현한다면, 어떤 일을 강요당할 것인지 알고 있어? 내 존경하는 교수, 그건 말야, 강연이다 연설이다 하면서 오만 가지 고상한 도덕 강의에 불려나가는 것일세. 선전이라 해도 좋지, 자네가 원한다면. 자네 그 일을 해낼 수 있겠어? 우리가 이 전쟁을 하고 있는 이유는 독립과 자유, 그 영광스러운 대의명분을 위해서이고 (거기다 한술 더 떠서) 우리의 민주주의 정부체제를 지키기 위해서이다—이런 따위의 얘기를 떠들고 선전해대는 일을 해낼 수 있겠어? 늙은 아낙들과 가정주부들을 모아놓고, 혹은 남쪽 사정을 알고 싶어 안달하는 이곳 어린 학생들 앞에서, 그래, 우리가 싸우는 이 전쟁은 고귀한 전쟁이기 때문에 당신들의 고난은 그만큼 값진 것이다, 그러니 개인의 자유를 지키고 의무를 다해서 자유로운 사회 정치 경제 생활을 다음 세대에 물려주자면 많은 목숨이 희생될 것이고 앞으로도 더 많은 희생이 불가피할 것이다—이런 얘길 해줄 자신이 있느냔 말일세. 자네 말 좀 들어보자고."

나는 앞으로의 일이 암담했다.

장 대령은 계속했다. "아니면, 이 전쟁 역시도 바보 같은 인간들의 똥냄새 풍기는 역사 속의 다른 모든 전쟁과 하나도 다를 게 없다, 이 전쟁도 짐승 같은 국가들과 썩은 정치인들 사이의 눈먼 권력 투쟁이 빚어낸 구역질나는 결과에 지나지 않는다—이렇게 말할 참인가? 이 어리석은 전쟁을 하느라 수많은 사람이 이미 죽었고 앞으로 더 죽을 것이지만 그들의 죽음은 정말이지 개죽음이다, 그들은 무고한 제물로 희생된 것이며 냉혹하고 치밀하게 계산된 국제 정치 무대에 꼼짝없이 붙들린 죄 없는 볼모들이다—이렇게 떠들 작정인가? 자, 말해보게."

그는 잠시 말을 멈추고 내 얼굴을 살폈다. "내 생각을 말해주지. 난 자네가 무얼 신봉하건 요만큼도 상관하지 않아. 알아듣겠어? 자네가 대단한 애국자건 이것도 저것도 아닌 어정쩡 지식인이건 내 알 바 아냐. 나에 관한 한, 그리고 우리가 하고 있는 이 장사에 관한 한 중요한 건 사람들이 무엇을 알아야 하는지, 이 국가라는 집단이 그들에게 무엇을 요구하는지를 분명히 말해주는 일이야. 이미 말했지, 난 자네가 속으로 무얼 믿고 무얼 신봉하건 전혀 상관하지 않네. 허나 자네가 그 군복을 차려입고서 사람들에게 한다는 얘기가 안 그래도 비참한 사람들을 더 비참하게 하는 것들뿐이라면 문젠 곤란해. 자네의 국가가 취하고 있는 입장을 거스르면서 말일세. 사람들이 속으로는 알고 있으면서도 알고 있다고 생각하고 싶지 않은 것들을 그들에게 떠들어대기 시작하면 어떻게 되겠나? 내 말 이해가 돼?"

나는 될수록 자제해보려 했지만 말하지 않고는 배길 수 없었다. "대령님, 저는 지금 제가 하고 있는 일과 앞으로 해야 할 일이 무엇인지 알고 있다고 생각합니다. 저는 저의 진실, 저의 진리에 끝까지 충실할 것이고 결코 그걸 타협하지 않겠습니다. 본 파견대의 임시 지휘관으

로서 저는 거짓 정보를 날조하고 배포하는 행위를 즉각 중지시키도록
최선을 다할 생각입니다."

장 대령은 말없이 한참 나를 바라보고 있다가 고개를 저으며 걱정
스럽다는 투로 말했다. "자네가 부럽군. 대단한 고집통이야. 적어도 고
집에 한번 충실했어. 보기에 과히 나쁘진 않군, 고집도 없는 것보다는
낫지. 헌데 진리라? 진리란 게 뭐야? 아니, 아니, 자네가 옳겠군. 내가
일단 이 임무를 자네에게 넘기는 이상 자네는 최선이라고 생각하는
대로 행동하게. 자네가 할 일은 자네가 잘 알고 있을 테니."

"물론입니다." 나는 대답하고 그만 돌아서 나가려 했다.

장 대령이 갑자기 언성을 높이더니 벼락같이 소릴 내질렀다. "빌어
먹을, 자넨 그렇게 확실해? 그렇게 자신만만해? 이 비린내 나는 전쟁
에서 자네의 그 양심이 그토록 확실하단 말인가? 자네도 이 전쟁의 땀
을 핥았고 피를 빨았어. 안 그래? 안 그랬냐 말야!"

"물론입니다. 저도 많이 죽였어요. 충분히, 어쩌면 충분 이상으로 많
이 죽였습니다."

"그렇다면 뭘 믿고 그렇게 혼자 잘난 척인가?" 그는 불끈 쥔 주먹에
서 튀어나온 검지로 나를 겨냥하며 말했다. "자네도 죽였고 나도 죽였
어! 우린 살인자들이야! 그걸 잊지 말라고! 우린 목구멍에 차고 넘치
도록 잔혹한 짓들을 많이 했어! 나도 죄를 지었고 교수, 자네도 역시
죄를 지었어!" 장 대령은 그러나 거기서 일단 말을 멈추고는 어쩔 수
없다는 듯이 덧붙였다. "우린 이 나라를 위해 해야 할 일만 하고 있어.
그걸 모르나?"

그날 저녁 내가 혼자 사무실에 앉아 있는데 고 군목이 불쑥 찾아

왔다.

"평양으로 돌아왔다고 연락을 하려 했지만 그럴 시간이 없었소. 우린 방금 돌아온 길이오. 그들을 집에 데려다주고 난 이리로 곧장 달려왔소." 그는 진남포 근처의 한 작은 마을에서 그 마을 목사 집에 묵고 있는 신 목사와 한 목사를 찾아냈다는 것이었다. "전에 얘기했듯 그 마을 목사는 신 목사의 오랜 친구요. 우린 그 집에 있었소. 셋이 모두 말이오. 그곳 마을 사정은 말이 아닙디다. 주민들은 문자 그대로 굶주리고 병들어 있었소. 마을의 절반은 좋이 날아갔더군. 집만 날아간 게 아니라 사람들도 많이 죽었소. 게다가 그 절망적 상황이라니! 마을 사람들은 모두 지쳐 있었소. 전쟁에도, 인생에도 말이오. 마을 목사는 참 불쌍합디다. 뭘 어째야 할지 모르더구먼. 자기도 지친 데다 신자란 신자는 태반이 굶주리고 드러누웠어. 게다가 그 판국에도 매일 저녁 예배는 거를 수가 없었으니, 원!"

그는 계속했다. "어제 오후 난 그들을 마을에 남겨두고 사령부로 갔었소. 의연금을 거두러 간 거지. 다시 마을로 돌아갔더니 신 목사는 평양으로 돌아가자고 졸라대는 거야. 왜 그랬는지는 나도 모르겠소. 물론 여기서 일어났던 일과 장 대령이 털어논 얘기도 모두 해줬지."

나는 군목에게 장 대령의 전속 사실을 알려주었다.

그는 머리를 절레절레 흔들며 말했다. "이 대위, 난 당신의 지위가 별로 부럽지 않구먼."

"부럽지 않다니요? 전 제가 이제부터 할 일을 분명히 알고 있어요. 참, 제가 당장 해드릴 수 있는 일이 뭡니까? 말씀해주십시오."

"신 목사가 당신을 만나 할 얘기가 있다고 해서 내가 달려온 거요.

갈 수 있겠소?"

"아직도 사임 의사를 굽히지 않고 계십니까?"

"그렇소."

"군목께선 목사님이 진상을 털어놓으리라 보십니까?"

"그걸 누가 알겠소." 함께 방을 나오며 군목은 한숨을 내쉬었다.

신 목사와 마주 얼굴을 대하고 앉자 나는 무슨 말부터 해야 할지 몰랐다. 그의 파리한 얼굴은 면도가 돼 있었고 머리도 깨끗하게 빗질한 모습이었다. 그는 검은 두루마기 차림이었고 문틈으로 스며드는 차가운 우풍 때문에 손마디가 시려오는 빈 방에 꼿꼿이, 조용히 서 있었다.

"어떻게 지내시오, 이 대위." 그는 미소를 떠올리며 나직하게 말했다.

"전 잘 있습니다. 목사님께선?" 나는 그가 웃는 모습을 그때까지 본 일이 없었다. 나는 그의 고요와 평온이 이상하게 마음에 걸렸다.

"난 잘 있었소. 사실은 잘 지낸 정도가 아니라 그 이상이었다고 말하고 싶지만. 아시다시피 잠시 진남포엘 다녀왔소이다. 찻길이 험한데다가 군목이 엉터리 운전사였지만 고생한 보람이 있었소. 목욕도 잘했고 군목이 이발사를 데려다줘서 면도며 이발까지 했지요. 오랜만에 옛 친구와도 만나 잡담까지 즐겼소. 정말 오랜만에 한번 대단한 호강을 하다 왔소."

나는 고 군목과 함께 꼭 바보처럼 신 목사 앞에 서서, 감정이라곤 섞이지 않은 듯한 그의 차분한 어투에 할 말을 잃고 있었다.

신 목사는 조금 목소리를 돋우어 말했다. "대위, 사실은 나를 장 대

령에게 좀 데려다달라고 부탁하려 했던 건데 이제 당신이 책임자가
됐으니 그럴 필요가 없게 됐구려. 한 가지 부탁을 드리겠소. 평양 시내
의 교회 목사들을 당신 본부로 좀 모아줄 수 없겠소? 목사들의 명단은
내가 군목한테 준 게 있소."

"모아서 어떡하자는 겁니까? 또 왜 하필이면 우리 본부를 택하셨습
니까?"

"모든 걸 공식적으로 해줬으면 좋겠소. 내일 오후가 어떻겠소?"

"꼭 원하신다면 그러지요. 그런데 목사님, 당신께서 알고 있는 모든
것들을 저도 알고 있습니다."

그는 고개를 끄덕였다.

"무슨 얘길 하실 참입니까?"

"이 대위, 내가 평양엘 돌아온 것은 내가 더는 진실을 지킬 수 없다
는 걸 알았기 때문이오."

"그럼 얘길 하실 작정인가요?"

"정말인가?" 고 군목이 반갑다는 듯이 소릴 질렀다. "난 알고 있었
네, 자네가 그렇게 하리란 걸 말야. 암, 그럴 줄 알았어!"

"이 대위, 당신도 내가 진상을 털어놓으리라고 생각했소?"

"그건 모르겠습니다." 나는 말했다. "제가 알고 있는 건 진리란 반드
시 드러내고 얘기해야 한다는 것뿐입니다."

신 목사는 나를 똑바로 응시했다. "그게 당신의 공식적 소망이오, 대
위?"

"제게 소망이 있다면 그건 단지, '저의 소망'일 뿐입니다."

"그래 당신도 내가 진실을 얘기하길 바라오?"

"그렇습니다. 그러나 그건 목사님이 알아서 선택하실 문제이지 제 문제가 아닙니다."

"당신이 내 입장이라면 진상을 모두 털어놓겠소?"

"그렇습니다." 나는 단호히 말했다. "다른 길은 없습니다."

"내가 털어놓지 않는다면? 그러면 당신은 날 경멸하겠소?"

나는 대답하지 않았다.

"그럼 잘 가시오, 대위." 신 목사는 부드러운 목소리로 인사했다. "내일 다시 만납시다." 그리고 그는 내 손을 잡으며 말했다. "그들에게 진실을 얘기하겠소."

나는 그의 얼굴을 살폈다. 그러나 그 얼굴에는 미소와 평온이 있을 뿐이었다. 나는 그에게 허리를 굽혀 인사하고는 돌아섰다.

그런데 잠시 후 그의 차분한 목소리가 등 뒤에서 들려왔다. "그렇소, 난 그들에게 내 신앙의 진리를 말하겠소."

나는 그 말에 도전했다. "진리는 목사님 혼자만의 것이 아니고 장대령 혼자의 것도 아닙니다."

23

다음 날 오후 4시, 나는 추도예배 준비위원회에 낀 목사들을 비롯
해서 평양 시내 목사들을 우리 본부의 한 회의실에 집합시켰다. 장 대
령과 박 군도 참석했다. 신 목사는 고 군목과 함께 도착했다. 회의실에
모였던 사람들이 모두 자리에서 일어났다.

내가 신 목사를 맞아들였다. 잠시 단둘이만 서 있게 된 틈을 타서
나는 그에게 말했다. "이제부터 무슨 일을 하시든지 간에, 목사님께선
자기 이외의 어떤 다른 사람을 위해 행동하지는 마십시오."

그는 나를 찬찬히 바라보았다. 나는 덧붙였다. "우리 기관을 위해서
도 안 되고 우리 선전을 위해서도 안 됩니다, 목사님……"

그는 충동적으로 내 손을 덥석 잡고는 "대위, 대위" 하고만 있었다.

"……그리고 목사님의 신을 위해서도 안 되죠."

그는 격렬하게 내 손을 잡아 쥐고 몸을 떨기 시작했다. 그리고 뜨겁게 내 눈을 들여다보다가 말했다. "내 신앙을 위해서요, 대위! 나의 새로운 신앙을 위해서요!"

나는 그에게 머리를 숙여 보이고 물러섰다.

검은 두루마기 차림의 신 목사는 조용하고 엄숙한 자세로 일당에 모인 목사들을 한 사람 한 사람 말없이 둘러본 다음 천천히 입을 떼기 시작했다.

"여러분, 내가 죄를 지었소. 우리 순교자들을 배반한 사람은 바로 나였소."

갑자기, 나이 한 서른쯤 돼 보이는 젊은 목사 하나가 연로한 목사들을 밀치고 앞으로 돌진했다. 모두 깜짝 놀라 그를 바라보았다. "난 알고 있었어! 당신이란 걸 알고 있었어!" 젊은 목사는 소리쳤다. "알고 있었어!" 그는 당장이라도 달려들어 가리가리 찢어놓겠다는 듯 매몰찬 눈초리로 목사를 노려보며 외쳤다.

고 군목이 신 목사 곁으로 달려갔고 장 대령도 달려갔다.

젊은 목사는 "이 유다야!" 한마디 내뱉고는 회의실을 뛰쳐나갔다. 일당에 모였던 젊은 층 몇몇도 뒤따라 퇴장했다.

그다음이었다. 그 젊은 목사의 난폭한 퇴장이 있은 직후에 벌어지기 시작한 어떤 한 장면이 나를 완전히 놀라게 하지 않았던들 나는 앞으로 달려 나가 여러분, 신 목사가 방금 한 말은 사실이 아니다, 진상은 이렇다, 하고 거기 모인 모든 사람들에게 그 추악한 진실을 폭로함으로써 신 목사를 지키고 나섰을 것이다. 신 목사가 무슨 말을 하기 위해 그날 그 자리에 나왔건 상관없이 그랬을 것이었다. 그런데 그 장

면이 벌어졌던 것이다. 어찌 된 일인가. 남아 있던 목사들이 일제히 신 목사에게로 달려 나와서는 그를 껴안고 어루만지며 그만하면 충분하니 더 이상 아무 말도 말아달라고 간청하기 시작한 것이다. 그들은 그 자리에서 기도하며 신 목사를 축복하고, 과거 그들이 자기네 신을 핍박한 적대세력 앞에 허약하게 굴복하고 자기만족에 빠졌던 사실을 고백하면서 회개했다. 그렇게 해서 그들은 신 목사를 자기들 중의 하나로, 그들이 바친 희생자로, 자기네 가슴속에 맞아들였다. 신 목사는 더는 아무 말도 하지 않았다. 그는 멍하니 넋 나간 사람처럼 (내겐 그래보였다) 눈물을 흘리며 서 있었다. 그런 다음 그들은―고 군목과 박 군까지도, 모두 한 덩어리가 되어 떠나갔다. 할 말을 잃어버린 장 대령과 나만을 남겨놓고서.

24

그날 저녁 느지막이 장 대령은 자기 방에서 차나 한 잔 마시자고 나를 불렀다. "자, 이젠 우리 둘이군." 굽은 어깨를 약간 으쓱해 보이며 그는 말했다. "자네하고 나."

그래, 당신과 나지, 하고 나는 생각했다.

"내가 먼저 입을 여는 게 좋겠지?" 그는 "차 좀 더 하게"라며 내 찻잔을 다시 채워주고는 말을 이었다. "신 목사가 오늘 오후에 그런 식으로 나오지 않았더라면 내가 무슨 말을 했을까, 내가 어떻게 행동했을까 지금까지 쭉 생각해보았네. 고 군목이 저번에 와서 신 목사가 목사직을 그만둘 생각이라는 말을 전했을 때 난 화가 났었어. 헌데 난 참 형편없는 멍텅구리 바보였어! 신 목사 같은 사람이 겁쟁이가 될 줄로 알았으니."

"무슨 뜻인가요?"

"난 그 사람이 자기변호를 위해 진상을 털어놓을 거라 생각했었네. 그런 행동이야말로 비겁하기 짝이 없는 거지. 허지만 난 그가 그런 식으로 모든 걸 털어놓으리라 확신했어."

"그가 그렇게 자기변호를 했더라면 대령님께선 어쩔 생각이셨습니까?"

"그의 말을 부인했겠지. 정말 그럴 각오였어. 그런데 그 사람은 자기를 변호하지도 정당화하지도 않았네. 만약 그가 동료들을 대가로 해서 자기변명에 급급했더라면 그 사람에 대한 나의 존경은 거기서 끝나고 말았을 테지. 사실은 그가 꼭 무엇을 하고 무엇은 하지 말아야 했는가라는 문제에 대해선 나도 딱히 할 말이 없어. 그는 오늘 오후 자기가 해야 할 일을 한 것이고, 그러면 된 거 아닌가. 내가 그 열두 명 목사들에 관한 씁쓸한 사실들을 알게 됐을 때부터 신 목사에 대한 나의 태도도 자연스레 바뀌었네. 헌데 그가 사퇴할 생각이라는 얘길 군목한테서 들었을 때 난 신 목사가 내 계획을 완전히 망가뜨릴 바보짓을 할 작정이로구나 생각했었지. 난 그가 자기 결백을 주장하고 나설 걸로 봤거든. 나도 한때는 그가 누명을 벗도록 스스로 자기 해명을 해주길 바랐다는 거, 자네도 기억하지? 그러나 실제 배반자는 죽은 목사들 사이에 있었다는 사실을 안 순간부터 나는 생각을 바꾸었어. 신 목사가 자기 해명을 하지 말아야 한다는 쪽으로 말일세. 대신 난 신 목사를 변호해주기로 결심했었지. 나는 그가 끝까지 입을 다물어주길 바랐고, 그러면 내가 나서서 이곳 목사들이 죽은 순교자들이나 다름없이 신 목사를 영웅적인 성도로 받아들이게 설득할 참이었어. 이제 고백하네만 내가 신 목사를 과소평가해도 한참 과소평가했어."

"그렇습니다. 이제 아셨군요" 하고 나는 말했다. 그러나 장 대령은 나의 그 빈정대는 말에도 아랑곳 않고 말을 계속했다.

"난 오늘 오후 여기서 죄 지은 목사들을 본 셈이야. 그들이 왜 신 목사를 끌어안았는지 난 이제야 알 수 있을 것 같군. 자넨 알고 있나? 암, 알고 있을 거야. 난 그를 영웅으로 만드는 데는 내 도움이 필요하다고 생각했어. 헌데 그가 영웅은커녕 유다가 되어 나타났는데도 보라, 그들은 그를 받아들였도다가 되고 만 거야. 신 목사건 다른 목사들이건 간에 그들은 내가 도와주고 말고 할 사람들이 아니었어. 내가 생각한 식의 그런 도움은 그들에겐 필요 없었던 거야. 난 그의 행동을 이해해. 그리고 감히 말하지만 왜 그가 그렇게 해야겠다고 생각하게 됐는지도 이젠 이해할 수 있을 것 같군." 그는 자리에서 일어섰다. "자, 이제 모두 끝났으니 말인데 난 신 목사를 놓고 헛된 걱정은 하지 말았어야 했어. 그가 어떻게 나올까, 그가 이러면 안 되고 저래야 하는데 따위의 걱정들 말일세. 진작 깨우치지 못한 게 한이군. 그에겐 그가 보호해야 할 교회와 교회의 명예가 있었고 내겐 내가 지켜야 할 국가와 그 명분이 있었어. 이 작은 사건에서 그 사람과 내가 서로 정당한 공통의 이해관계를 갖고 있다는 사실을 난 미처 몰랐던 것일세. 어쨌건 지금 우린 행복한 결말을 보고 있네. 자네와 난 이번 사건이 결국 우리가 바라던 대로 결말이 난 걸 축하해야 하네, 안 그런가?"

나는 차를 잘 마셨다는 인사를 하고 일어나 문 쪽으로 발을 떼놓았다.

"한 가지 부탁이 있네." 대령이 내 등 뒤에 대고 말했다. "신 목사를 만나거든 좀 전해주겠나? 내가 그를 만난 것은 영광이었다고 말야."

나는 돌아서서 대령을 똑바로 쳐다보며 말했다. "괜찮으시다면 대령님, 그 인사는 직접 하시는 게 어떻겠습니까?"

그는 잠시 나를 바라보다가 지친 사람처럼 고개를 젓고는 시선을 돌렸다.

그로부터 30분쯤 지나서였다. 한숨 눈 붙일 준비를 하고 있는데 박군이 헐떡이며 내 방 문을 밀치고 들어왔다.

"자네가 좀 도와줘야겠어," 그는 숨을 몰아쉬며 말했다. "교인들이 신 목사의 집으로 몰려와서 그를 만나겠다고 아우성이야. 신 목사는 교인들을 만나보겠다고 했지만 우리가 말렸네, 다칠까 봐 말야. 그들은 지금 돌멩이를 던지며 집 안으로 몰려들 기세야. 아직도 그러고 있어. 난 목사 몇 사람과 함께 밖으로 나가 교인들을 돌려보내려 했지만 소용없었어. 보아하니 오늘 낮에 여기서 퇴장했던 그 젊은 목사가 지휘를 하고 있는 모양이야. 통금 시간인데 어떻게 몰려왔는지 알 수가 없어. 이봐, 자네 여기 위병들을 좀 모아주든가 아니면 헌병대를 좀 불러주게. 폭도들이 점점 난폭해지고 있어."

나는 지체 않고 소규모 위병대를 소집한 다음 그 길로 신 목사의 집을 향해 차를 몰았다. 언덕 아래까지 왔을 때 캄캄한 어둠 속에서 섬뜩한 찬송가 소리와 "유다! 유다! 유다! 유다!" 하고 외치는 소리, 기관단총이 한 번 드르륵 울리는 소리를 들으며 우리는 차를 멈추었다. 헌병대가 이미 도착해서 군중들을 해산시키려 하고 있는 중이었다. 우리 쪽 위병들도 헌병들과 합세하여 신 목사의 집 앞을 막아서서 폭도들과 대치했다. 손전등 불빛이 이리저리 교차했다. 박 군과 나는 군중들에게 돌아가라고 권고했지만 우리의 목소리는 울고불고 외쳐대는 그들의 아우성에 묻혀 들리지 않았다. 젊은 목소리들이 "유다! 유다! 유다! 유다!"를 계속 외치고 있었고 "유다는 나와라! 유다는 회개하라!"는 합창 소리가 들렸다. 어둠 속에 외쳐대는 사람이 몇이나 되는지 알 수 없었으나 대충 사오십 명은 되는 것 같았다. 갑자기 박 군이 명령하는 소리가 들렸다. "인솔자가 누구야? 책임자가 누구야!" 그가 위병의 기관단총을 낚아채어 캄캄한 밤하늘에 대고 공포를 쏘는 게 보였다. 군중이 잠시 조용해지는가 싶었는데 갑자기 "저기 간다! 저놈 잡아라!" "죽여라, 죽여! 저놈 죽여!" 하고 외치는 소리가 터져 나오는 통에 박 군은 말할 기회를 잃고 말았다. 남자 몇몇이 집 왼쪽을 돌아 눈 쌓인 잡목 숲 속으로 달려갔다. 자갈 밟는 소리가 요란했고 신경질적인 고함 소리가 빽빽 들려왔다. 그러자 겁먹은 짐승의 비명과도 같은 찢어지는 듯한 외침소리와 울음소리가 들렸다. 폭도들 중의 일부가 먼저 달려간 사람들 뒤를 따라 캄캄한 덤불 쪽으로 쫓아가며 외쳤다. "저기 간다! 저놈이 언덕 밑으로 달아난다! 잡아라!"

그러자 갑자기 집 현관문이 활짝 열리면서 신 목사가 희미한 불빛을 배경으로 나타났다. 여자 하나가 "이 유다야!" 하고 고함을 지르자 그 말을 받아 "유다! 유다!" 하며 외치는 군중의 합창이 일기 시작했다. 나는 신 목사에게로 달려가 그를 집 안으로 밀어 넣으려 했다.

"제발, 이 대위." 그는 다급한 목소리로 말했다. "날 가게 해주시오. 한 군이, 한 목사가 나갔소. 그를 찾아야 하오!"

"집에 들어가 계십시오." 나는 그에게 간청했다. "제가 가서 찾아보겠습니다. 어서 들어가시라니간요!" 박 군이 이번에는 카빈총을 휘두

르며 다가왔다. 나는 한 목사를 찾으러 가봐야겠다고 말했다. "자네가 여기 좀 있어줘." 그때 헌병대를 인솔해 온 상사 하나가 가까이 다가와 말했다. "대위님, 도대체 어떻게 된 겁니까! 야밤중에 이런 식의 집회는 계엄령 위반입니다. 모두 체포하든가, 돌아가지 않겠다면 발포하든가 해야겠습니다." 나는 그에게 참으라 지시하고 일단은 최선을 다해 해산시키라고 말했다. "증원 병력과 트럭을 요청했습니다." 상사는 말했다. "그들이 도착하면 이런 등신들쯤은 처리할 수 있어요!" 어둠 속에서 돌멩이가 벽과 창문에 날아들었다. 유리창이 깨져나갔다. 박 군이 다시 카빈총으로 밤하늘에 공포를 쏘았다. "들어가십시오!" 나는 신 목사를 밀어 넣고 문을 닫았다. 그런 다음 나는 지프를 세워두었던 언덕 아래로 달려 내려갔다. 남자 둘이 내 곁을 지나치고 있었다. "그 사람 어디 갔어? 당신들 그 사람을 어떻게 했어?" 나는 그들의 등 뒤에 대고 고함을 질렀다. "두들겨 패주었지!" 그중 하나가 대꾸했다. "도망가버렸어." 다른 쪽이 말했다. 트럭들이 탐조등으로 어둠을 비추며 언덕을 올라오고 있었다. 헌병 1개 소대가 도착해서 먼저 와 있던 헌병들과 우리 위병들에 가세했다. 폭도는 진압되었다. 다수의 폭도들이 도망치려다가 우리 쪽 사병들에게 붙잡혔다.

10분쯤 지나자 모든 것은 조용해졌다.

그러나 나는 한 목사가 어디로 갔는지 찾을 수가 없었다.

박 군과 나는 다시 한 번 그 일대를 뒤져보았다. 언덕을 천천히 내려가면서 우리는 가끔 차를 멈추고 발소리가 있나 귀를 기울였고 어둠 속에 소리 없이 서 있는 집들 사이의 골목골목을 뒤져보기도 했다. 또 야간 순찰대도 대여섯 번 만나 물어보았지만 모른다는 것이었다.

우리는 벌써 캄캄하고 인적 없는 큰길에까지 나와 있었다.

박 군이 말했다. "그만 신 목사 집으로 돌아가보세."

나는 고개를 흔들었다. "아냐, 날 따라오게. 자네 아버님 교회로 가보세."

"거긴 왜? 그가 뭣 땜에 거기까지 갔겠어?"

"나중 얘기하지."

그가 어떻게 해서 그토록 날쌔게, 더군다나 순찰대에 들키지도 않고 거기까지 간 것인지 나는 알 수 없었다. 우리는 그 부서진 교회에서 한 목사를 찾아냈다. 그는 얼굴이 찢어지고 상처투성이였으며 퉁퉁 붓고 터진 입술로 의식을 잃고 폐허의 교회 밖 돌계단 위에 쓰러져 있었다.

박 군이 신 목사와 고 군목을 본부로 데려왔을 무렵, 나는 한 목사를 약제실로 옮겨 야전침대에 누이고 담요를 덮어주었다. 그를 강 건너 야전병원으로 데려가기 위해 앰뷸런스도 불러놓았다. 고 군목과 박 군을 좌우에 데리고 들어선 신 목사는 숨이 거의 멎어버린 듯한 젊은 목사의 흉하게 깨진 얼굴을 비통한 눈으로 내려다보았다.

"폭도들의 고함 소리에 겁을 먹었어." 군목이 말했다. "내 잘못이야. 그가 불안해하기에 내가 꼭 붙들고 있었어. 한데 우리가 있던 이층 창문에 돌멩이가 날아들었고 난 그를 지하실로 데려가야겠다 싶어 잠시 놓아주고 문을 열었지 뭔가. 그사이에 그가 도망을……"

"그만 됐네, 군목." 신 목사가 말했다.

몇 분이 지나자 한 목사는 숨이 막혀 헐떡이기 시작했다. 두 눈이 갑자기 뜨이면서 암갈색 담요 밑에서 온몸이 경련을 일으켰다.

"나요!" 신 목사가 부드럽게 말했다. "날 알아보겠소? 내 말 들리오?"

젊은 목사의 충혈된 두 눈은 텅 빈 공간에 가서 박혀 있었다. 입술이 떨렸다.

신 목사가 뼈만 남은 한 목사의 손을 잡았다. "나요, 내가 왔소. 내말이 들리오? 내가 와 있소."

젊은 목사의 눈은 신 목사에게로 가서 잠시 머물었다. 이어 그의 머리가 오른쪽으로 돌아 떨어지면서 입술이 뒤틀렸다.

그리고 다음 순간 우리는 그의 가늘게 떨리는 목소리를 들었다. "하나님…… 없어…… 하나님…… 없어……" 그의 몸이 연달아 몇 번 경련을 일으키다가 갑자기 조용해졌다. 그의 육신은 아무것도 씌우지 않은 알전등 불빛 아래 누워 사람들의 소리 없는 응시에 둘러싸여 있었다.

잠시 후 박 군이 나직이 말했다. "죽었습니다."

신 목사는 죽음의 도착 앞에 마비된 사람처럼 창백한 얼굴로 머나먼 곳을 향한 낯설고 아득한 표정이 되어 그 자리에 꼼짝 않고 서 있었다. 그는 중얼거렸다. "내가 이 사람을 죽였어. 내가 이 사람을 죽였어."

25

한 목사의 어머니는 아들의 시신을 고향으로 운구하여 선영에 묻겠다고 고집했다. 신 목사와 고 군목, 박 군 등이 한 목사의 어머니와 함께 평양 서쪽 몇 마일 떨어진 곳의 한 목사 고향으로 시신을 옮겨 갔다. 나는 그들과 동행할 사정이 못 되었으므로 수송 차편만을 제공해주었다. 그들은 다음 날로 곧장 돌아왔으나 한 목사의 어머니는 돌아오지 않았다.

그들이 돌아온 지 하루 뒤에 고 군목이 오후 일찍 본부로 나를 찾아와 그날 밤 신 목사 교회에서 특별 예배가 있으니 나도 참석해달라고 통보했다. 특별 예배가 있다는 연락은 다른 교회에도 이미 통지됐기 때문에 많은 사람들이 모일 것 같다고 군목은 말했다. 그 예배에는 물론 신 목사도 참석한다는 것이었다.

군목은 한 번 더 덧붙였다. "암, 참석하고말고."

"저번 날 밤 그 사건이 있었는데도? 그가 나올 수 있을까요?" 나는 물었다.

"그는 그만한 일에 겁먹을 사람이 아니오."

나는 사무실에 한 시간쯤 앉아 있다가 참모회의에 나갔다. 그리고 하오 5시, 나갈 채비를 하고 있는데 장 대령한테서 전화가 왔다. 자기도 고 군목으로부터 특별 예배 통보를 받았는데 참석하고 싶으니 같이 가자는 얘기였다. 그러나 당장은 자기 전속에 관한 보고서를 쓰고 있어 갈 수가 없다고 그는 말했다. 나는 그가 보고서를 끝낼 때까지 내 방에서 기다리겠다고 대답했다.

우리가 신 목사의 교회를 향해 본부를 나설 무렵 북방 시베리아에서 불어온 차고 거센 바람이 눈발을 실어다 도시를 휘갈기고 있었다.

예배는 이미 시작된 뒤였다. 우리가 눈바람 속에 가까스로 교회의 계단 꼭대기까지 이르렀을 땐 신도들의 합창 소리가 바람과 눈에 섞여 들려오고 있었다. 작은 출입문을 지나면서 장 대령은 말했다. "지난번 여기 왔을 때 내가 이 교회에 대해 했던 말 생각나나?"

"우리 쪽 폭격을 면했다던 얘기 말씀이죠?"

"맞아. 난 지금 생각 중이야. 이 교회가 부서졌느냐 않았느냐 하는 게 과연 무슨 의미가 있었을지 말일세. 이해하겠나?"

"문제는 기독교도들이 교회를 다시 재건하는 데 얼마의 시간이 걸렸느냐 하는 것뿐이었겠지요. 여기서건 아니면 다른 어디서건 말예요."

"옳은 말이야. 교회를 짓는 동안 어디서든 모여 예배를 보겠지? 장

소는 문제가 안 돼."

"기독교가 이 땅에서 살아남은 것도 그래서일 겁니다."

"자넨 알고 있겠지. 기독교가 들어온 뒤로 한 번도 편한 날이 없었다는 것 말야. 중국인, 조선인, 일본인, 그리고 지금은 공산주의자들의 박해를 당하면서도 여전히 여기 남아 있거든. 그들이 가진 이 수난의 능력, 아니 고난을 좋아하기까지 하는 그 능력은 어디서 나오는 걸까? 저들이 부르는 노랫소릴 좀 들어보게!"

"천국과 영원의 약속 때문이 아닐까요?"

"그뿐일까? 그 정도라면 누구나 약속할 수 있어, 이런저런 방식으로 말야. 불교, 일본의 신도, 공산주의, 힌두교, 그리고 그 밖에도."

"기독교 특유의 것이 하나 있죠, 대령님." 나는 말했다. "누군가 한 사람이 인간의 죄를 대신해서, 그들의 구원을 위해 죽었다는 점입니다. 그리고 그는 그들이 믿는 신의 아들이었고요."

"참 이상한 생각 아닌가, 희생이니 순교니 하는 것 말일세."

문을 열고 교회 안으로 들어가자 고 군목이 우릴 맞았다. 그는 안내를 맡고 있었다. "기다리고 있었어. 와줘서 반갑소. 이쪽으로 따라오시오."

우리는 그냥 뒷줄에 앉아 있겠다고 장 대령이 말했다.

"아니지, 안 돼. 그대들은 오늘 우리의 특별 손님이야. 박 대위는 벌써 저쪽에 와서 신 목사와 함께 있어요. 자, 따라오라니까."

"꼭 자네 집에 온 기분이군." 장 대령이 말했다. "이 대위, 가보세."

우리는 신도들이 서서 성가를 부르고 있는 좌우편 좌석 사이의 통로로 고 군목을 따라 걸어 나갔다. 샹들리에 중에 몇 개만 불이 켜져 있었다. 나는 나를 둘러싸고 있는 주위 사람들의 따스한 체온을 느꼈으나 창틈으로 들어오는 찬바람 때문에 모자를 벗은 머리가 선뜩선뜩했다. 통로 중간쯤에서 앞쪽을 올려다보니 제단 뒤로 장로들, 박 군과 그 외 몇 사람, 그리고 신 목사가 보였다. 나와 장 대령도 이내 제단 위의 사람들 틈에 끼어 신도 회중을 마주 바라보고 앉게 되었다. 신 목사가 앞으로 걸어 나왔다. 성서 봉독대의 촛불들이 깜빡거렸다. 회중이 숨을 죽이며 자리에 앉았다.

"친애하는 형제들," 신 목사가 조용한 음성으로 말하기 시작했다. "여러분은 내가 누군지 알고 있고 나도 여러분을 압니다. 나는 여러분을 너무나 잘, 그렇지요, 너무나 잘 알고 있기 때문에 주저 없이 말할 수 있습니다. 나는 여러분에 속해 있고 여러분은 내게 속해 있다고 말입니다. 나는 여러분이고 여러분은 나이며 우리는 하나입니다. 그리고 나는 지금 부끄러운 과거의 그늘 속에 서서, 주님의 집으로 오신 여러분을 환영합니다. 오늘 많은 이들이 모인 이 주님의 집에서 나는 여기 서 있으나 여러분 속에 있는 것이고 여러분은 거기 있으나 지금 여기 나와 함께 있습니다. 우리는 모두 한몸으로 하나님을 공경하고 그를 칭송하기 위해 여기 모였습니다. 아멘."

신자들 사이에서 "아멘" 하는 소리가 산발적으로 들려왔다.

"나는 여러분을 잘 알고 있습니다. 그렇기 때문에 나는 또한 여러분이 오늘 밤 주님을 예배하기 위해서만 여기 주님의 집으로 온 것은 아니란 것도 잘 알고 있습니다. 여러분은 오늘 나의 얘기를 들으러 왔습니다. 따라서 나는 여러분에게 이야기할 것이며 여러분은 내 말을 들어야 합니다. 나는 여러분이고 여러분은 나입니다. 그런데 이 나는 누구입니까?" 거기서 그는 말을 끊었다가 뒤를 이었다. "나는 죄인입니다."

그는 한참 동안 말을 중단했다. 그러다가 갑자기 그의 음성이 우렁차게 터져 나오기 시작했다. "여러분은 죄인의 얘기를 들으러 왔습니다. 그러므로 이 죄인의 말을 들으시오! 눈을 뜨고 가슴을 활짝 열어 내 말을 들으시오! 우리 순교자들을 배반한 사람은 바로 나였소!" 그는 다시 말을 멈추었다. 그는 두 손으로 봉독대를 움켜쥐고 있었고 그의 몸은 앞으로 조금 숙여져 있었다. 그는 '나'라는 말을 하도 강하게 힘주어 발음했기 때문에 높은 천장의 교회 내부는 '나'라는 소리로 쩌렁쩌렁 울렸다. "나는…… 나는……" 그 소리는 차갑고 어둑한 허공으로 퍼지며 메아리쳤다. 누구 하나 움직이는 사람이 없었다.

그의 음성은 다시 조용히 계속됐다. "6월 18일, 여러분이 알다시피 공산주의자들은 목사 열네 명을 잡아 가두었고 나도 그중의 하나였습니다. 그리고 25일, 그중에 열두 명이 죽임을 당했습니다. 그들은 이렛날 이렛밤을 두고 우리의 순교자들을 고문했습니다. 사랑하는 형제들, 나는 여러분들께 말하고 있습니다. 그자들은 우리 순교자들의 육신을 이렛날 이렛밤 동안 괴롭혔습니다. 내가 '육신'이라고 말한 것은 그자들이 우리 순교자들의 영혼만은 상하게 할 수 없었기 때문입니다. 하지만 그자들이 여러분의 순교자들을 어떻게 괴롭혔는지 아십니까?"

신 목사는 그로부터 약 20분 동안, 열두 명 목사들이 하나하나 어떤 식으로 고문을 당했는지를 아주 자세히 설명하기 시작했고 나는 놀라움과 불안한 마음으로 그의 말을 경청하고 있었다. 젊은 한 목사는 사흘 밤 사흘 낮을 고문당한 뒤에 기절하여 병이 들었었다고 그는 말했다. 회중은 처음에는 신 목사의 처참한 묘사에 넋을 뺏긴 듯 귀를 기울이고 있다가 마침내 조금씩 동요하기 시작했다. 옷자락 바스락거리는 소리, 기침 소리, 그리고 몰아쉬는 무거운 숨소리가 차가운 공기 속에 퍼지기 시작했다.

돌연 여자 하나가 째지는 듯한 소리를 내질렀다. 울음소리가 터져 나왔다. 전 회중이 심한 동요로 흔들리기 시작했고 제단 위의 장로 몇이 자리에서 일어섰다. 고 군목이 신 목사 옆으로 총총히 다가섰다. 그러나 신 목사는 꼼짝도 않은 채 굳은 얼굴로 회중을 대하고 서 있었다.

저만큼 뒷줄에서 누군가가 외치는 소리가 들렸다. "썩 꺼져라!" 그러자 기다렸다는 듯이 또 다른 목소리가 터져 나왔다. "치워라, 치워! 듣기 싫다!"

여자 하나가 야유했다. "이 죄인아! 당신이 감히 우리 순교자들의 이름을 더럽히다니!"

장 대령이 빨딱 자리를 차고 일어섰고 나도 일어섰다. 웅성거리는 소리가 높아지고 여기저기서 여자들이 우는 소리도 들렸다. 성서 봉독대 위의 촛불 두 개가 확 타올랐다. 여자 하나가 문 쪽으로 들려 나갔고 상당수가 일어서서 서성댔다. 남자 몇 명이 통로로 해서 제단 앞으로 걸어 나왔다. 내가 앞으로 나서자 이어 장 대령도 뒤따라 나섰고 우리는 연단 끝에서 회중을 바라보며 마주 대치했다. "신 목사를 데리고 나갈까?" 장 대령이 귓속말로 내 의견을 물었다. 내가 그러지요, 하고 막 대답하려는 순간이었다. 신 목사가 두 손바닥으로 성서 봉독대를 무섭게 내려치는 바람에 모두 깜짝 놀라 그를 쳐다보았다. 그는 눈을 감은 채 천장을 향해 얼굴을 치켜들고 있었고 그의 손가락은 낭독대의 앞 가장자리를 꽉 움켜쥐고 있었다. 그러다가 그는 분노에 찬 어두운 얼굴을 아래로 내리며 감았던 눈을 뜨고 회중들을 무서운 시선으로 노려보기 시작했다.

그의 숨죽인 목소리가 들렸다. "내 형제들, 왜 이러시오?" 그는 한 사람 한 사람의 얼굴을 알아보고 싶다는 듯이 주위의 신도들을 훑어보기 시작했다. 그리고 그의 외치는 소리가 터져 나왔다. "이 죄인들아! 이 약한 자들아! 그대들은 순교자들이 받은 고난을 함께 나누고 싶지 않단 말인가? 그대들은 그들이 흘린 피를 맛보지 아니하고, 그들이 외친 고난의 신음을 듣지 아니하고, 그들의 뼈가 부러지는 소리를 듣지 않겠단 말인가? 그대들은 순교자들의 목소리를, 그들의 마지막 기도를 들을 수도 없고 듣지도 않겠단 말인가! 그대들은 그들의 무거운 희생의 짐을, 그대들을 위한 희생의 짐을 나눠 질 수 없단 말인가!"

신도들은 조금씩, 죽은 듯한 침묵 속으로 되돌아갔다.

신 목사는 다시 낮은 목소리로 말을 계속했다. "모두 듣고 있소? 그런데 나는 그럴 수가 없었소. 나는 죄인이었소. 나는 허약한 자였소. 나는 패배했고 악의 세력에 굴복했소. 나는 절망의 꺼져가는 숨소리로 마비되었소!" 거기서 그의 말은 잠시 끊어졌다가 곧이어 우렁차게 이어졌다. "순교자들의 이름에 축복이 있을진저! 대저 그들은 나를 용서하였도다. 그들은 우리 주의 이름으로 주의 영광을 위하여 주의 영광 속에 죽어갔도다! 그들은 죽고 나는 살았습니다. 순교자들의 이름에 영광이 있을진저! 그들에 대한 기억이 그대들의 영혼 속에서 축복을 받을진저. 할렐루야, 아멘!"

"아멘―"회중이 모두 응답했다.

장 대령과 나는 다시 의자로 돌아와 앉았다. 신 목사의 길고 어두운 그림자가 내 앞에까지 뻗어 있었다. 검은 두루마기 차림의 그는 꼿꼿이 서 있었다.

그는 숨죽인 회중을 향해 순교자들이 어떻게 저항했는가를 얘기했다. 공산주의자들은 북한 기독교 신자들이 공산정권을 지지하고 공산정권의 남한 '해방'을 지지했다는 공개 성명을 발표하도록 순교자들에게 요구했을 뿐 아니라 목사들도 각자 '해방군대'에 참여하고 해방군을 지원하라고 요구했다. 그렇게 해준다면 목사들에게는 그 대가로 기독교 대표로서 정권의 각료직 하나가 주어질 것이며 정치범으로 투옥돼 있는 교인들을 석방하고 교회 재산을 몰수하지 않겠다고 그들은 약속했다. 목사들이 이 모두를 거부하자 고문이 시작됐다. 그러자 이번에는 목사들이 공산당 자진 입당을 간청하는 청원서에 서명하라고 그들은 요구했다. 목사들은 이 요구도 거부했고 그래서 또 고문을 당했다. 세 번째로 목사들은 그들이 '공산정부에 전면 복종했고 전폭적으로 협력'했으며 따라서 다른 기독교인들도 그렇게 할 것을 촉구하는 내용의 선언문에 서명하라는 요구를 받았다. 목사들은 이것마저 거부했고 그리고 고문을 받았다.

"그러자 그자들은 우리를 조롱했습니다" 하고 신 목사는 말했다. "그들은 우리가 서명을 하건 않건 문제 되지 않는다고 말했어요. 사랑하는 형제들, 그자들은 우리를 조롱하면서 북한 교인들은 이미 공산정권에 복종하고 열렬히 협력했기 때문에 목사들이 서명을 하든 말든 사실은 상관없다고 말했습니다. 그자들은 북한의 기독교인들로부터는 한마디 불평도, 한마디 항의도 들은 바 없다고도 말했습니다. 교인들은 모두 만족하고 행복해하고 있다고 그들은 말했어요. 기독교 집안의 자녀들은 공산주의 영웅들을 칭송하는 노래를 즐겁게 부르고 있으며 기독교 청년들은 붉은 군대의 군복을 기꺼이 차려입고 공산주의 천국을 위해 언제든지 죽을 준비가 돼 있다―이렇게 그들은 말했습니다. 당신네 교회를 봐라, 그리고 교인이 몇 명이나 남아 있는지 세어보라는 것이었어요. 당신네 예배당들은 날이 갈수록 텅텅 비고 기독교는 북한에서 말라 죽어가고 있다고 말입니다. 그러나 여러분의 순교자들은 결코 패배하지 않고 고문을 가하는 자들에게 대항했습니다. 그러나 형제들, 나는 그럴 수 없었고, 나는 그렇게 하질 못했습니다!"

그러고 나서 한동안 침묵했다가 그는 다시 말을 이었다. "내가 고문자들에게 마침내 굴복하자 그들은 나를 순교자들에게로 데리고 가더니 '보라, 이 사람이야말로 지각 있고 현실적이며 지혜롭게 살 줄 아는 사람이다. 이 사람은 너희 교인들의 진정한 대표자이다. 우리는 그를 살려주고 풀어줄 것이나 너희들은 그의 지혜를 따르지 않는 한 죽음을 면치 못하리라'고 말했습니다. 형제들이여, 순교자들이 무어라고 말했는지 아십니까?" 신 목사는 두 팔을 번쩍 추켜올리더니 높은 소리로 말했다. "순교자들에게 축복을 내리시고 그들의 이름을 거룩하게 하옵소서! 그들은 나를 용서했습니다. 나는 용서받았던 것입니다. 들립니까? 나는 그들의 용서를 받았던 것입니다. 그들은 나를 껴안고 눈물을 흘리며 말했습니다. '실망하지 마오. 우리는 당신의 영혼을 위해 기도하겠소. 절망하지 마시오. 천국이 가까웠고 우리의 승리가 임박했으니 절망하지 마오. 절망해선 안 되오!' 내 말이 들립니까? 절망하지 마라! 이것이야말로 순교자들이 나를 용서하면서 한 말입니다. 그리고 그들은…… 나를 위해서…… 그리고 여러분을 위해서 죽어갔습니다."

"이 세상에서의 마지막 날 밤이 되자, 순교자들은 대동강의 검은 물살이 흐르는 언덕에 서서 순교를 기다리며 주님께 마지막 기도를 올렸습니다. 그들은 나를 위해서, 여러분을 위해서 기도한 것입니다. 그들은 최후의 순간까지 나를 사랑했고 당신들을 사랑했습니다. 그들은 내게로 고개를 돌리고 말했습니다. '우리는 당신을 위해 기도하는 것이니 당신도 우리를 위해 기도해주시오. 당신의 형제들에게로 돌아가거든 우리가 그들을 사랑하고 걱정하며, 그들의 수난과 무거운 절망의 짐을 곧 주님께 전달할 것이라 말해주시오. 우리는 헛되이 죽는 것이 아니라 우리 주님의 이름으로, 우리 주의 영광 속에서 우리 형제들을 위하여, 그들의 고통과 죄를 위하여 죽는다고 전해주시오. 우리는 곧 다시 영원한 영광의 천국, 주님의 나라에서 만나게 될 것이라 전해주시오. 그들에게 돌아가거든 우리가 그들을 지켜볼 것이라 전해주시오.' 그러자 적들이 와서 내 팔을 붙들고 그 자리에서 순교자들의 죽음을 목격하게 했습니다." 신 목사는 팔을 내려 좌우로 넓게 펴고 얼굴을 들며 말했다. "형제들이여, 적들은 순교자들을 한 사람 한 사람씩 죽였고 살육의 총성이 한 발 한 발 어두운 밤을 울리는 동안, 순교자들의 영혼에서 우러나온 우렁찬 노랫소리가 어둔 밤하늘로 높이 솟아올랐습니다. 그런데 보라, 캄캄하던 구름이 문득 깨지고 그 사이로

밝은 달빛이 비치면서 나는 순교자들의 얼굴에 천국의 미소가 떠올라 있는 것을 보았습니다. 그리고 나는 들었습니다. 그렇습니다. 천국으로부터, 하늘로부터 우레 같은 소리가 들려왔습니다. '너희는 나의 아이들이며 나를 기쁘게 하였도다. 절망하지 말지어다, 절망하지 말지어다, 대저 너희가 싸움에 이겼기 때문이라!' 나는 그 자리에 돌처럼 서서 전능하신 주님의 힘찬 목소리를 향해 두 팔을 뻗치고 눈물을 흘리며 내 영혼의 밑바닥에서 올리는 소리로 부르짖었습니다. '아버지시여, 저를 용서하소서!' 나는 다시 전능하신 목소리를 들었습니다. '회개하라, 참회하라, 그러면 너희는 천국에 들 수 있느니라. 참회하라!' 나는 무릎을 꿇고 부르짖었습니다. '아버지시여, 저는 회개하고 참회하나이다. 이 죄인을 용서하십시오. 다시는 절망하지 않겠나이다. 이제 다시는 절망하지 않겠나이다.' 그 순간 나의 영혼은 문득 가벼워지고 깨끗해졌으며 나는 일어나 눈을 뜨고 순교자들을 축복했습니다. 그렇습니다. 나는 그들을, 당신들을 대신하여 순교자들을 축복했습니다. 순교자들에게 영광이 있을진저! 주님께 영광이로다! 할렐루야, 아멘!"

"할렐루야! 아멘!" 회중의 목소리가 울렸다.

신 목사가 다시 부르짖듯 말했다. "너희 죄인들아! 무릎을 꿇고 회개하라! 순교자들의 이름으로 말하노니 그대 죄인들이여 회개하라, 나의 죄와 그대들의 죄를 회개하라! 회개하라!" 그는 숨을 가누느라 잠시 말을 멈추었다가 떨리는 음성으로 끝을 맺었다. "성부와 성자와 성신의 이름으로, 아멘."

나는 주술에 걸렸다 깨어난 사람처럼 주위를 둘러보았다. 고개를 떨어뜨리고 서 있는 신 목사, 의자에서 일어난 장 대령, 앉은 자리에서 어둑한 허공을 뚫어지게 응시하고 있는 박 군, 이렇게 세 사람만 빼놓고는 모두가 무릎을 꿇고 있었다. 그들에게서 들려오는 목소리는 물결처럼 내 모든 감각을 삼켜버리는 것 같았다. 나는 박 군을 바라보았다. 눈길이 마주치자 그는 시선을 돌렸다. 장 대령이 신 목사에게로 다가갔다.

"목사님, 전 이제 가봐야겠습니다." 장 대령이 말했다. "당신을 알게 되어 영광이라는 말씀, 헤어지기 전에 꼭 전하고 싶었소이다."

신 목사는 아무런 표정도 일지 않은 얼굴을 장 대령에게로 돌리고 허리를 굽혀 인사를 받았다.

나는 장 대령에게 같이 가자고 말해놓고 신 목사에게로 걸어갔다. 그의 검은 눈동자가 깊숙이 내 눈을 들여다보았다. 나는 말하지 않을 수 없었다. 말하지 않고는 그냥 넘어갈 수가 없었다. "목사님, 목사님의 신은 저들의 고난을 진정 알고 있을까요?"

그는 눈을 감고 잠시 서 있었다. 그는 한 손으로 내 팔을 잡고, 한 손으로는 바닥에 꿇어 엎드린 신도들을 가리켰다. 그의 얼굴은 눈물로 얼룩져 있었으나 그는 아무 말도 하지 않았다.

26

다음 날 아침 장 대령은 앞으로의 작전 세부사항을 정보처장과 협의한다며 서울로 떠났다. 그가 파견대 본부를 떠나기 앞서 나더러 자기 사무실로 좀 들러달라 해서 가봤더니 그는 갈색 가방에 서류를 쑤셔 넣고 있었다. 난로에 불을 지피지 않아 그의 방은 썰렁했다.

내가 문을 닫고 다가가자 그는 말했다. "자, 우리 이제 결론을 내리기로 하지. 어젯밤 상황을 자넨 어떻게 평가하나? 어떻게 생각해?"

나는 뭐라고 말해야 할지 몰랐다. 전날 밤 나는 장 대령을 숙소에까지 태워다주고 헤어졌었는데, 교회에서 돌아오는 동안 우리는 신 목사에 관해선 피차 한마디도 하지 않았었다.

"신 목사의 행동을 어떻게 평가하고 있느냐 말일세. 그는 결국 사람들이 원하는 걸 준 게 아니겠나, 안 그래?"

내가 여전히 입을 다물고 있자 그는 혼자 답변하듯 말했다. "그랬어, 그는 내가 바라던 대로 행동했어. 내가 생각했던 것과 방식은 달랐지만 말야. 결점 없는 양심을 지닌 사람으로서가 아니라 죄인으로 행동했으니 말일세." 그는 찰칵 가방을 닫은 뒤 열쇠를 돌려 잠그며 계속했다. "누군가가 사람들의 죄를 위해서, 그들의 구원을 위해서 죽는다는 얘긴 내가 이해할 수 없는 이상한 생각이야. 난 그들의 신을 믿지도 않고 그들의 교리를 신봉하지도 않아. 그러니 열두 명의 순교자들이 (그렇지, 이제 그들은 확고한 순교자가 된 셈 아닌가) 나를 위해 죽었다는 건 내겐 무의미한 얘기야. 그런 생각은 죽었다 깨도 내 머리엔 떠오르지 않을 테니까. 헌데 교인들한테는 그 길만이 죽은 목사들을 순교자로 받아들이고 공경하는 단 한 가지 방법이었단 말야." 장 대령은 잠시 내 얼굴을 살피다가 말했다. "대위, 내가 너무 호기심이 많은지 모르겠네만 어젯밤 자네가 신 목사한테 뭔가 물어보는 것 같던데? 그의 신에 관한 얘기였지. 무슨 질문이었는지 좀 물어봐도 되겠나?"

"그의 신이 자기 백성들의 고난을 진정 알고 있을 것이냐고 물어봤습니다."

"나였대도 그런 질문을 해보았을 거야. 하긴 우리가 국외자局外者들이기 때문인지도 모르지."

"국외자요?"

"비신자지. 자네가 무슨 신이든 믿는다면 그런 질문은 하지 않았을 것 아닌가. 오히려 내가 무슨 잘못을 저질렀기에 이런 고난을 받아야 하는 거냐고 신에게 따지고 들지 않았겠어? 자, 난 이젠 가는 게 좋겠군. 행운을 비네, 대위. 오래지 않아 대학으로 돌아갈 수 있게 되길 바라네. 난 이 건물은 이게 마지막이야. 서울서 돌아오면 지하로 들어가야 하니까."

"다시 만날 수 있을까요, 대령님?"

"아, 물론이지." 그는 웃으며 말했다. "합동예배에도 참석할 거야. 물론 익명의 인간으로 말일세. 왜 그래, 대위? 수상쩍은 얼굴인데그래. 추도예배가 열리지 않을 건가?"

그는 악수하면서 웃음을 지었다. 나는 그에게 경례를 붙이고 물러나왔다.

그렇게 해서 마침내 '이 작은 사건'은 지나갔다. 그때까지의 일들을 쓸쓸한 기분으로 돌이켜보면서 나는 일종의 멋진 유희에 나도 모르게 말려들고 끌려다녔다고 생각했다. 쫓는 자와 쫓기는 자가 서로 교묘한 수순으로 각본을 짜고, 또 그 각본에 대한 각본을 짜서 종국에는 그들이 다 같은 공모자임을 드러내 보인 영악한 음모극을 연출한 것이었다. 나는 속았다는 느낌이었다. 순간적으로 분하다는 생각을 하며 나는 그들과 다시는 상종하지 않겠다고 속으로 다짐했다. 그러나 신 목사에 대한 생각만은 떨어버릴 수가 없었다. 나는 그의 슬픔에 잠긴 얼굴과, 나의 질문을 받고도 단 한 마디 대답조차 없었던 그의 모습이 잊히지 않았다.

그 후 수일 동안 나는 신 목사를 만나지 못했고 박 군이나 고 군목도 별로 보질 못했다. 내가 너무 바빴기 때문이 아니라 오히려 그들이 한 동아리로 뭉쳐 이 교회 저 교회로 몰려다니고 있었기 때문이다. 그동안 신 목사는 몇 차례 부흥회를 열었고 평양 신문들은 자세하게 그 것들을 보도했다. 신문에는 부흥회의 규모와 열광이 연일 보도됐고 날이면 날마다 기독교로 개종한 사람들의 숫자가 신 목사의 설교 내용 발췌문과 함께 실려 나왔다. 고 군목이 하도 조르는 통에 나도 부흥회에 한 번 나가보았지만, 그것은 신 목사의 교회에서 있었던 예배의 연장에 지나지 않는다는 걸 알았다. 나는 그의 교회 예배를 끝내고 나올 때처럼 이번에도 신 목사가 준열하고 엄숙한 얼굴로 단상에 꼿꼿이 서서 꿇어 엎드린 회중들을 내려다보고 있는 모습을 보며 부흥회에서 나왔다. 그는 목사직을 그만두지도 않았다. 교인들이 허락하지 않을 것이었다. 그는 평양 시내의 교회라는 교회에는 모조리 찾아다니거나 아니면 초대되어 가서 설교를 했고 그때마다 다른 일단의 목사들이 제단 위에서 신 목사의 그늘 속에 근엄한 표정으로 줄지어 앉아 있곤 했다.

그런 중에 합동추도예배 준비도 진행되고 있었다. 장 대령이 떠난 후로는 고 군목이 모든 준비를 맡아 지휘 중이었다. 나는 고 군목을 만난 자리에서 군이, 혹은 군의 정치정보국이 이 추도예배를 지원하는 형식이 돼서는 안 된다는 것에 양해를 이뤄놓고 있었다. 나는 군의 첩보선전기관이 이 예배를 배후 주선했다는 인상을 사람들에게 준다면 이는 큰 실수이며 우리가 그런 실수를 저지를 수는 없다는 식의 설명으로 어렵지 않게 그의 동의를 얻어냈다. 고 군목이 순교자들의 행적에 관해선 될수록 입을 다물고 있으려는 태도를 분명히 내보였으니 망정이지 그러지 않았더라면 사실 나는 가짜 순교자들의 머리에 후광을 얹어주는 일에 한패가 되어 끼고 싶지 않다는 얘기도 덧붙였을 것이다. 고 군목은 모든 일이 당초 계획대로 준비돼가고 있다고 말했다. 박 군도 열두 명의 순교자 가족대표로 참석할 것에 동의했고 거기서 연설까지도 할 계획이지만 역시 제일 중요한 연사는 신 목사라고 했다.

그가 떠난 뒤 나는 우리 작전을 검토하는 데 열중했다. 장 대령이 서울로 떠난 직후 우리는 사령부로부터 평양 철수를 예상해서 준비에 착수하라는 지시를 받고 있었다. 또 평양 철수가 확실해졌을 경우 민간인들의 놀람과 공포에 대비한 몇 가지 대책을 마련했다가 나중 실행하라는 명령도 받았다. 고위 사령부에서는 중공군의 대규모 참전이 확실해졌다고 결론을 내린 모양이었다. 평양 시민들은 우리가 그들을 지켜줄 의사가 없다는 걸 알게 되면 충격과 공포에 휩싸일 것이었다. 그래서 고위 사령부에서는 우리가 평양뿐 아니라 북한 전역에서 곧 총퇴각한다는 사실을 절대로 아는 체하거나 발설하지 못하게 했다.

날씨는 이상할 정도로 궂었다. 연일 폭풍설이 계속됐고 며칠씩 해가 비치지 않는 북방도시의 황량한 거리에는 눈이 무릎까지 쌓이는 통에 오가는 사람도 별로 없었다. 길가 상점 창문에는 덧문이 내려지고 문은 못질이 되었다. 우리의 사기는 떨어져 있었다. 무슨 음모를 꾸밀 때처럼 음산한 분위기가 파견대 본부 건물의 방과 복도에 스며들었다. 다른 사람들이 모르는 기밀사항을 알고 있는 우리는 짐을 챙겨 뛰라는 명령을 기다리면서 회색의 흐린 낮과 추운 밤을 보내고 있었다. 장교들은 평양 기독교청년회YMCA와 여성청년회YWCA가 벌이고 있던 모금 운동에 조금씩 기부하게 되어 있었다. 평양의 고아들이 성탄절을 보낼 수 있게 해주기 위해서였다. 장교들은 평양에 남게 될 사람들에겐 기실 즐거운 크리스마스도 뭐도 없을 것이란 사실을 뻔히 알면서도 다들 능력껏 기부금을 냈다. 나는 내가 거대한 기만이나 다름없는 이 작전에 별도리 없이 참여하고 있는 게 도무지 역겹고 창피했다.

합동예배를 며칠 앞두고 내 사무실에서 고 군목을 만난 것은 내가 이런 기분에 잠겨 있을 때였다. 그는 성에가 낀 창살을 배경으로 큼지막한 상체를 창에 대고 서 있었다. 밖에는 눈발이 회색의 하늘을 희뿌옇게 표백해놓고 있었다.

군목은 합동예배의 준비 상황을 들려주고 나서 내가 근자에 신 목사를 본 일이 있느냐고 물었다.

"못 봤는데요, 목사님도 아시다시피."

"몇 번 당신 얘길 묻습디다, 그 사람."

"그동안 좀 바빴습니다."

군목은 나를 훑어보며 말했다. "그런 줄로 알고 있소."

"예배가 끝나면 평양을 떠나시겠죠, 군목께선?"

"그렇게 되겠지요. 내 요청이 허락되지 않으면 다시 여단으로 돌아가야지."

"무슨 얘깁니까?"

"군에 사표를 냈소."

"그럼 여기 남으실 작정인가요?"

"물론이오. 우선은 군에서 내릴 처분부터 기다려봐야지."

나는 그에게 군의 총퇴각 계획이나 우리가 받고 있는 명령에 관해선 얘기해줄 수가 없었다. 군목에게는 기밀정보 접근이 허락돼 있질 않았기 때문이다.

"여기서 전에 내가 맡았던 교회로 복귀해달라는 요구도 받고 있소." 군목은 말했다. "기억나오? 언젠가 내가 들려준 그 늙은 장로 말이오. 저번 날 그가 찾아왔길래 즐겁게 얘기하다 헤어졌지요. 잘 믿어지질 않죠?"

"그의 아들에 관한 진실을 얘기하셨나요, 그래서?"

"물론 하지 않았소."

"그 얘긴 털어놓을 결심인 걸로 전 알고 있었는데요."

그는 나를 뚫어지게 바라보았다. "그럴 수가 없었소."

"그래서 거짓말을 하셨군요. 듣기 좋은 거짓말을."

그는 내게로 걸어오더니 마주 대하고 섰다. "왜 그러오? 왜 그렇게 쓸쓸한 말을 하오, 대위? 신 목사의 행동을 이해하지 못한단 말이오? 그가 교인들을 위해 무슨 일을 한 것인지 이해가 되질 않는 거요?"

내가 아무 대답도 않자 그는 무거운 목소리로 말했다. "난 신 목사에게 참으로 빚진 것이 많아요. 그에게서 정말 많은 걸 배웠어. 나 자신의 믿음도 그를 통해서 큰 힘을 얻었소. 그의 행동과 신앙의 말들— 그렇소, 그 사람의 그 견줄 데 없는 신앙의 말들을 통해서 큰 힘을 얻은 거요. 나는 그 사람 덕분에 내 믿음의 현 상태를 검토하고 하나님에 대한 나의 관계, 그리고 무엇보다도 동료 교인들과의 관계를 다시 검토해볼 수 있었소." 그 대목에서 그는 내 팔을 붙잡고 말했다. "그런데 그 신 목사를 당신이 경멸할 수가 있겠소? 그리고 나를?" 그러나 그는 이내 고개를 흔들며 "미안하오"라며 사과했고 한참 침묵이 흐른 뒤에 다시 입을 열었다. "내 교회 장로들은 내가 돌아와서 기뻐들 하고 있소. 내가 돌아와주길 바라고 있었으니 고마운 일 아니오? 그들은 나를 자랑으로 여기기까지 하고 있소…… 한때 그들을 버린 나를 말이오!" 그는 잡았던 팔을 놓았다. "어쩌면 그건 내가 평양으로 돌아왔을 때 혼자 남몰래 바라던 것인지도 모르지."

"그 장로 노인을 용서하는 것 말입니까? 그들을 용서하는 일?"

그는 웃으며 머리를 저었다. "아니오, 내가 용서를 받는 일이지."

나는 그에게서 돌아섰다. "그럼 안녕히 가십시오, 목사님."

그는 그러나 다시 내 손을 잡고 놓지 않았다. "이 대위, 이 대위!"

그러다가 그는 천천히 머리를 흔들며, 그리고 분명히 연민을 담은 어조로 말하는 것이었다. "당신은 분명 우릴 경멸하고 있어, 그렇지 않소?"

그날 저녁, 신 목사의 집에 묵고 있던 박 군이 나를 만나러 왔다. 그는 오래는 지체할 수 없노라고 서둘면서 자기 아버지 교회의 한 장로 집으로 가봐야 한다고 말했다.

그는 잠깐 앉으라고 내가 권한 의자까지도 마다하고 말했다. "장로들이 모여 내 얘길 한 모양이야. 그들은 내가 자기네 집으로 와서 머물러야 한다는 생각들인 것 같애. 그래서 오늘 밤은 지금 찾아가는 장로 집에서 묵고 내일은 다른 장로 집에 가 있게 될 거야."

"반가운 얘긴데."

"그 낯익은 얼굴들을 보니 기분이 이상해지더군. 난 그들이 모두 나라면 잊어버린 줄 알았어. 하지만 그들이 진심으로 날 만나보고 싶어 하는지 어떤지는 나로선 자신이 없어. 그들이 날 초대했을 때 솔직히

말해서 난 놀랐다네. 자네 아나, 장로들 몇이 모여 나를 주빈으로 초대
하기도 했었네. 믿을 수 있겠어? 그리고 참, 중앙교회 뒤에 쳐놓은 천
막 봤나, 자네?"

"천막? 못 봤는데."

"거기다 천막을 치고 예배를 보는 거야. 신 목사도 거기 와서 설교
를 했지. 그리고……"

내가 그의 말을 가로막았다. "평양은 언제 떠날 참인가?"

그는 내 질문에 놀란 듯이 나를 쳐다보았다. "그건 아직 생각해보지
못했어. 왜 묻나?"

"자네 수송 편을 준비해둬야 할 것 아닌가. 그래서 자네 계획을 좀
알아둬야겠어."

그는 잠자코 있었다.

"순교자 가족대표로 나가겠다고 동의했다면서?"

그는 여전히 아무 말 없이 나를 바라보고 있다가 고개를 조금 끄덕
였다.

"그래 그 행사를 모두 끝낼 생각인가?"

그는 시선이 강렬해지면서 "그렇다네" 하고 대답했다. "그럴 생각이
지. 고 군목과는 얘길 했었어. 오늘 자넬 만나러 왔었지? 내 보기엔 자
네가 요즘 우리 하는 일을 일부러 이해해주지 않으려는 것 같아."

"예배가 끝나는 즉시 난 자네를 돌려보내야 해, 부산으로. 거기 해병
대 사령부로 신고하면 돼."

"부산? 왜 부산으로야? 우리 연락장교도 같은 얘길 하던데." 그는
분명 심란해진 음성으로 말했다. "난 우리 부대로 돌아가야 해."

나는 이미 해병 연락장교에게 박 군을 부산 사령부로 내려 보내도록 주선해놓은 뒤였다. 나는 또 박 군이 정보장교가 아니므로 그에게 총퇴각에 관한 얘기는 하지 말도록 연락장교에게 당부해두었다. 나는 박 군에게 말했다. "자네가 평양을 떠날 때쯤이면 자네의 중대 위치를 파악하기 어려울 거야. 지금도 벌써 위치를 모르고 있거든. 그 얘긴 들었겠지?"

　"음, 들었어."

　"거 보라구. 예배 바로 다음 날 떠나도록 주선하겠네. 어쨌건 자네는 그 예배에서 모종의 역할을 맡기 위해 여기로 온 것이고 자넨 지금 그 일을 하고 있어. 그게 끝나면 난 즉각 자넬 되돌려 보내야 해."

　"알겠네." 그는 조용히 말했다. "하지만 가능하면 여기 며칠만 더 묵었으면 좋겠어. 장로들은 중앙교회 재건을 위해 모금할 얘기들을 하고 있네. 나도 떠나기 전에 뭔가 도와주고 갔으면 싶어서 그래."

　"미안하이."

　그는 갑자기 내게로 가까이 오더니 나를 노려보았다. "자네 요즘 어떻게 된 거야? 왜 그래? 자넨 나까지도 경멸하고 있나?"

　나는 속이 뒤틀려 견딜 수 없었다. "이봐, 난 자네도 그 누구도 경멸하지 않아! 내가 경멸하는 건 자네들의 그 행동이야!" 나는 언성을 낮추기 위해 애쓰면서 말했다. "그들이 원하는 것, 그들이 필요로 하는 걸 주었다고? 하지만 왜 그 사람들을 속여야 하나? 이미 수없이 속고 속아온 사람들을 무엇 때문에 또 속이는 거야? 그들의 비참한 생에 어쩌자고 거짓말까지 보태는 거냔 말야? 그들이 원하는 걸 주었다고? 그래 그들이 원하는 것이 거짓말 한 보따리란 걸 자네가 어떻게 알아?

그들에게 필요한 것이 정말 그런 것인지 자넨 자신 있어? 그들에게 필요한 건 진실이야. 고통스럽더라도 진실이야말로 그들에게 필요한 것이고, 자네들은 그걸 줘야 하는 거야. 이 모두가 그들을 위한 것이고 그들의 행복을 위한 것이라고? 아니지! 자네들이 그러는 건 선전을 위해서, 교회를 악명에서 구해내기 위해서야. 만사 괜찮아질 것이다, 하늘에 계신 하나님은 그들을 잘 보살펴주시고 국가는 그들의 운명을 진지하게 걱정해주고 있고 그러니 만사 괜찮아질 것이다—사람들이 이렇게 믿게 하기 위해서지. 그것도 그들의 이름으로 말일세. 난 지쳤어. 이 모든 가식, 이 모든 고상한 거짓말, 국민의 이름으로 국민을 위해 저질러지는 이 모든 것이 이젠 역겨워 견딜 수 없어. 그래 그동안에도 사람들은 여전히 고난에 시달리고 여전히 죽어가란 말이지? 태어나서부터 죽을 때까지 속고 기만당한 채?"

"내 얘길 들어봐!" 박 군이 외쳤다. "자넨 내 아버지가 정말 어떻게 죽었는지 알고 싶지 않나?"

"알고 있어. 신 목사가 자네한테 보낸 편지는 나도 봤어."

"알고 있네. 하지만 그게 전부가 아냐." 그는 안달하듯 말했다. "자네가 조금 전에 한 말을 놓고 다투느니보다는 내 아버지 얘길 들려주는 게 낫겠군. 목사들이 강 언덕으로 끌려갔을 때 공산주의자들은 마지막으로 할 말 있으면 하라고 2분간의 여유를 주었어. 알다시피 내 아버진 목사들의 지도자 격이었어. 목사들은 아버지 주위로 모여들어 기도해달라고 요청했지."

"그 배반자들도 포함해서?"

"아니지. 그들의 소행을 생각하면 화가 치미는군. 신 목사는 얘기하지 않으려 했지만 난 그를 붙잡고 끝까지 물러서지 않았어. 그 배반자들은 빨갱이들에게 매달려 울면서 살려달라고 애걸했다는 거야. 자기들은 공산당이 시킨대로 예배 때마다 이렇게 하고 저렇게 했다, 당신들이 약속한 흥정을 잊었는가, 라면서 말일세. 배반자가 누구누군지 다른 목사들이 알게 된 것은 그때가 처음이었어. 나머지 목사들은 내 아버지더러 자기네 영혼을 위해서, 구원과 용기를 위해서, 이 지상에서의 마지막 순간을 위해서 기도해달라고 부탁했어. 그런데 아버지가—그 열에 찬 광신자가 기도를 하지 않은 거야, 알겠나? 그는 기도하지 않았어. '난 당신들을 위해 기도할 수 없어. 나를 위해서조차도 기도할 수 없으니까'라고 그는 말했다네. 그러고는 이렇게 외쳤다는 거야. '정의롭지 못한 하나님에게 나는 기도하고 싶지 않아!' 그렇게 그는 죽어갔어. 신 목사 말대로 절대 고독 속에서 말야."

"젊은 한 목사가 맥을 놓고 무너진 건 그때였어. 그 젊은 친구에게 내 아버지는 늘 보살피고 뒤를 봐주던 일종의 보호자였지, 알고 있나? 그는 내 아버질 믿었고 그 광신자가 자기 하나님과 믿음에 대해서 하는 말이면 하나도 빼놓지 않고 다 믿었어. 그 젊은 목사는 자기가 아버지한테서 배우고 믿게 된 것, 말하자면 내 아버지의 가르침 덕분에 그 끔찍한 밤낮을 그나마 버텨왔던 거야. 그의 육체는 무너졌지만 그의 영혼은 버틸 수 있었거든. 그 늙은 광신자가 보여준 용감한 저항 덕분에 말일세. 그런데 마지막 순간에 가서……"

그는 갑자기 말을 중단하고는 돌아서면서 조용히 말했다. "잘 자게, 난 가봐야겠어."

나는 방 밖으로 그를 배웅했다. "자네도 기도하나? 기도할 수 있어?"

"난 안 되네." 그가 낮은 소리로 말했다. "이해할 수 있겠나? 난 기도
할 수가 없어!"

"해보고 싶은데도?"

"물론이야, 해보고 싶어. 할 수만 있다면 해보고 싶어."

나는 그의 팔을 잡았다. "자넨 다시 돌아가고 있는 건가, 기독교 신
에게로? 아니면 벌써 돌아간 건가?"

그러자 그는 놀랄 정도의 강렬한 어조로 대답했다. "난 한 번도 그
에게서, 그 신에게서 떠난 적이 없는 것 같아. 그는 내가 태어나던 순
간부터 나의 신이었어. 자네한텐 어떻게 설명하면 될까? 그는 언제나
나와 함께 있었지. 그렇지 않다면 그동안 내가 어떻게 그 신과의 싸움
을 계속할 수 있었겠나?"

"지금도 그 신과 싸우고 있어?"

그는 반항의 시선을 내게 던졌으나 아무 말도 하지 않았다.

"잘 가게." 내가 말했다.

"잠깐, 얘길 해야겠어. 내가 오늘 가기로 한 그 장로의 집이건 누구
다른 장로의 집이건 내가 가고 싶어서 가는 게 아냐, 알아듣겠나? 내
가 원해서, 하고 싶어서 자네 말처럼 무슨 역할을 떠맡고 있는 건 아
니란 말야."

"난 이해가 안 돼."

"신 목사였어, 알아? 아버지 교회의 장로들을 만나보라고 날 설득한
건 신 목사야. '그들을 찾아가시오. 가서 그들이 당신을 돌아온 탕아처
럼 환영하게 하시오. 그들에게 가서 당신이 돌아왔노라, 용서받으러

아버지에게로 돌아왔노라, 아버지의 믿음, 그들의 믿음으로 다시 돌아왔노라고 말하시오. 가서 그들을 위로해주시오. 그들은 이미 많은 고난을 당한 사람들이오. 그들이 보고 싶어 하는 것—회개한 아들이 돌아왔다는 걸 보여주시오'—이게 그의 말이었어. 그는 나더러 추도예배도 도와주라고 부탁했어. 사람들은 내가 아버지에게로, 아버지의 믿음으로 되돌아온 것은 죽은 아버지와 죽은 목사들의 희생이 낳은 기적이다—이렇게들 생각하게 되겠지."

"그럴 순 없다고 왜 말하지 못했나? 자기가 하는 일을 믿지도 않으면서 어떻게 그럴 수 있어?"

"'그렇다면, 그런 척만이라도 하시오' 라고 신 목사가 말하더군. 그런 척이라도 하라고 했어!"

"하지만 왜? 무엇 때문에?"

"사람들을 위해서지, 몰라서 묻나?" 그는 격정적인 목소리로 말했다. "고난에 시달리고 고문당하는 불쌍한 사람들을 위해서야, 모르겠어?"

우리는 말없이 헤어졌다.

27

사령부에서는 마침내 서울로 철수하라는 자세한 작전 지시를 우리 평양 파견대에 보내왔다. 장 대령의 정식 후임자는 서울에서 우리와 합류하게 되어 있었고 나는 서울까지의 파견대 철수작전을 지휘한 다음 육군본부에 신고해서 새 임무를 맡게 돼 있었다. 작전지시에 따르면 합동추도예배가 끝난 나흘 후인 1950년 11월 25일 우리는 평양을 떠나게 되어 있었다.

한편 분노에 휩싸이고 두려움에 빠진 평양 시민들은 연일 거리로 뛰쳐나와 시위를 벌였다. 시민들은 중공군 개입에 항의하고 국군이 평양을 탈환했을 당시 그들에게 가져다준 희망과 약속을 저버리지 말 것과 국군이 총공격을 감행해서 중공군을 저지해줄 것 등등을 요구했다. 폭탄 구멍이 숭숭 뚫린 광장과 눈 덮인 공설운동장 같은 데서 대대적인 군중대회가 계속되었고 길모퉁이에 세워진 확성기들은 노한 음성으로 전 시민이 무장할 것을 촉구하면서 자유정신을 고취하고 있었다. 끝도 없이 펑펑 눈을 쏟아붓는 회색 하늘 아래로 시위대의 긴 행렬이 꼬리를 물고 시내를 행진했다. 대나무 막대 끝에 매달린 깃발에는 젖은 눈발이 엉기고 마분지의 먹물이 눈에 번져 거기 적힌 글자들을 흐려놓고 있었다.

우리는 각종 문서와 서류 더미를 내다 불태우고 사무 장비와 선전 자료들을 나무 상자에 추려 넣는 등 소지품을 정리했다. 11월 21일 정오, 우리는 철수 제1진을 서울로 떠나보낼 준비를 완료했다.

그날 상오 11시, 나는 제1진의 철수를 감독하기 위해 역으로 나갔으나 열차가 정시에 뜨질 못했다. 탱크와 트럭, 야포를 실은 두 대의 비상 남행 열차와 북행의 병원 열차 한 대가 동원되느라 지연됐던 것이다. 하오 2시가 되어서야 나는 역을 떠나 본부로 돌아왔고 돌아오는 즉시 참모회의를 열게 되어 있었다. 정보 보고에 따르면 전선의 긴장은 고조되어가고 있었고 아군은 전 전선에 걸쳐 대대적인 공격을 준비 중이었다. 3시가 거의 다 되어서야 비로소 나는 합동예배에 참석하러 본부를 나설 수 있었다.

도착해보니 그리 늦은 편은 아니었다. 안내원이 나를 영접하면서 예배가 조금 전에 시작됐다고 일러주었다. 그는 행사진행표 한 장을 주면서 때마침 회중을 향해 연설하고 있는 검은 옷의 땅딸막한 남자가 평양 시장이라고 가르쳐주었다. 신 목사는 이미 짤막한 연설을 마친 뒤였고 대한민국 대통령을 대신한 평양지구 국군 사령관과 평양지구 미군사령부 대표의 인사도 끝난 뒤였다. 시장의 연설이 끝나면 남한의 한국기독교연맹 대표, 외교사절 대표, 반공청년연합회 회장, 북한 기독교인들을 대표한 고 군목, 순교자 가족을 대표한 박 군 등이 차례로 연설하게 되어 있었다. 또 이들의 추도사가 끝나면 순교자들에게는 자유훈장이 추서되고 기독교청년회와 여성청년회의 혼성 성가합창이 있은 다음 마지막으로 신 목사가 축복 기도를 하게 되어 있었다.

연단 위쪽 벽에는 검은 띠를 두른 순교자들의 대형 초상화가 제단 위의 촛불을 받아 희미하게 비치고 있었다. 연단 좌우에는 유지들과 순교자 유가족 및 기타 인사들이 자리 잡고 있었다. 시장이 연설을 끝내고 물러서자 다음 연사가 나왔다. 남한 기독교연맹 대표는 초상화 쪽을 향해 절을 한 다음 유가족, 내빈, 신도들을 향해서도 차례로 허리를 굽히고 나서 "친애하는 동료 교인 여러분, 친애하는 북한 동포 여러분" 하고 연설을 시작했다.

반공청년연합회 회장이라는 한 젊은이의 열띤 웅변이 한참 계속되고 있을 때였다. 누군가가 내 옆에서 "신 목사의 연설은 듣지 못했겠군그래" 하고 말을 걸어왔다. 고개를 돌려보니 땟국에 전 흰색 누비솜옷 차림에 머리는 반백인 노인이 한 사람 내 오른쪽에 서 있었다. 나는 그가 "그래 어떤가, 젊은 친구" 하고 귓속말을 해올 때까지도 그 노인이 누군지 알아보지 못했다. 장 대령이었다. 그는 지팡이를 짚고 있었고, 어디로 벗어 던졌는지 안경은 보이지 않았다.

"그 사람, 과연 잘하더군." 그는 말했다. "정말이지 그 사람만큼 순교자들의 영광을 잘도 드러내줄 사람은 없을 거야."

"그럴 테죠."

"암, 숱해들 울었어, 신 목사 얘기에 말야."

젊은 친구의 연설이 끝났다.

"오호, 이번엔 고 군목 납시오, 로군." 대령이 말했다. "군목은 옛날의 자기 교회로 돌아간다지."

"여기 남아 있을 작정인가요?"

"모르지. 그의 신이나 알까."

"……아들이 어버이와 반목하고 형제와 형제들이 반목하며……" 고 군목은 말하고 있었다. "무도한 살육에 탐닉하여…… 복수의 피에 굶주리고…… 증오의 영원한 포로가 된지라……"

"으음," 장 대령이 한숨을 토하며 말했다. "난 이제 저 친구를 잃었어."

문이 삐걱 열리더니 내 부하 장교가 살그머니 비집고 들어섰다. 나는 벽 쪽으로 해서 그에게로 다가갔다. 우리는 밖으로 나갔다.

"열차 말입니다, 대위님. 알려드려야 할 것 같아서 왔습니다." 그는 말했다.

우리의 철수 제1진을 태우고 떠난 열차가 평양 남쪽 60마일 지점에서 폭파됐는데 아마도 지뢰인 것 같다는 보고였다.

"게릴라들인가?"

"그렇습니다. 근처 언덕바지에서 우리 헬리콥터가 놈들을 포착했다는군요. 추격 중입니다."

"사상자는?"

"2명 전사, 7명 부상인데 그중 4명이 중태입니다. 나머지는 무사하답니다. 지휘 중이던 중위가 대위님의 지시를 요청해왔습니다."

"당초 지시대로 서울행을 계속하라고 하게. 그리고 귀관은 곧 트럭 편으로 현장에 출동하도록. 도로는 안전하지?"

"경계가 삼엄합니다."

"됐어. 나머지는 귀관의 판단에 맡긴다. 최선이라고 생각되거든 그 대로 실시하게. 난 곧 본부로 돌아가 있을 테니. 일선으로부터의 보고 는?"

"서부 전선의 두어 연대가 중공군 공격을 받았다 합니다. 침투 규모 가 대단하다는군요. 동부에선 아무 보고도 없습니다."

나는 그와 헤어져 다시 교회 안으로 들어갔다.

고 군목이 성경을 낭독 중이었다. "……우리가 육체에 있어 행하나 육체대로 싸우지 아니하노니 우리의 싸우는 병기는 육체에 속한 것이 아니오, 오직 하나님 앞에서 견고한 진을 파하는 강력이라……"

"나쁜 소식인가?" 장 대령이 물었다.

"게릴라들이 날뛴 모양입니다. 우리 열차를 폭파했다는군요."

그가 욕지거리를 내뱉었다.

"전선이 소란해지는 것 같군요." 내가 말했다.

"……때가 되면 너희를 높이시리라. 너희 염려를 다 주께 맡겨버리 라. 이는 주가 너희를 권고하심이니라. 근신하라, 깨어라, 너희의 대적 마귀가 사자같이 두루 다니며 삼킬 자를 찾나니, 너희는 믿음을 굳게 하여 저를 대적하라. 이는 세상에 있는 너희 형제들도 동일한 고난을 당하는 줄을 앎이니라. 모든 은혜의 하나님 곧 그리스도 안에서 너희 를 부르사 자기의 영원한 영광에 들어가게 하신 이가 잠깐 고난을 받 은 너희를 친히 온전케 하시며 굳게 하시며 터를 견고케 하시리라. 권력이 세세무궁토록 그에게 있을지어다. 아멘."

고 군목이 성경 낭독을 끝내고 제자리로 돌아갔다.

나는 장 대령을 바라보았다.

"요샌 추도사 정도로는 만족이 안 되는 모양이야. 모두 입만 벌리면 설교거든."

박 군 차례였다. 그는 암녹색 해병대 군복 차림으로 걸어 나와 탁자를 두 손으로 움켜쥔 채 빳빳한 자세로 섰다. "순교자 유가족의 한 사람으로서 본인은 이런 기회를 가지게 된 데 무어라 감사의 말을 해야 할지 모르겠습니다. 여러분들이 유가족의 슬픔과 상실을 같이 느끼시고 슬퍼해주신 데 대해 유가족 전원의 감사를 표합니다. 본인은 회개와 화해의 심정으로 지금 이 자리에 섰습니다만 가슴속의 하고 싶은 말을 다 할 수가 없겠습니다." 그는 말을 멈추고 윗주머니에서 조그만 책을 하나 꺼냈다. "이것은 제가 글을 깨쳐 읽게 됐을 때 아버님께서 주신 성경책입니다. 오랜 유배에서 다시 이 성경으로 돌아온 본인으로선 이 성서의 구절들을 이 자리에서 읽고 싶습니다……"

장 대령과 나는 힐끗 서로를 쳐다보았다.

박 군은 낭독하기 시작했다. "어찌하여 전능자가 시기를 정하지 아니하셨는고, 어찌하여 그를 아는 자들이 그의 날을 보지 못하는고, 어떤 사람은 땅의 경계표를 옮기며 양 떼를 빼앗아 기르며 고아의 나귀를 몰아가며 과부의 소를 볼모 잡으며 빈궁한 자를 길에서 몰아내나니, 세상에 가난한 자가 다 스스로 숨는구나. 그들은 거친 땅의 들나귀 같아서 나가서 일하며 먹을 것을 부지런히 구하니 광야가 그 자식을 위하여 그에게 식음을 내는구나. 밭에서 남의 곡식을 베며 악인의 남겨둔 포도를 따며 의복이 없어 벗은 몸으로 밤을 지내며 추위에 덮을 것이 없으며 산중 소나기에 젖으며 가리울 것이 없어 바위를 안고 있느니라."

"무얼 읽고 있는 거야?" 장 대령이 물었다.

"욥기입니다."

"……그 사람의 담 안에서 기름을 짜며 목말라하면서 술틀을 밟느니라. 인구 많은 성 중에서는 죽어가는 자들이 신음하며 다친 자가 부르짖으나 하나님은 그들의 기도를 듣지 아니하시느니라." 박 군은 낭독하다 말고 성서를 내려놓은 뒤 고개를 들고 사람들을 이윽히 바라보고 있다가 같은 구절을 반복해 암송했다. "성 중에서는 죽어가는 자들이 신음하며 다친 자가 부르짖으나 하나님은 그들의 기도를 듣지 아니하시느니라."

신 목사가 박 군에게로 다가가 그의 어깨에 한 손을 얹었다. 박 군은 그의 곁에 선 자기 아버지의 친구를 고마운 눈길로 바라본 다음, 다시 낭독을 계속했다.

"……여호와께서 욥에게 말씀하여 가라사대 변박하는 자가 전능자와 다투겠느냐? 하나님과 변론하는 자는 대답할지니라. 욥이 여호와께 대답하여 가로되 나는 미천하오니 무엇이라 주께 대답하리이까? 손으로 내 입을 가릴 뿐이로소이다. 내가 한두 번 말하였사온즉 다시는 더하지도 아니하겠고 대답지도 아니하겠나이다. 여호와께서 폭풍 가운데서 욥에게 말씀하여 가라사대 너는 대장부처럼 허리를 묶고 내가 네게 묻는 것을 대답할지니라. 네가 내 심판을 폐하려느냐? 스스로 의롭다 하려 하여 나를 불의하다 하느냐? 네가 하나님처럼 팔이 있느나 하나님처럼 우렁차게 울리는 소리를 내겠느냐? 욥이 여호와께 대답하여 가로되 주께서는 무소불능하오시며 무슨 경영이든지 못 이루실 것이 없는 줄 아오니…… 내가 스스로 깨달을 수 없는 일을 말하였고 스스로 알 수 없고 헤아리기 어려운 일을 말하였나이다. 내가 말하겠사오니 주여 들으시고 내가 주께 묻겠사오니 주여 내게 알게 하옵소서. 내가 주께 대하여 귀로 듣기만 하였삽더니 이제는 눈으로 주를 뵈옵나이다. 그러므로 내가 스스로 한탄하고 티끌과 재 가운데서 회개하나이다." 낭독을 끝낸 박 군은 고개를 숙이고, 그를 둘러싼 침묵의 바다에 말없이 서 있었다. 그는 이윽고 연단에서 내려 자기 자리로 돌아갔고 신 목사가 그 뒤를 따랐다.

장 대령이 내 팔꿈치를 툭 건드리며 말했다. "난 가봐야겠네."

나는 그의 팔을 잡고 교회 밖으로 걸어 나왔다. 다시 눈이 내리고 있었다. 부드럽고 두터운 눈송이가 회색의 도시 위로 풀풀 내려 덮이고 있었다. 우리는 돌기둥 옆에 섰다.

"자, 우린 여기고," 그는 교회의 문이 있는 쪽을 돌아보며 말했다. "……그들은 저기야. 국외자의 기분이 어떤가, 대위?"

나는 대답할 말이 생각나지 않았다.

장 대령은 그러고 있는 내 팔을 툭 건드리며 작별했다. "잘 있게, 대위."

"몸조심하십시오, 대령님. 언젠가 서울서 만날 수 있겠지요?" 나도 그의 손을 잡고 말했다.

"물론이지, 그렇게 믿기로 하세."

지팡이에 의지한 그의 구부정한 모습이 멀어져가는 걸 나는 지켜보왔다. 그가 작은 문 너머로 사라진 뒤 나는 교회 안으로 다시 들어가 볼까 싶어 몸을 돌렸다. 그러나 몇 걸음 떼다 말고 나는 발길을 돌려 장 대령과 방금 헤어진 곳으로 되돌아갔다. 나는 거기 한참을 혼자 서서, 신을 가진 자들이 교회 안에서 불러대는 찬미의 노래를 흐릿하게 귓전에 들으며 슬픔에 잠긴 도시를 내려다보았다. 나는 질펀한 눈발 속을 걸어 터벅터벅 언덕을 내려갔다.

28

추도예배가 끝난 다음 날 오후 1시, 나는 박 군을 비행장으로 실어 다주려고 대기했다. 그와 나는 본부 건물 앞에서 주차장의 지프가 오기를 기다리고 있었다. 며칠 만에 처음으로 흰 구름 조각을 헤치고 해가 얼굴을 내밀었다. 바람은 없었다. 눈 덮인 도시는 엷게 떨리는 듯한 늦가을 아지랑이 속에 빛나고 있었다. 박 군을 태우고 갈 첩보대의 특별수송기는 하오 2시에 떠나기로 되어 있었으므로 지프가 왔을 때 나는 그에게 서두를 필요가 없다고 말해주었다. "아직 30분쯤 여유가 있어. 그동안 마지막으로 시내나 한 바퀴 돌아보지 그래. 자네가 다시 여길 오자면 한 세월 기다려야 할 테니 말일세." 나는 말했다.

그는 머리를 저으며 대답했다. "차라리 산보나 하지, 자네가 괜찮다면. 같이 좀 걷자고." 거리를 걸으며 그는 내게 물었다. "어제 추도예배

땐 자넬 못 봤는데, 왔었나?"

"끝나기 전에 나왔어. 하지만 자네 얘긴 다 듣고 나왔지."

그의 시선이 내게 와서 멎었다. "사실은 성경을 읽을 작정은 아니었어. 속으론 하고 싶은 얘기를 여러 가지 생각하고 있었지만 막상 연단에 나가서 사람들을 보니까 싹 다 날아가버리지 뭔가."

"그 성경 구절 읽은 걸 잘했다고 생각지 않나?"

"잘한 게 아니지." 그는 발길을 멈추며 날선 어조로 말했다. "자네 알다시피 난 어제 읽은 그 구절을 믿지도 않고 믿을 수도 없어. 난 욥처럼 그렇게 긍정할 수가 없어."

그러고 나서 그는 다시 불쑥 말했다. "부탁이 있네. 자네 나랑 내 아버지 교회로 같이 좀 가주지 않겠나?"

우리는 길을 가로질러 언덕으로 올라갔다.

"신 목사의 편지를 읽었을 때 난 아버지가 최후의 그 끔찍한 순간에 무슨 생각을 했을지 충분히 이해할 수 있었어. 어쩌면 그건 내가 교회와 아버지를 떠나게 한 바로 그것인지도 몰라. 그 후로 그 생각은 내겐 사라지지 않는 집념이 됐어. 이 지상에서 우린 왜 그토록 많은 불의와 비참을 겪어야 하느냔 말야. 무엇 때문에 우리가 고난을 당해야 하느냔 말야?" 교회 앞까지 와서 우리는 걸음을 멈추었다. "어렸을 땐, 인간의 고난이 원죄 때문이라든가 하나님에 대한 신앙을 증명하기 위해서라는 식으로 간단히, 쉽게 얘기할 수 있었어." 그는 부서진 교회를 응시하다가 말했다. "이젠 그렇게 말할 자신이 없어."

"그렇다면 자네도 결국은 욥의 긍정에 도달하고 있는 거야."

"모르겠어. 아니, 그럴 순 없지. 난 거기 저항하고 있거든. 이해하겠어? 난 늘 그걸 의식하며 거기 저항하고 있단 말야. 그럼 왜 욥의 말을 낭독했느냐? 내가 연단에 서서 공포와 불의와 굶주림과 질병과 갑작스레 닥치는 의미 없는 죽음을 보아온 사람들의 눈을 대했을 때, 그리고 내가 그다음 구절을 읽어주길 기다리고 있는 그 사람들을 보았을 때 신 목사가 내 어깨에 손을 얹었던 거야. 신 목사는 내게 '계속해, 계속해야지. 저들은 자네의 말을 기다리고 있어. 거기서 끝내면 안 돼. 계속하라고!' 하고 말하는 것 같았어. 다음 순간 난 하나님에게 굴복하고 있었던 거야. 아니, 내가 아니지! 그건 욥이었어."

"알겠네."

"난 여기서 자라고 여기서 20년을 살았어. 그런데 이제 그 세계는 사라졌어." 그는 폐허를 돌아보며 말했다.

머리 위에서 종이 한 번 들릴락 말락 가늘게 울렸다.

"자, 이젠 가보는 게 좋겠어." 나는 말했다.

공군 비행장으로 가는 차 안에서 그는 내게 말했다. "저번 날 밤 우리가 동화 얘길 했던 생각이 나는군. 동화도 우리 생활의 전체 가운데 일부일 수 있다고 생각지 않나? 그렇게 되면 그건 더 이상 동화는 아니지. 현실이 되니까. 진짜로 의미 있는 그 어떤 것이 된단 말야. 교인들에게 필요한 건 그들에게 위안과 확신을 줄 작고 멋진 얘기가 아니라 그들의 삶을 의미 있게 하고 고난을 값진 것으로 해줄 그 어떤 것 아니겠나? 어디서 읽었는지 생각이 안 나는데, 자네는 기억나나? '세계가 무의미하고 부조리하지 않다는 사실보다는 세계가 무의미한 상태에 있다는 데 더 큰 진리가 있다'는 얘기 말야. 그 말이 지난 며칠처럼 내게 큰 의미를 가진 적은 없었어. 그래, 그 교인들은 이 무의미한 세계에서 그들의 생을 지속시키는 그 무언가를 갖고 있어. 한데 우리에겐 그게 없지. 그들이 가진 그것을 우리가 꼭 동화라고 불러야 할 게 뭐야?"

"이해는 하지만 믿을 수는 없으니까."

"우리가 말하는 동화와 그들의 현실 사이의 벽은 때로 아주 얇은 것 같아. 자네가 내 얘길 이해한다면 말일세."

"그러나 벽은 있는 거지."

그는 머리를 저었다. "자넨 완고한 꼴통 같애."

우리는 2시 10분 전에 공군기지에 도착했다. 박 군이 수속을 끝내고 수송기에 오르려 할 때야 나는 우리의 총퇴각 계획을 알려주었다. "우린 평양을 지키지 않을 걸세."

"왜 진작 말하지 않았나?"

"미안하네, 기밀이었어."

그는 참을 수 없다는 듯 절망에 찬 몸짓을 해 보이더니 "그런데 난 여기서 비행기 타고 달아나게 됐으니!" 그는 이맛살을 잔뜩 찌푸리고 말했다. "여기 사람들은 어떡하고? 신 목사는? 고 군목은? 그들에게도 얘기해줄 건가?"

그는 내 팔을 움켜쥐고 부탁했다. "신 목사님을 좀 돌봐주게. 나 대신 날 위해서 그래 주기 바라네. 그 사람 돈도 없고 집엔 먹을 것도 별로 없어. 어제 내가 힘닿는 대로 뭘 좀 주선해다놨지만 오래가지 못할 거야. 그는 그동안 옷가지며 있는 거 없는 거 모두 내다 팔았어. 자기 교회 신도들한테선 아무것도 받지 않겠대. 그런 걸 내다 팔지 못하게 했지만 그동안 벌써 몇 차례 시장에 다녀온 걸 난 알고 있어."

"왜 내게 일찍 말해주지 않았나?"

"자네가 별 흥미 없어 할 줄로 생각했지. 자넨 그를 경멸하고 있지 않은가, 안 그래?"

수송기가 이륙 직전이어서 박 군은 더 얘기할 시간이 없었다. "이봐, 자네가 신 목사님을 어떻게 생각하든 상관없어. 날 위해 이것 한 가지만 해주게. 늦기 전에 그가 서울까지 갈 수 있도록 좀 주선해줘. 일단 서울에 도착하면 그때부턴 내가 맡을 테니 말야."

나는 악수를 나누며 말했다. "잘 가게, 행운을 비네. 신 목사는 내가 알아서 할 테니."

"고마우이, 당장 가서 그를 좀 만나봐."

"그러지." 나는 약속했다. "몸조심하게."

비행기는 2시 5분에 이륙했고 나는 차를 몰아 시내로 돌아왔다.

본부에 도착하자 당번병이 입구에 서 있다가 신 목사가 내 방에서 기다리고 있다고 말했다.

신 목사는 나를 보자 말했다. "이젠 당신을 만나러 올 만한 때가 됐다고 생각했소. 한동안 서로 못 만났군요."

"어제 예배에 갔었습니다, 목사님." 나는 말했다. "늦게 도착하는 통에 목사님 얘긴 못 들었습니다만 순교자들의 영광을 드러내느라 대단한 일을 하셨다고요."

그의 엄숙한 눈길은 그러나 전혀 동요하지 않았다. "그랬던가요."

"목사님께선 모든 사람을 만족시켰습니다."

"당신도, 대위?"

"저야 워낙 만족할 것도 만족하지 않을 것도 없었으니까요. 그 열두 명 목사들에게 후광을 씌우고 교회를 오명에서 건지려 했던 건 목사님의 결정이었죠. 그건 목사님의 결정이지 제 결정이 아니었습니다."

그가 아무 대꾸도 하지 않아 나는 박 군을 부산행 군용기에 태워주고 돌아오는 길이라 말했다.

그러나 신 목사는 여전히 침묵을 지키고 있었고 나는 불길한 생각이 들어 물었다. "특별히 제게 하실 말씀이라도 있으신지요? 제 말은……"

그는 일어섰다. "뭔가 할 얘기가 있어서 오긴 왔는데 와놓고 보니 모두 잊어버린 모양이오." 그는 잠시 말을 끊었다가 계속했다. "또 별로 기억해내고 싶지도 않소. 안녕히 계시오, 대위. 다시 만나 반가웠고, 폐를 끼친 것 같소이다."

나는 그를 만류하려 했지만 그는 총총히 문 쪽으로 나가 사라져버렸다.

내가 그의 기분을 상하게 한 것 같아 나는 미욱한 짓을 했다는 후회에 사로잡혔다.

그날 저녁 평양에 처음으로 공습이 있었다.

29

다음 날 아침, 하늘을 덮은 회색 구름층을 뚫고 엷은 햇살이 비치는 동안 확성기를 단 지프들이 빽빽 군가를 울리며 거리를 누볐고 확성기에서는 젊은 여자의 날카롭고 신경질적인 방송이 나오고 있었다. 시민들이 냉정을 유지하고 유엔군을 굳게 믿어달라는 호소였다. 며칠만 있으면 중공 침략군은 압록강 너머로 모두 쫓겨날 것이라고 방송은 말했다. 장갑차들이 시내를 초계하고 평양 탈환 이후 처음으로 대공포가 여기저기 자리 잡는가 하면 중기관총좌가 건물 지붕과 길모퉁이에 들어서기 시작했다. 또 강 건너 공군기지에서는 전폭기들이 줄을 이어 북쪽 하늘로 출격했다.

아침 11시경 혼자 사무실에 앉아 있는데 통신장교가 육군본부로부터 방금 수신한 특별 전문 한 통을 내게로 올려 보냈다. 전문은 고 군목에게 가는 것인데 내가 전달하게 되어 있었다.

육본 군종실에서 보내온 그 전문은 그동안 행정 착오가 좀 있었으니 고 군목이 즉시 서울로 와서 군종실장 앞으로 출두 신고하라는 내용이었다. 전문은 또 고 군목이 평양에서 속히 출발할 수 있도록 협조해줄 것을 내게 요청하고 있었다.

11시 반, 나는 신 목사의 교회로 갔다. 거기 가면 신 목사를 만날 수 있을 것 같았기 때문이다. 교회 안으로 들어서자 몇 안 되는 신도들이 찬송가를 부르는 중이었다. 나는 뒤쪽에 자리를 잡고 앉았다. 내가 앉은 데서 신도들이 모여 앉은 곳까지는 마흔 개쯤의 가로줄 좌석이 놓여 있었지만 좌석은 거의 비어 있었다. 그래서 그런지 웅장한 교회 내부는 텅텅 빈 것 같아 보였다. 신도들은 파이프오르간도 성가대도 없이 찬송가를 부르고 있었다. 한참 만에 그들의 노랫소리는 차가운 공기와 텅 빈 공간에 질식하기라도 한 듯 차츰 낮아졌고 신도들이 노래를 끝내고 앉자 신 목사가 연단 그늘에서 나타나 설교단 위로 올라섰다. 채색유리창을 통해 비쳐 들어온 햇살이 허공에 비스듬히 경사진 비탈 모양의 가는 회랑을 만들어 신 목사의 오른쪽 뺨을 비추고 있었다. 그는 한동안 눈을 감고 있다가 조용한 목소리로 말했다. "사랑하는 형제들, 오늘은 아무 할 얘기가 없습니다. 여러분께 하고 싶은 말과 내가 가슴 깊이 느끼고 있는 이 감정은 내 언어의 힘으로는 표현할 수가 없는 것들입니다." 그는 잠시 침묵했다가 말했다. "여러분, 우리 모두 조용히 기도합시다."

나는 슬그머니 교회 밖으로 걸어 나와 예배가 끝나기를 기다렸다. 한동안 안에서는 아무 소리도 들리지 않았으나 잠시 후 성가 합창이 들려왔고 다시 침묵이 계속됐다. 신 목사의 축복이 있는 모양이었다. 곧이어 사람들이 한둘씩 밖으로 나와 소리 없이 흩어져갔다. 머리 위로 종이 울리기 시작했고 마침내 신 목사가 장로 셋과 함께 나타났다. 그들은 문가에 서서 한참 무슨 얘길 주고받았다. 장로 하나가 이따금 나를 힐끔힐끔 바라보곤 했는데 아마도 내 군복과 권총, 그리고 철모 차림에 신경이 쓰인 모양이었다. 이윽고 혼자 남게 되자 신 목사가 내게로 오더니 말했다. "우리 산보나 할까요?" 우리는 계단을 내려가 시가지가 내려다보이는 낭떠러지 쪽으로 걸어갔다.

쇠난간에 두 손을 얹으며 신 목사는 허공으로 시선을 던졌다.

"목사님, 아무래도 평양 밖으로 모시고 나가야겠습니다. 저와 함께 서울로 가십시다."

"당신을 이해할 수 없구려." 신 목사는 팔짱을 낀 자세로 얼굴을 찌푸리며 말했다. "서울엔 왜 가자는 거요? 뜻밖의 얘긴데요. 그것 공식적인 얘깁니까?"

"아닙니다. 군과는 아무 관계도 없는 일입니다. 목사님을 평양에서 떠나게 하자는 건 순전히 제 생각이고, 더 정확히는 박 군의 소망입니다. 빠르면 빠를수록 좋겠습니다." 그러고 나서 나는 북한에서의 유엔군 총퇴각이 임박했음을 알려주었다.

"당신들은 우릴 버리겠다는 겁니까?"

"우리는 북한에서 버티지 않을 겁니다. 필요하다면 서울까지도 일시 포기할지 모릅니다. 우리가 언제 다시 여기까지 북진해올 수 있을

지는 의문입니다."

나는 전반적인 전황을 설명하고 우리 파견대의 3분의 1은 이미 서울로 떠났다고 말해주었다.

그는 내 말을 듣고 있었으나 생각은 딴 데로 가 있는 것 같았다.

"우린 정보 파견대이고 성격이 다소 행정적입니다. 그래서 미리 철수하게 된 겁니다. 그러나 머지않아 국군 전투병력도 평양에서 후퇴하게 될 거예요. 철수는 갑자기 닥칠 것이 확실합니다. 이미 계획된 거니까요."

"그럼 달리 선택의 여지가 없지 않소?"

"같이 가주시겠다는 말씀인가요?"

"좀 생각을 해봐야겠소. 당신 얘기를 들으면 달리 방법이 없을 것 같지만 말이오."

"제가 서울에 자그만 집을 하나 갖고 있습니다. 다행히 전쟁 통에도 다치지 않고 남아 있어요. 아직은 제가 그 집을 쓸 일이 없으니 목사님께서 와 계시면 좋겠습니다."

"고마운 얘기요, 대위. 서울과 부산에 친구들이 몇 있다오. 가게 되면 뭔가 할 일이 생기겠지요."

우리는 이어 남쪽의 아는 사람들에 관한 얘길 나누었다. 나는 그에게 서울과 남한의 상황을 얘기하고 태평양전쟁 종전 이후 남쪽에서 발생한 일들을 얘기했다. 그는 남한에 사는 친지들 얘기를 했는데 그들은 대부분 그와 함께 과거 일본에서 같이 신학교를 다닌 목사들이었다. 그는 또 자신의 누이가 부산 근처 조그만 섬에 과수원을 가진 사람과 결혼해서 거기 살고 있다고 말했다. 신 목사가 수년 전 아내를 잃고 난 후 누이동생은 오빠도 자기 과수원으로 와서 같이 살자는 얘기를 줄곧 해왔다는 것이었다. "이젠 동생 얘길 받아들일까 하고 있소. 은퇴해서 조용히 살아갈 생각을 하는 중이오."

"우리는 25일 평양을 떠납니다. 서둘러야 할 거예요." 나는 그에게 공산군 게릴라들이 준동하기 시작했다는 얘기도 들려주었다. "철수는 트럭 편으로 하게 될 겁니다. 물론 무장 트럭이죠. 서울까지 가는 데 시간은 더 걸리겠지만 훨씬 안전하지요."

그는 아무 말이 없었다. 나는 그가 이미 내 얘기는 거의 듣고 있지 않구나 하고 생각했다.

"한 가지 약속을 해주셔야겠습니다. 평양에서 국군이 철수한다는 얘기는 누구에게도 발설하시면 안 됩니다."

"알고 있소. 군의 작전이야 누군들 함부로 알아서 되겠소."

나는 내가 25일 아침 그의 집으로 가겠노라 말했다.

"하지만 이 대위, 난 아직 떠날 결심을 세우지 못했소. 아무래도 좀 생각해봐야 할 것 같소."

"생각하고 말고가 없습니다." 나는 약간 초조한 마음이 되어 말했다. "생각할 시간도 허비할 시간도 없어요. 전투병력이 북한에서 그리고 여기 평양에서 철수할 때쯤이면 일대 혼란이 일어날 거예요. 군의 호위 없이는 멀리 못 갑니다."

우리는 나란히 서서 멀리 어디선가 울려오는 교회 종소리를 듣고 있었다. 하늘엔 두터운 구름이 끼어가고 찬바람이 일기 시작했다. 우리는 다시 교회 쪽으로 걸어가 계단 아래에 멈추어 섰다.

"잘 가시오, 대위." 그가 손을 내밀며 말했다.

나는 그의 싸늘하고 앙상한 손을 잡고 다시 물어보았다. "목사님, 어제 제게 하시려던 말씀은 무엇입니까?"

그는 아무 대답도 않고 돌아서 계단을 올라가더니 휑뎅그렁한 교회 안으로 모습을 감추었다. 텅 빈 교회 안에서 울리는 그의 기침 소리를 나는 들었다. 금속음을 내며 교회 문이 닫혔다.

밤 10시, 나는 장 대령과 다음과 같은 전화 대화를 가졌다.

대령—내가 어디서 전화를 거느냐고 묻진 말게. 군목을 만나보았나?

나—내일 아침 만나고 싶다는 전갈은 해놓았습니다. 육본 군종실 전문은 대령님이 주선하신 겁니까? 정말 사려 깊은 일로 생각됩니다.

대령—그렇게 말해주니 반갑군. 내가 왜 그랬는지 알고 있겠지? 지나친 겸손은 때로 오만이 되기도 해.

나—적시에 취한 조치라고 생각하는데요.

대령—난 군목이 순교자가 되는 꼴을 두고볼 수 없어. 우리에겐 한동안 순교자가 너무 많지 않았어? 그래 신 목사는?

나—아직은 뭐라 확실한 말씀을 드릴 수 없습니다. 오늘 만났어요.

대령—둘 다 여기서 데리고 나가게. 할 수 있는 데까지 해보되 좌우간 늦기 전에 데리고 나가는 거야. 무사히 가길 바라네.

나—고맙습니다. 행운을 빕니다. 몸조심하십시오.

대령—자네도 몸조심하게. 신 목사와 군목에게 안부나 전해줘.

나—그러죠, 대령님. 대령님 계획은 어떻게 돼갑니까?

대령―최고지! 더 이상 좋을 수가 없어. 완전무결하게 준비가 돼 있지. 이제 할 일은 기다리는 것뿐이야. 내 중국어를 다시 연마하는 중일세, 하, 하, 하! 잘 있게, 대위.

나―서울서 뵙겠습니다.

대령―다시 만나세.

30

　다음 날 아침 평양지구 사령부는 우리 파견대가 일단 철수하면 건물을 야전병원 사령부로 인계하라는 통고를 내게 보내왔다. 나는 병원 사령부에서 나온 장교를 만나 건물의 인수인계 절차를 밟게 돼 있었다. 그날 하오 2시 조금 지나 병원 측 장교가 나를 만나러 왔다. 민소령이라는 사람이었다. 그는 키가 훌쩍 큰 50대의 중늙은이로 관자놀이께가 희어가고 있었는데 전쟁 전 서울에서 일반의로 개업 중이었다고 했다. 나는 우리 파견대 보급장교를 대동하고 민 소령에게 건물 내부를 안내했고 보급장교는 우리가 두고 갈 수 있는 것과 그럴 수 없는 것이 무엇인가를 그에게 설명했다.

　세 사람이 건물을 한 바퀴 돌아보고 내 방으로 돌아오자 민 소령이 말했다. "이만하면 훌륭하오, 훌륭해! 침대는 있는 대로 남겨두고 가

시오. 침구도 그렇고. 우리에겐 당분간 이만한 호사가 없겠구먼. 정말
이지 최전방에선 뭘 해보려도 할 수가 있어야지. 환자들을 걸렁한 천
막에 밤새 그냥 방치해두니 될 게 뭐요. 손을 써보려고 찾아가면 그땐
이미 죽은 뒤거든, 젠장. 날씨도 좀 추워야지. 야, 여긴 정말 대단한 호
강이지! 이제 환자들이 수백 명씩 몰려들겠지만 그들은 운이 좋았어!
수용할 장소가 있으니. 하지만 이리로 쏟아져 내려올 피난민들은 모
두 어떡한다? 생각조차 하기 싫구먼. 그들이 이 추위에 가긴 어딜 가
며 먹긴 무얼 먹겠소?" 그는 이 대목에서 잠깐 말을 멈추었고, 나는 그
의 눈 속에 고통이 어리는 걸 볼 수 있었다. "피난민들은 줄곧 우리만
따라오는데 우리 철수 속도가 좀 빨라야 그들이 따라올 게 아니오. 이
게 정말 무슨 놈의 장난인지, 원!"

그는 일어섰다. "난 늘 스스로 타일러요. 입 닥치고 그저 한 사람이
라도 더 인명을 구할 일이나 생각하라고 말이오. 그러나 난 6월의 그
아침을 잊을 수가 없거든. 글쎄 아침에 일어나보니 군대는 밤사이 몽
땅 서울을 빠져나가고, 하나뿐인 한강 다리는 폭파됐거든. 서울 시민
들한테는 일언반구도 없이 말야. 믿을 수 없는 일이었지! 그래 어떻게
생각하시오? 군은 절대로 서울을 포기하지 않을 것이니 안심하라 해
서 과연 안심하고 잠자리에 들었는데, 다음 날 아침 눈을 떠보니 수천
명의 붉은 군대와 소련제 탱크가 거리로 밀려들고 있지 않겠소? 한데
그 믿을 만한 우리 국군은 어디로 갔는고 하니 벌써 남쪽으로 내려가
도 한참 내려가 있더란 말씀야. 밤중에 도둑놈처럼 빠져나가서 말이
지. 앞이 캄캄합디다. 이제 나도 군에 들어와서 소령이니 뭐니 하는 계
급장을 달게 됐으니 전략이 어떻고 전술이 어떻고 하면서 쉬쉬 돌아

가는 군대 행동방식을 조금은 이해할 법도 하건만 아직 이해 안 되는 게 많단 말이지. 그래 이 추위에 쫄쫄 주린 배를 싸안고 우리를 따라 나서는 그 많은 피난민들에게는 왜 최소한 무슨 대책도 하나 못 세워 주나 그거요. 여기가 또 서울의 재판再版이 되지 않길 난 진심으로 바라고 있소.”

나는 그가 우려하고 있는 사태가 곧 벌어질 것이라 경고하고 싶었지만 입을 다물지 않으면 안 되었다.

“여기 오면서 보니 아군 병사들이 참호를 파고 있습니다. 난 전쟁을 어떻게 하는 건지 모르지만 그들이 진을 치고 있는 걸 보니 마음 한번 든든하더군요. 대포도 잔뜩 갖다놨어요. 일단 버틸 모양이죠? 나도 그 정도는 알겠더구먼.”

보급장교가 나를 한 번 힐끗 쳐다보고는 인사를 하고 나갔다.

“당신네 정보 관계자들한테는 이런 식으로 얘기해선 안 될지 모르겠군.” 민 소령은 말했다. “난 아무래도 군대라는 것의 이상한 행동방식에 아직 이력이 안 난 모양이야. 이 건물이 우리 손에 넘어오다니, 대위는 지금 내 기분이 얼마나 좋은지 짐작도 못할걸. 이건 의사로서의 얘기요. 우리가 일단 이 건물로 들어오면 분위기도 안정되고 일도 훨씬 잘될 거요. 그래 내일 떠나신다고?”

“네, 내일 아침입니다.”

“서울로?”

“그렇습니다.”

“거, 반가운 얘기요. 쉴 때도 됐지. 난 짐작이 가누만. 무릎을 다쳤거나 뭐 그런 게 틀림없죠? 조금 절더군, 눈에 뜨일 정도는 아니지만. 부상당한 거요?"

"박격포탄이었어요."

"저런! 그래 언제 이 병신 같은 전쟁놀이를 그만둔다지?"

"전쟁은 천지창조 이후 계속돼온 것 아닙니까?"

그는 머리를 저었다. "정말이지 인간에게는 사악한 데가 있어. 정말 그래."

우리는 악수했다.

"전쟁이 끝난 뒤까지 살아 있다면," 하고 그는 웃으며 말했다. "우리가 서울 거리에서 만나게 될지도 모르겠구려."

"그럼요. 누가 압니까, 그렇게 될지."

"참, 당신이 병이라도 나거나 하면 우리 병원으로 찾아와주시오. 치료 한번 잘해줄 테니." 그는 노트에서 뜯어낸 종이에다 자기 집 주소를 적어 내게 건네주었다. "무료로 말이오."

"며칠 후면 전 서울에 가게 됩니다. 뭐 해드릴 일은 없을까요? 원하신다면 가족을 찾아뵐 수도 있습니다."

"그럴 필요는 없소, 고맙긴 하오만." 그는 아주 메마른 어투로 말했다. "내 아내는 폭탄에 날아갔소. 아이들이 없었기 다행이지."

나는 그날 아침 고 군목을 만나게 되어 있었으나 그가 나를 만나러 온 것은 민 소령이 떠난 후인 늦은 오후가 되어서였다. 그는 군복을 벗고 앞쪽에 단추 두 줄이 달린 검은 양복 차림이었는데 군복을 벗은 그를 보니 이상한 느낌이었다.

그는 기분이 한참 좋아져 있었다. "내 사표가 수리됐다는 거 알고

242

있지, 이 대위? 아하, 당신은 내 새 양복에 별 흥미가 없나 보군."

"사실인즉 좀 그렇습니다."

"얼마 안 있으면 괜찮아 보일 거요." 그는 히죽 웃으며 말했다. "참, 우선 신 목사의 말부터 전하고 그다음 당신이 왜 날 만나자 했는지 들어봅시다."

"신 목사님은 언제 만나셨나요?"

"한 시간 전쯤이오. 당신을 만나러 간다고 했더니 만나거든 내일 아침 당신이 자기 집에 올 필요가 없다고, 아니 오지 말라고 전해달랍디다. 당신이 그를 만났다니 이유야 무엇이건 일단 반갑소만 두 사람 어떻게 된 거요? 싸웠소? 내가 관여하고 싶진 않지만 말이오."

"그런 게 아닙니다."

"그렇다면 그 사람 왜 당신을 만나지 않겠다는 거요? 내일 아침 어쩌고 하는 약속은 또 뭐고?"

"목사님, 우린 평양을 떠납니다. 서울로 같이 가지 않겠습니까?"

"왜 떠나는 거요? 난 이제 내 교회를 떠날 수가 없소. 한데 대관절 왜 떠나는 거요?"

"기밀 사항을 알려드리지요. 어떻게 할 것인지는 목사님 스스로 아실 테니." 나는 국군이 총퇴각할 거라는 것과 우리 파견대도 철수한다는 사실을 그에게 알렸다. "그래서 제가 목사님을 서울로 다시 호송해야 하게 됐어요. 같이 가셔야 합니다, 두말할 것도 없이."

그는 전혀 주저하는 기색 없이 말했다. "난 평양을 떠날 생각이 없소. 당신과 같이 가기 싫어서가 아니오. 알다시피 난 이곳에 돌봐야 할 교회와 교인들이 있어요."

"정말이십니까, 목사님? 정말 여기 머물 생각이세요? 그게 무얼 의미하는 건지는 알고 계시겠죠?"

나는 육본에서 온 전문을 그에게 전달했다. "목사님 앞으로 온 겁니다. 제가 너무 오래 쥐고 있었나 봅니다."

그는 전문을 읽은 뒤 나를 한 번 쳐다본 다음 전문을 또 한 번 더 읽어보고 내게로 넘겨주며 조용히 말했다. "언제 떠나오, 대위?"

"같이 가시는 거죠, 그럼? 내일 아침입니다."

"내일 아침이라, 그래서 신 목사가 당신을 만나지 않으려 했군. 같이 가자고 그랬었소?"

"그렇습니다."

"그는 떠나지 않을 겁니다." 군목은 단언했다. "나도 떠나지 않을 거요."

나는 육본 전문을 그에게 되돌려주며 말했다. "이건 육본 명령입니다. 이걸 무시할 수는 없습니다."

그러나 그는 전문을 짝짝 찢어버렸다. "자, 육본에는 날 찾을 수 없었다고 보고하시오."

그런 다음 그는 작별 인사를 하며 말했다. "난 교회로 빨리 가봐야하오. 동란 후에 태어난 아이들에게 세례를 주는 특별 예배가 있어서. 그리고 오늘 저녁엔……" 군목은 말을 하다 말고 커다란 눈으로 나를노려보더니 소리치는 것이었다. "그래 또 사람들을 내버린단 말이오?내 백성들을? 당신은 내가 어떡하리라고 생각했소? 또 도망을 쳐? 또그들을 배반해? 내가 그럴 수 없다는 건 당신도 알지 않소?" 그는 그러나 자제하려고 애를 쓰며 내 어깨에 한 손을 얹었다.

"대위, 이 대위, 내 가슴속 어두운 구석 한쪽에서는 '가라! 뭣 때문에 여기 남아 고난을 당하려는가? 가라, 너는 군대나 전쟁에서 더 값진 구실을 할 수 있을지 모르지 않는가. 그러니 가라!'고 외치는 소리가 없지도 않소. 그러나 나는 그동안 보고 들어서 알게 됐소. 내가 가고 없는 동안 나의 교인들이 얼마나 큰 고난을 당했는가를 말이오. 물론 고난이야 나도 당했지만 그건 영광과 희망과 약속의 후광이 있어서 여기 사람들의 고난보다는 참고 견디기가 훨씬 쉬운 것이었지. 그들의 고통을 보시오. 그것은 소리 없는 고난, 희망 없고 추악한 고난, 괴롭고 절망적인 고통이란 말이오." 그는 창가로 걸어가 말을 계속했다. "물론, 최악의 경우가 되면 내 교인들 중에서도 떠날 사람이 많겠지. 그러나 떠나지 못하는 사람이 더 많다는 걸 난 알고 있소. 나이 들고 굶주린 사람들이 가면 어딜 가겠소? 돈도, 먹을 것도, 아무 희망도 약속도 없는 사람들이 보호를 받는다면 얼마나 받을 수 있겠소? 온 나라가 지금 전쟁을 하고 있어⋯⋯ 여기야말로 내가 있어야 할 곳이오. 여기, 내 백성들의 곁에 말이오."

전화가 울렸다. 방첩대 현지 파견대장의 전화였다. 그는 우리 파견대의 장교 한 사람을 임시로 자기 쪽에 배속시켜달라는 특별 요청을 방첩대장에게 내놓고 있었는데 그 요청이 허락됐다는 것이었다.

"제가 꼭 내일 아침에 떠나지 않아도 될 것 같군요." 나는 수화기를 내려놓으며 군목에게 말했다. "가능한 한 오래 여기 체류하라는 명령입니다."

그는 면밀한 시선으로 나를 응시했다.

나는 말했다. "이해합니다. 어쩌면 군목께서 생각하고 계신 것보다 더 잘 이해하고 있는지도 몰라요. 자, 가시지요. 지금 신 목사를 만나러 가는 길인데 방향이 같다면 태워다드리죠."

"괜찮소. 가봐야 만날 수 없을 거요. 신 목사는 지금 여기 없거든. 어떤 장로의 딸이 결혼한다고 거길 갔소. 이렇게 삶은 계속되고 있단 말야. 신 목사는 오늘 밤에나 돌아올 거요."

그는 나가려는 듯한 몸짓을 해 보였으나 뭔가 망설이는 것 같았다. "잘 알 수가 없구려, 대위. 당신과 신 목사는 서로 모종의 영향력을 갖고 있는 것 같은데 그게 뭐요? 난 그 사람을 따라 부흥회마다 다녔는데 꼭꼭 묻단 말야, 당신이 왔더냐고. 당신은 딱 한 번밖에는 참석하지 않았어. 한데 당신이 왔나 안 왔나를 그가 꼭 묻다니, 무슨 연유요? 당신이 안 왔더라고 말해주면 그는 마음이 놓인다는 기미가 역력하단 말씀야. 왜 그럴까? 그래서 하루는 내가 일껏 물어보기도 했다오. 그가 뭐랬는지 아시오? 처음 당신을 만났을 때 당신이 뭐라던가, 무슨 질문을 하나 했다고 하더군. 그래서 당신을 보면 그때마다 그 질문이 생각나고 자기가 아직 그 질문에 답변하지 못했다는 생각이 들 뿐 아니라 그게 자꾸 되풀이되다 보니 불안해진다는 얘기였소. '날 위해 기도해주게. 내 영혼을 위해서, 그리고 그를 위해서도 기도해주게. 그의 질문은 내겐 실로 무서운 질문이었어' 하면서 말이오. 신 목사는 그 이상으로는 얘길 하지 않았소. 그래 그 질문이란 게 도대체 뭐요, 대위?"

나는 그의 물음에 대답하지 않았다. 감히 대답할 수도 없었다.

"난 그를 위해서, 그의 영혼을 위해서 기도하고 있소. 사실은 그 사람이 나를 위해 기도해야 할 텐데 말이오." 군목은 말했다. "당신을 위해서도 기도하고 있소, 대위."

5시 10분, 방첩대 파견대장에게서 전화가 걸려왔다. 관구 사령부 정보실에서 요청이 왔는데 하오 7시부터 거기서 열리는 특별 정보회의에 그와 내가 참석해달라는 연락이 왔다는 것이었다.

사령부로 가는 길에 나는 방첩대에 들러 최근의 정보 보고, 특히 평양 남쪽에서의 적 게릴라 활동에 관한 브리핑을 받았다. 하오 6시 현재 우리 파견대의 공식 작전은 종료됐고 통신망도 기능이 중지됐다.

방첩대 파견대장은 얼굴이 붉고 몸집이 땅딸막한 중령이었는데 그는 내게 직접 상황을 설명해주었다. 브리핑이 끝나자 그는 말했다. "얼마 동안 우리와 같이 있게 돼 반갑소, 대위. 알다시피 우린 그동안 정보 분석과 해석은 귀 파견대에 크게 의존해왔는데 그쪽이 이제 떠나게 됐단 말야. 문제는 우리 지역으로의 적 침투가 점점 늘고 있는 데다 상당수의 적 첩자들과 선전 자료도 잡히고 있다는 거요."

그는 계속했다. "귀관에게 내려온 새로운 지시사항은 귀관이 임명한 장교에게 지휘를 맡겨 귀 파견대를 예정대로 평양에서 철수시키되 귀관은 우리가 철수할 때까지 우리 방첩대에 와 있으라는 것이오. 모두 빠져나가고 있소. 군 정보당국의 직접 지휘 아래 여기 남아 있는 건 우리 방첩대뿐이오. 우린 마지막 순간까지 여기서 버티다가 나가게 되어 있소. 당신은 우리가 입수하는 모든 정보 보고와 적의 첩보들에서 짜내는 정보를 면밀히 읽고 분석해주기 바라오."

중령을 태우고 사령부로 가는 길에 나는 병원 사령부가 동의한다면 원래의 내 사무실에 남아 있어도 된다는 쪽으로 중령과 합의를 보았다.

"거기 그대로 있겠다니 되레 반갑군. 사실 우리 방첩대에 와봐야 별로 맘에 들지 않을지도 모르거든. 귀관이 듣고 싶지 않고 보고 싶어 하지 않을 일들이 꽤 있으니 말야." 그는 말했다.

다음 날 아침 일찍 나는 신 목사의 집으로 차를 몰고 갔다. 우리 파견대는 몇 시간 후면 평양을 나가게 되어 있었기 때문에 나는 한 번 더 신 목사를 설득하여 철수진과 함께 떠나게 하고 싶었던 것이다. 장 갑차들이 거리를 순찰 중이었다. 어떤 남자 하나가 사람들의 통행이 거의 없는 넓고 텅 빈 길을 달구지를 밀고 건너갔다. 헌병 지프 한 대가 빨간 불을 껐다 켰다 하면서 무전 안테나를 흔들며 길모퉁이에 찌익 정거하는 게 보였다. 찬바람이 일면서 상점 창문에 너덜너덜 붙어 있는 전쟁 포스터들이 펄럭거렸다.

신 목사는 집에 없었다. 신 목사 교회의 건물 관리자라는 노인 하나가 집을 지키고 있었다. 그는 나를 알아보는 모양이었다.

"미안합니다, 장교님. 오시더라도 집 안에 맞아들이지 말라는 목사님 말씀이 있었어요. 어쨌든 목사님은 지금 안 계십니다. 새벽 4시에 나가셨어요."

나는 어디로 가면 신 목사를 만날 수 있겠는가 물어보았다.

"모르겠는데요. 누군가가 임종이 가까워 목사님께선 거길 가셨다는 것만 알고 있습니다."

상오 8시, 우리 파견대는 행정장교의 지휘 아래 평양을 떠났다. 나는 내 방 사무실에서 트럭이며 지프의 행렬이 한때 탈환됐던 이 도시에서 떠나는 모습을 지켜보았다. 바람이 매몰차게 불어 사람들과 차량을 휘갈기고 있었고 길 건너에서는 종 울리는 소리가 들려왔다. 모두들 떠나고 없는 빈 본부 건물에는 불길한 정적이 깔리고 나는 말할 수 없이 기분이 침울했다.

31

혼자 남은 나는 당분간 내 숙소가 될 사무실을 손보면서 울적한 기분을 떨어보려 했다. 보급장교는 휴대식량 대여섯 상자와 간이침대, 충분할 정도의 침구 등을 남겨두었고 내 당번병은 파견대 본대와 함께 떠나면서 식수 몇 통, 나무상자에 가득 넣은 석탄, 양초, 성냥갑, 취사도구 등등의 잡다한 용구들을 가지런히 챙겨 내 책상 위에 놓아두었다. 멀리 외로운 여행을 떠나는 사람처럼 이런 물건들에 둘러싸여 앉아 있는 기분은 이상했다. 그렇다고 아주 완전히 외로운 것은 아니었다. 방첩대 파견대로 연결된 직통 전화와 야전용 무전기가 한 대 있었기 때문이다. 아침 9시, 나는 방첩대로 가서 정보 보고들을 검토하고 정보 분석과 평가 보고서를 준비하며 오전을 보냈다.

정오쯤 되어 나는 몸도 좋지 않고 더 할 일도 없어 방첩대를 나섰다. 미열이 있는 것 같았다. 사무실로 돌아와보니 병원 사령부 파견단이 벌써 도착하여 건물을 임시 야전병원으로 개조하고 있었다. 트럭 몇 대가 침대와 담요 등을 부리고 있는 중이었다. 나는 내 방으로 올라와 알약 몇 개를 삼킨 다음 침대에 드러누워 이내 잠이 들었다.

눈을 떴을 땐 내 몸에 담요가 덮여 있었다. 난로 쪽으로 고개를 돌려보니 어둑하고 따스한 방 안에 조용히 앉아 있는 어떤 남자의 모습이 보였다. 신 목사였다.

"더 주무시오, 일어나지 말아요." 그는 내가 깨어나는 걸 보고 말했다.

다소 기운이 없었으나 나는 침대에서 일어나 앉았다. "오신 지 오랜가요?" 시계를 보니 5시 반이었다. "오후 내내 자버렸군요."

그는 내가 아직 떠나지 않고 남아 있다는 얘길 고 군목에게 들었노라며 그날 저녁 특별 예배가 있어 어느 교회로 가는 길에 잠깐 들러보기로 했노라고 말했다. "병원이 들어오는 걸 보고 좀 놀랐지만 어쨌건 물어보았지요. 그랬더니 어떤 장교가 나와서 이리로 안내해주더군요. 그 사람 얘기는 당신이 신열이 있답디다. 혼자 여기서 깊은 잠이 들어 있더라는 거요. 그는 당신 체온을 재어보고 주사까지도 한 대 놨다는데 그동안 꼼짝도 않더라는 거지요. 기억이 납니까?"

나는 머리를 저었다. "전혀 몰랐습니다. 좌우간 친절한 사람이군요."

"그동안 무척 피곤했던 것 같소, 대위. 한참 푹 쉬어야 할 거요. 그래 지금은 어떻소?"

좀 어지럽다고 나는 대답했다.

"그럼 누워서 안정하도록 하시오."

"약간 시장한 것 같군요."

"아침 이후 뭘 좀 드셨소?"

"아니, 아무것도."

"그럼 뭘 먹어야지. 누구 사람을 불러드릴까?"

나는 그러지 말라고 말했다. 통조림 음식이 있었고 차도 끓일 수 있었다. 나는 신 목사더러 미국제 통조림 음식도 괜찮다면 같이 좀 들자고 말했다. "교회엔 몇 시까지 가시면 됩니까?"

"여섯 시 반이오. 예배가 끝나면 그 교회 목사와 저녁을 먹기로 되어 있소. 하지만 차 한 잔이라면 같이하지요."

잠시 후 우리는 촛불을 켜놓고 난롯가에 조용히 앉아 차를 마셨다. 밖은 어두웠고 바람이 윙윙 불어대고 있었다. 나는 창문에 커튼을 쳤다.

"들으셨는지 모르지만 전 여기 최대한 오래 머물 수 있게 됐습니다. 하지만 국군 전투병력이 퇴각하기 시작하면 저도 그전에는 떠나야 해요. 목사님, 함께 떠날 준비를 해주십시오."

그는 아무 대답도 하지 않았다.

"목사님을 돌봐드리겠다고 박 군과 약속했어요. 집에는 누구 도와드릴 사람이 있습니까?"

"걱정 없소이다. 우리 교회 관리인이 부인과 함께 우리 집에 와 있어서 난 아무 불편이 없소."

"그분들께 제 이름과 주소를 가르쳐주십시오. 무슨 일 있으면 언제든지 절 찾아올 수 있게 말입니다."

"대단히 고맙소. 하지만 당신한테 더는 폐를 끼치지 않을 거요."

나는 그의 찻잔에 차를 더 부었다. "목사님, 절 만나러 오신 용건은?"

그러나 그는 다시 자기 속으로 움츠러 들어갔다. 나는 그의 침묵이 불안했다. "왜 오셨습니까, 목사님?" 나는 다시 물었다.

그는 일어섰다. "가봐야겠소, 대위. 차 잘 마시고 갑니다. 좀 더 누워 쉬도록 하시오."

나는 그러나 그의 팔을 잡고 놓아주지 않았다. "제게 하고 싶은 얘기는 뭡니까? 왜 감추고 말하지 않는 겁니까?"

그는 시선을 딴 데로 돌렸다가 이어 내 눈을 들여다보았다. "날 좀 도와주시오. 이 대위, 날 도와주시오!"

"도와달라니요? 어떻게 말입니까?"

"도와주시오."

나는 그의 팔을 놓았다. "목사님께선 아직 제 질문에 답하지 않으셨습니다. 왜 답이 없습니까? 목사님의 신은 목사님이 무슨 고난을 당하건 개의치 않습니다. 그렇지 않나요?"

그의 열기 띤 시선은 그냥 내 눈에 와서 박혀 있었다. "계속하시오. 계속해보오!"

"목사님의 신이건 그 어떤 신이건 세상의 모든 신들은 대체 우리에게 무슨 관심을 갖고 있습니까? 당신의 신은 우리의 고난을 이해하지도 않을뿐더러 인간의 비참, 살육, 굶주린 백성들, 그 많은 전쟁, 그리고 그 밖의 끔찍한 일들과는 애당초 아무 상관도 하려 하지 않습니다."

"계속하시오!" 그는 거의 혼몽 상태에 빠진 사람처럼 말했다. "말해보시오!"

"말하지요." 나는 외치고 있었다. "말하겠어요. 전 목사님이 한 일을, 당신께서 당신의 백성들에게 하고 있는 일을 경멸합니다. 거짓말에 거짓말의 연속 아닙니까? 무엇 때문이죠? 무엇 때문에 그러시는 겁니까? 열두 명의 목사들은 모두 이유 없이 도륙당했습니다. 그들은 신의 영광을 위해 죽은 것이 아닙니다. 그들은 인간들의 손에 죽임을 당했고 그들의 죽음에 대해 당신의 신은 그렇게 무관심할 수가 없었습니다. 그 판국에 당신께선 신을 찬미하다니! 인간이 인간을 죽이고 있는 판에 신을 찬미하다니요? 왜 백성들을 배반하시는 겁니까?"

우리 두 사람 모두 침묵했다.

"목사님, 무엇 때문이죠?" 나는 다시 절망에 잠겨 말했다. "왜 사람들을 속이는 겁니까? 우리가 지금 여기서 당하는 고통은 고통일 뿐 거기에는 우리가 이승 너머에서 찾아낼 어떤 정의로움도 없습니다. 그런데 왜 사람들을 속여야 합니까?"

그는 내 팔을 움켜쥐고 연민이 가득 담긴 어조로 말했다. "그동안 얼마나 괴로웠겠소, 이 대위. 지금도 괴로워하고 있겠지요. 나도, 나 역시도 괴롭소."

나는 그의 말에 놀라움을 금치 못하면서, 당장 무슨 말을 해야 할지 몰라 멍하니 그를 쳐다보았다. "그럼 당신께서도, 목사님께서도 믿지 않는다는……?"

그는 고통에 찬 사람의 몸짓을 해 보이며 내 말을 가로막았다. "그 말만은 하지 마시오! 아무 말도 하지 마시오!" 그의 눈에 눈물이 괴고 있었다.

"그럼…… 왜?"

"난 평생 신을 찾아 헤매었소." 그는 소곤거리듯 말했다. "그러나 내가 찾아낸 것은 고통받는 인간…… 무정한 죽음에서 벗어나지 못하는 인간뿐이었소."

"그리고 죽음의 다음은?"

"아무것도 없소! 아무것도!"

그의 파리한 얼굴에는 엄청난 고뇌가 일고 있었다.

"날 좀 도와주시오. 불쌍한 내 교인들, 전쟁과 굶주림과 추위와 질병, 그리고 삶의 피곤에 시달리는 이들을 내가 사랑할 수 있게 도와주시오. 고난이 그들의 희망과 믿음을 움켜쥐고 그들을 절망의 바다로 떠내려 보내고 있소. 우린 그들에게 빛을 보여주어야 해요. 영광과 환영이 그들을 기다리고 있고 하나님의 영원한 왕국에서 마침내 승리를 거둘 것이라는 확신을 주어야 합니다."

"희망이라는 환상을 준단 말입니까? 무덤 이후의, 죽음 이후에 대한 환상을 주란 말입니까?"

"그렇소! 그들은 인간이기 때문이오. 절망은 이 피곤한 생의 질병이오. 무의미한 고난으로 가득 찬 이 삶의 질병입니다. 우린 절망과 싸우지 않으면 안 돼요. 우린 그 절망을 때려 부수어 그것이 인간의 삶을 타락시키고 인간을 단순한 겁쟁이로 쪼그라뜨리지 못하게 해야 합니다."

"목사님은요? 당신의 절망은 어떡하고 말입니까?"

"그건 나 자신의 십자가요. 그 십자가는 나 혼자서 짊어져야 하오."

나는 그의 떨리는 두 손을 잡았다. "용서하십시오, 목사님. 제가 목사님을 오해하고 있었습니다. 용서하십시오."

"용서할 건 아무것도 없소. 당신은 알고 있기 때문에, 당신도 알고 있기 때문에, 당신 자신의 십자가를 지고 있소."

"다른 사람들은?"

"많은 이들이 다 십자가를 질 수 있는 건 아니잖소?" 그는 문득 부드러운 어조를 되찾으며 말했다. "그들은 십자가를 질 수 없는 사람들이고 그래서 그리스도가 필요한 사람들이오. 우린 그들에게 그들의 그리스도와 그들의 유다를 주어야 합니다."

"그리고 육체의 부활도?"

"그렇소, 육체의 부활도!"

"하나님의 영원한 천국도?"

"그렇소, 그 천국도!"

"정의는?"

"물론이오. 정의, 얼마나 그리운 이름이오? 그렇소. 정의를, 하나님의 이름으로 궁극적인 정의를 주어야 하오."

"목사님은?"

"계속 괴로워해야겠지요. 다른 길은 없습니다."

"얼마 동안이나? 얼마 동안이나 괴로워해야 하는 겁니까?"

"죽을 때까지, 우리가 다시 만날 수 없을 때까지!"

전쟁에 말려든 이후 처음으로 내 눈에서 걷잡을 수 없는 눈물이 쏟아지기 시작했다. 그것은 내 양친과 내 조국의 동포들, 그리고 내가 파괴한 수많은 미지의 인간들에 대한 회오의 눈물이었다.

"용기를 가지시오." 신 목사는 내 어깨에 손을 얹으며 부드러운 어조로 말했다. "용기를 가지시오, 대위. 우린 절망에 대항해서 희망을 가져야 하오. 절망에 맞서서 계속 희망해야 하오. 우린 인간이기 때문이오."

신 목사가 떠난 지 얼마 안 되어 노크 소리가 나더니 민 소령이 들어섰다. 나는 그때까지도 침대에 드러누워 있다가 일어나보려 했다. 그는 내 침대 옆으로 의자를 당겨 앉더니 일어나지 말라는 손짓을 해 보였다.

"손님이 떠나는 걸 보고 왔소. 어떤가 봐주러 온 거요. 기분이 어떻소?"

나는 좀 피곤한 것 같으나 달리 아픈 데는 없다고 대답했다.

"당신 친척이라는 아까 그분한테는 얘길 했소. 당신이 내일쯤이면 괜찮아질 거라고."

"친척?"

"그 사람, 친척이 아니었소?"

"아닙니다."

"난 또 친척이라고." 민 소령은 어깨를 으쓱해 보이며 말했다. "친척이냐고 물었더니 그 사람 대답이 '네, 그런 편이오'라던데? 그건 그렇고, 당신이 아직 평양에 있다는 걸 알고 난 깜짝 놀랐어."

나는 상황을 대충 설명해주었다.

"방첩대 소속의 장교 하나가 우리 병원 건물에 함께 있게 될 거라는 얘긴 나도 들었소. 하지만 그게 바로 당신일 줄은 몰랐지. 좌우간 반갑소. 나도 그만하면 선견지명이 있어. 내가 말했지요? 무료 치료를 해주겠다고 말이오."

나는 그의 호의에 감사를 표했다.

"천만의 말씀. 한데 무척 피곤했던 것 같더군. 대단찮으니까 뭐 걱정할 건 없어요. 그래도 좀 쉬도록 하시오. 어쨌건 병원 한복판에 있으니 그게 보통 행운이 아니지. 우린 아직 이사가 끝나지 않았지만 내일이면 모든 준비가 끝날 거요."

환자들은 언제부터 들어오느냐고 나는 물어보았다.

그는 찡그린 얼굴로 대답했다. "내일 저녁부터요. 전선은 나날이 악화되고 있소. 어쩌면 전선이란 게 없는지도 모르지. 병력이 이쪽으로 마냥 밀려 내려오고 있거든. 내일 저녁때쯤이면 환자가 오백 명가량은 들이닥칠 거고, 그다음 날엔 또 몇 백 명이 들이닥칠는지 아무도 모르지."

"모두 여기 수용할 건가요? 아니면 후송?"

"우린 최대한 빨리 후방으로 내려 보내고 있지만 워낙 많다 보니." 그는 머리를 저으며 말했다. "원, 무슨 놈의 판국인지!" 그는 내 체온과 맥박을 재보더니 곧 괜찮아질 거라고 말했다.

"바로 옆방이 내 자는 방이오. 필요하면 언제든지 불러주시오. 내 당번병한테 당신을 돌봐드리라고 일러놨으니 밤중에 누가 들어와서 난롯불을 살피더라도 놀라지 말아요."

나는 그에게 다시 고맙다고 말했다.

"별 말씀을." 그는 문 쪽으로 나가다가 다시 말했다. "그건 그렇고, 내가 좀 말이 많다고 구박하진 마쇼. 댁은 기독교인이오?"

"그런 건 왜 묻습니까?"

"그저 알고 싶어서. 내 아내가 독실한 신자였소. 한데…… 참 이상한 일이지. 집사람이 살았을 땐 난 그의 신앙심을 그냥 그런가 보다 여겼을 뿐, 신에 대한 그 사람의 유대감 같은 건 잘 이해하지 못했었소. 그런데 요즘 와서 막연하게나마 그걸 좀 이해하기 시작했단 말이오."

"사람들이 마구 죽어나가는 걸 보아왔기 때문일까요?"

"내 직업이 직업이라 사람 죽는 거야 숱해 보았지. 의사로서 난 내 환자들이 왜 죽는가를 설명할 수 있소. 하지만 사람들이 전쟁에서 죽는 건 나로선 도저히 설명이 안 돼. 그 문제의 밑바닥에 도달하면 도저히 합리적 설명이 나오질 않아요. 아무 뜻도 의미도 없거든. 그러나 그 죽음이 무언가 뜻을 가지긴 가져야 하지 않겠소?"

"그래서 부인을 이해하게 된 거군요?"

"더 정확히 말하면 그 사람에게 필요했던 것─종교를 갖고 신을 가져야 하는 절실한 필요성을 이해하게 된 거지. 이거 내가 당신 잠을 방해하고 있네. 참, 아까 그분은 목사 아니오?"

나는 그에게 신 목사 얘기를 간단히 해주었다.

"실은 두 시쯤 여길 왔어요, 그 양반. 여기서 기다려도 되겠느냐 묻길래 그러라 하고 혼자 있게 놔뒀던 거요. 두 시간쯤 지나서 그 사람 일은 다 잊어버리고 다시 여길 들렀는데 이 방에서 조용조용 말소리가 들리더라고. 난 당신이 깬 줄 알았지. 문을 열어보니 당신은 여전히 자고 있더군."

"그럼 그 사람 말고 또 누가 있었나요?"

"아니오. 그가 기도를 하고 있었어요. 그래서 난 아무 소리도 못 하고 돌아섰소. 그럼 푹 자요." 그는 나가다 말고 또 한 번 머리를 흔들어 보이더니 웃으며 말했다. "이 대위는 형편없는 죄인임에 틀림없어. 아까 그 사람, 당신의 영혼을 위해 기도하고 있더라고."

32

내 체온은 오르락내리락 대중이 없었다. 밤 동안에는 열이 좀 올랐다가 아침에는 다시 내려갔다. 민 소령은 나더러 자리에서 일어나지 못하게 했다. 방첩대장도 전화를 걸어 내가 일부러 방첩대로 나오지 않아도 되게 방첩대 소속 중위 한 사람을 시켜 일거리를 매일 내 방으로 배달하게 하겠다고 말했다. 나는 내가 그 정도로 병이 났다고는 생각지 않았으나 얼마 동안은 방 안에 틀어박혀 있기로 했다.

그날도 아침부터 음산하고 춥고 바람 부는 날씨였다. 전선으로부터의 보고는 우울하기 짝이 없었다. 방첩대 중위는 적 노획 문서와 선전 자료들을 가방에 하나 가득 넣어 와서는 내가 그것들을 읽고 검토하는 동안 한 시간쯤 내 방에 지체했다. 정오가 되자 민 소령의 당번병이 점심 쟁반을 들고 들어왔고 얼마 후에는 소령 자신이 직접 와서 내 체온을 잰 다음 회복돼가고 있으니 염려 말라고 안심시켰다.

다시 혼자 남은 나는 의자를 창가로 끌어다놓고 한동안 바깥을 내다보았다. 흰 눈을 뒤집어쓴 군 트럭들이 몇 대 대동강 다리 쪽으로 굴러가고 있었고 바삐 걸어가는 사람들의 모습도 보였다. 누구는 빈손으로, 누구는 보따리를 싸들고, 어떤 사람은 혼자서, 또 어떤 사람들은 무리를 지어 움직이고 있었다. 앰뷸런스 한 대가 찢어지는 듯한 사이렌 소리를 내며 지나갔다. 언덕 위의 교회는 저물어가는 오후의 땅거미에 잠겨 점점 윤곽을 잃어갔다. 어둠 속의 종루 위로 군용기 한 대가 붉은색과 녹색의 신호를 깜빡이며 선회 중이었다. 바깥은 금세 어두워졌다.

얼마 후 신 목사가 잠깐 보고 가겠다며 찾아왔다. 누구 장례식에 갔던 길인데 거기서 다시 평양 시내 목사들의 모임을 거쳐 오는 참이라고 했다. "마침 지나는 길이어서 잠깐 들렀다 가자 생각한 거요. 그래 좀 낫다니 반갑소." 나는 난로에 찻주전자를 올려놓고 신 목사더러 한잔만 하고 가라고 붙들었다. "이 추위에 밖을 나돌아 다니시면 안 될 텐데요. 기침은 어떻습니까?" 내가 물었다.

"요즘은 심기가 좋은 편이오. 이만큼 좋아보기는 동란 후론 처음이오."

"그러나 의사 진찰을 한번 받아보셔야 할 겁니다. 잠은 잘 주무시고?"

"물론이오. 사실 난 잠을 너무 자는 편이오." 그는 웃으면서 말했다. 그의 젖은 구두와 축축한 외투에서 김이 솟아올랐다. "파견대 철수진이 아직 서울에 도착은 못했겠지요?"

나는 우리 파견대가 사리원에서 밤을 지냈고 다음 날 아침이면 서울에 도착하게 될 것이라 말해주었다.

"평양은 요즘 북쪽에서 밀리는 피난민들로 북새통이오." 신 목사는 말했다. "오늘 목사들이 모인 것은 피난민들을 위해 뭔가 할 일이 없을까 해서였소. 우선 그 사람들 잘 곳이 있어야지. 그래서 우린 교회를 내놓았지만 그다음엔 먹이는 것이 큰 문제요. 우리 교회에만도 벌써 오륙백 명이 몰려들었소. 그중 많은 수가 국경 근처에서 온 사람들이오. 이 사람들은 이제 어떻게 되겠소?"

"교인들도 많습니까?"

"그렇소. 그 사람들, 이제 어디로 가지요? 어디로 갈 수 있겠소?"

차가 다 끓은 모양이어서 나는 그의 잔에 차를 따랐다.

그는 무언가 골똘한 생각에 잠겨서 김이 오르는 찻잔만 내려다보고 있었다. "오늘 열두 살짜리 소년 하나를 묻었소. 소년의 아버지는 평양 탈환 직전에 공산주의자들에게 끌려갔는데 북쪽으로 가는 길에 죽었다는 소식이 들려왔소. 죽음의 행진이었지요. 난 간밤을 그 죽어가는 소년 곁에서 보냈소. 아직 의식이 남아 있을 때 아이는 자기가 죽으면 하늘나라에 가서 아버지를 만날 수 있느냐고 물었어요. 나는 아암, 만날 수 있지, 하고 대답했소. 하늘나라에도 또 아버지를 잡아갈 내무서원들이 있나요? 아냐, 없어, 거긴 그런 사람들이 없어. 어머니는요? 거기 가서 기다리고 있으면 언젠가 어머니도 만나게 될까요? 암, 만나고 말고, 어머니도 만나게 될 거야. 아이는 자기 곁에서 울고 있는 어머니를 쳐다보았는데 그 눈이 어찌나 동경과 사랑에 찬 눈이었던지, 나도 울었소. 그런데 오늘은 하얀 관과 눈, 그 관이 묻힌 검고 축축한 흙―

그뿐이오. 그 이상 아무것도 없소. 목사로서 나는 지금까지 많은 이들이 평화로이 죽어갈 수 있도록 해주었소. 그 아이도 평화로이 죽어갈 수 있었소. 그러나 내가 그렇게 하지 못한 적이 딱 두 번 있었소. 내가 두 번 배반한 경우가 말이오."

그의 눈에는 다시 고뇌의 빛이 서렸다. 나는 그런 고뇌의 모습을 일찍이 본 일이 없었다. 그는 말을 계속했다. "느지막이 결혼을 했었지요. 그러나 첫아이(아들이었소)와 어미를 같은 해에 장사 지냈소. 아내는 애가 죽은 지 몇 주일 안 되어 숨을 거두었지. 병이 났던 거요. 그녀는 애를 잃어버린 것이 자기 잘못이요, 자기 죄 때문이라 생각하고는 온종일 기도하고 단식했소. 나도 슬프기야 했지만 살아가야 할 생활이 있었고 신에 대한 아내의 그 노예 같은 헌신과 기도가 맘에 들지 않았었소. 그래서 난 아내에게 말해주었던 거요. 우리가 죽어 이 세상을 떠나면 다시 만나는 게 아니다, 우리 아이도 다시는 만날 수 없고 저승이란 것은 존재하지 않는다고 말이오. 아내는 슬픔과 무서움에 질려 내 말을 참고 견디어내질 못했소. 그 사람은 그런 무서운 진리를 안고 살아갈 만큼 강한 여자가 아니었으니까요. 그녀는 자기가 죽으면 잃어버린 아이를 다시 만날 수 있을 것이라는 희망과 약속 없인 살 수가 없었던 거요. 아내는 산송장이나 다름없는 몰골이 되더니 절망 속에 숨을 거두었소." 신 목사는 거기까지 얘기한 뒤 수난의 영혼처럼 깊은 신음 소리를 냈다. 그리고 괴로운 목소리로 말을 이어나갔다. "그때 난 속으로 다짐했소. 앞으로 다시는 나의 그 잘난 진리, 남들이 모르는 내 진실, 하나님의 종에게 숨겨진 그 무서운 진실을 결코 드러내지 않겠다고 다짐한 거요. 그런데 나는 한 목사의 경우에 또 한 번 실패하고 말았소. 안 그래도 그 젊은이의 영혼은 박 군 아버지의 마지막을 본 뒤로 파탄이 나 있었는데 거기다 또 내가 어느 날 유혹을 이기지 못하고 내 삶의 비밀을 그만 그에게 털어놓고 만 거요. 한 목사의 젊은 몸과 영혼은 절망에 붙들려 만신창이가 되었지요." 목사는 마음이 괴로워 더 앉아 있을 수 없다는 듯 벌떡 자리에서 일어나 방 안을 왔다 갔다 하기 시작했다.

"그런데 당신이 나타나 단 일격에 나만이 갖고 있는 그 비밀의 핵심을 꿰뚫었던 거요."

나는 신 목사의 고백에 마음이 움직여 아무 말도 하지 못했다.

"이젠 가봐야겠소." 한참 있다가 그가 말했다. "교회로 가서 무슨 일이든 할 수 있는 일이면 해봐야지요. 참, 국군이 평양을 버리고 철수하는 날이 언젠지 아시오?"

"아직은 모르지만 곧 알게 될 겁니다."

"전선은 어찌 되어갑니까?"

나는 전황을 얼마간 설명했다.

"그럼 오래지 않았군요."

"그렇습니다. 어쩌면 앞으로 며칠 사이의 문제일지도 모르죠."

주전자 끓는 소리가 부드럽게 들리다가 절절 끓은 물방울이 이따금 난로 위로 튀어 떨어지곤 했다. 발소리와 사람들의 말소리가 복도에서 웅성거렸다. 내 방의 마루 판자가 발밑에서 삐걱거렸다. 민 소령이 들어오더니 자기는 지금 부하들을 데리고 환자를 받으러 역으로 나간다고 말했다. 내가 사무실을 나올 땐 아무도 눈에 띄지 않았다. 건물에는 인기척이 없었다. 아래층 어딘가에서 전화가 울렸지만 받는 사람이 없었다. 나는 자석에 끌린 사람처럼 신 목사의 교회로, 그와 함께 있고 싶어 그의 교회로 걸어가고 있었다.

손발이 얼어붙는 듯한 교회 안은 움직일 틈 하나 없었다. 나무 줄의자는 모두 벽 쪽으로 밀어붙여져 높이 쌓여 있고 피난민들은 아무것도 깔지 않은 맨 마룻바닥에 보따리를 껴안고 앉아 있거나 새우처럼 구부린 자세로 드러누워 있었다. 교회 안은 사람들의 몸 냄새와 음식 냄새로 가득했고 시래깃국 냄새가 눅눅하고 싸늘한 허공에 떠돌고 있었다. 여기저기서 아기 울음소리가 들려왔다. 아이들은 그 판에서도 뛰어다니며 놀고 있었고 그들의 웃음소리, 뜀박질 소리가 높은 천장의 교회 안으로 울려 퍼졌다. 노인 하나가 손짓을 해가면서 어떤 여자의 이름을 불러대고 있었다. 침침한 샹들리에 불빛 아래 옹기종기 모여 앉은 사람들의 머리 위로는 뿌연 먼지 층이 낮게 공기 속에 드리워져 있었다. 나는 신 목사가 난민들에게 바쁘게 음식을 나눠주고 있는 제단 쪽으로 겨우 비집고 나아갔다. 찢어진 누비이불 자락으로 몸을 감싼 소녀 하나가 건어 조각을 입에 넣어 씹고 있다가 나를 보더니 아기에게 젖을 물리고 있는 어떤 여자 옆으로 바싹 붙어 앉았다. 소녀는 여자의 등 뒤로 숨더니 며칠 세수를 못했는지 새까맣게 땟국이 흐르는 얼굴을 여자의 치마폭에 파묻고 울기 시작했다. 여자가 지친 듯한 눈길을 들고 군복 차림의 나를 한참 응시했다.

나는 거기 한 시간쯤 지체하면서 신 목사가 피난민들에게 행한 설교를 들었으나 예배가 끝나는 것까지 다 보지는 못했다. 그가 시편을 읽고 있을 때 갑자기 온몸에 한기가 들면서 떨리기 시작했다. 다시 열이 나기 시작한 것이었다. 신 목사는 설교단 위에 놓인 두 개의 촛불 사이에 서서 읽어 내리고 있었다.

……여호와는 나의 반석이시오, 나의 요새시오. 나를 건지시는 자시오, 하나님이시오, 나의 피할 바위시오, 나의 방패시오, 나의 구원의 뿔이시오, 나의 산성이시로다. 내가 찬송받으실 여호와께 아뢰리니 내 원수들에게서 구원을 얻으리로다. 사망의 줄이 나를 얽고……

나는 현기증이 나고 눈앞이 어지러워 서둘러 교회를 나왔다. 병원은 부상자로 넘쳐나고 있었다. 구급차 들락거리는 소리와 사람들의 말소리가 복도를 울리고 있었다. 쾅 문 닫는 소리, 전화 울리는 소리가 계속됐고 들것에 부상병을 실은 위생병들이 복도 아래위 층을 분주히 오르내렸다. 나는 몸을 끌다시피 하면서 간신히 층계를 거쳐 내 방으로 올라갔다.

"이런 멍청한 사람을 봤나!" 나중 내 방에 들른 민 소령이 고함을 질렀다. "이런 날씨에 바깥출입을 하다니! 꼼짝 말고 드러누워서 자요, 자. 오늘 밤엔 한참 시끄러울 거요. 최대 속도로 수술을 하고 있으니깐. 하지만 그런 덴 신경 쓰지 말고 주무시오. 내 당번병한테 알약이나 좀 보내드리지."

나는 고맙다는 인사를 했다.

"당신은 아플 자격이 없어."

266

민 소령이 나가려는 참에 전화가 울렸다. 그가 전화통을 내게 가져다주었다.

방첩대에서 걸려온 전화였다. 통화가 끝나자 민 소령은 전화기를 도로 책상 위에 갖다놓고 나서 물었다. "뭐 새로운 소식이라도?"

"중공군이 아군의 전 전선을 돌파했다는군요."

33

다음 날 아침 7시쯤 눈을 떠보니 누군가가 방 한쪽 끝에 침대를 펴
놓고 잠들어 있었다. 민 소령의 당번병이겠거니 하고 나는 생각했다.
방 안은 어두웠고, 불빛이라고는 난로의 통구멍 사이로 비치는 석탄
불빛뿐이었다. 머리가 지끈지끈하고 온몸이 나른해서 나는 다시 잠을
청했다. 잠자코 누워 있자니 방 밖에서 누군가가 웅성대는 소리와 난
로 속의 다 타버린 석탄이 무너져 내리는 소리, 방 한쪽 끝에 잠든 사
람의 무거운 숨소리 등이 흐릿하게 귓전에 들려왔다. 잠시 후 옆방 문
열리는 소리가 났고 이어 내 방 문이 열리더니 민 소령이 발소리를 죽
이며 들어왔다. 나는 침대에서 일어나 앉았다. 민 소령은 저쪽에 잠든
사람을 힐끔힐끔 곁눈질하며 내게로 다가왔다.
"어떻소?"

나는 이젠 일어나도 될 것 같다고 대답했다.

민 소령은 고갤 끄덕였다. "저 사람은 당신의 그 교인 친구요. 알고 있었소?"

나는 그가 무슨 말을 하고 있는지 얼른 알아듣질 못했다.

"저번 날 당신을 만나러 왔던 그 목사란 말이오. 어젯밤 우리가 이리로 데리고 왔지, 11시쯤에." 민 소령은 간밤에 일어난 일을 내게 설명해주었다. 밤 10시 반쯤에 누군가가 병원으로 와서 나를 찾았다는 것이었다. "자기는 교회 관리인으로 있는 사람인데, 목사가 기도 도중 쓰러졌다는 것이었소. 비상시에는 당신을 찾아가라는 지시를 평소에 받고 있었던 모양이오. 그러니까 곧장 이리로 왔겠지. 하지만 그때 당신은 남을 돕고 뭐고 할 형편이 아니었지. 그래서 내가 교회로 차를 몰아갔었소. 마침 수술도 다 끝나고 특별히 할 일이 없었기 망정이지. 교회는 말이 아니더군. 당신도 알고 있을 거요. 그래 그 많은 피난민들을 데려다놓고 어쩌자는 거지? 난 목사를 들어다 차에 태우고 이리로 왔소. 여기도 어디 남은 방이 있어야지, 그래 할 수 없이 당신 방에 들어다 눕힌 거요. 열이 대단합디다. 심장 고동이 극히 비정상적이고 피곤이 극도에 달해 있더군. 별로 손을 쓸 수도 없고 해서 우선 진정제 몇 알을 먹이고 비타민 주사를 놔주었소. 그가 깨나면 다시 와보겠소만 결핵인 것 같애. 기침이 심한 데다 각혈도 했거든."

"상태가 중합니까?"

"더 자세히 검진해보기 전엔 뭐랄 수가 없소." 그는 시계를 들여다보았다. "저분은 10시, 11시까지도 자야 할 거요. 한데 당신은 어떻소?"

나는 잠을 잘 잔 것 같다고 말하고 방첩대로 나가봐야겠노라 했다.

"독감에 걸렸소. 피로까지 겹치고 말이오. 그러나 일어설 만하거든 나가보시오. 꼭 가야 한다면 말이지. 단, 밖에 나가면 너무 오래 있지 말고 과로하지 않도록 하시오." 그러고는 자기 방으로 와서 아침이나 같이 먹자고 말했다.

방을 나가면서 나는 신 목사를 들여다보았다. 그는 벽 쪽으로 얼굴을 돌리고 누워 이제는 한결 고른 숨소리를 내며 자고 있었다.

오후 2시가 되어서야 나는 방첩대에서 돌아왔다. 신 목사는 일어나 있었다. 그의 얼굴은 면도를 하지 않아 푸르죽죽했다. 그는 잠옷 차림 위로 흰 두루마기를 걸치고 난로 옆에 앉아 차를 마시고 있다가 나를 보자 기운 없이 웃어 보였다.

나는 그의 맞은편 의자에 앉았다.

"내가 이런 상황에서, 그리고 이런 몰골로 여길 오게 되리라곤 생각지 못했소. 당신이 털고 일어난 걸 보니 기쁘구먼. 어젯밤 당신이 우리 교회에서 불쑥 떠났을 땐 상당히 걱정이 됐었소." 그는 말했다.

어젯밤에는 몸이 별로 좋지 않았었노라 나는 말했다. "사실은 거기까지 갈 생각이 아니었는데."

"알아요. 한눈에 봐도 안색이 좋지 않았어요. 게다가 걸어서 거기까지 오는 게 아니었소. 난 지금 한결 나아졌소. 나도 어제는 좀 피곤했던 모양이오."

"여기 계속 머물도록 하십시오, 목사님. 우리가 평양을 떠날 때까지 말입니다. 목사님껜 휴식과 의사의 치료가 필요해요. 여기 오시면 그

두 가지가 다 있지요, 당분간이지만 말입니다."

"난 아무렇지 않아요, 대위." 신 목사는 미소를 지어 보이며 말했다. "아까 그 소령을 만나보고 나서 곧 교회로 돌아가겠소. 어젯밤 우리는 북쪽에서 내려온 피난민을 백 명가량 더 받았소. 그런데 그들이 이제 어디로 갈 수 있겠소?" 그는 잠깐 틈을 두었다가 이어 말했다. "어젯밤의 피난민들을 보니 지난번 내가 진남포에 갔을 때 만난 그쪽 마을 사람들 생각이 납니다. 그 무렵 난 목사로서의 나의 삶을 괴롭혀온 그 유혹에 이제 굴복할 때가 되었구나 생각하고 있었소. 내 절망은 너무도 큰 것이어서 감당하기 어려웠고 사람들을 사랑할 힘과 용기를 더는 끌어 모을 수가 없었지요. 그런 때에 내 옛 친구인 그 목사의 마을을 찾게 된 겁니다. 거기서 내 친구 목사를 만나고 그곳 교인들과 함께 며칠 지내는 동안 나는 절망이 어떻게 사람들의 정신을 마비시키고 그들을 삶의 어두운 감옥으로 던져 넣고 있는지를 보았소. 마을은 폭격과 포격을 당하고 석 달 사이에 두 번이나 털려 모두 알거지가 돼 있었소. 젊은 남자들은 전쟁에 나가 죽고 딸, 누이, 아내, 어미 할 것 없이 여자들은 죄 강간당하고 먹을 건 없고 병자가 생겨도 돌봐줄 길이 없었소. 지옥이 따로 없었다오. 나는 인간이 희망을 잃을 때 어떻게 동물이 되는지, 약속을 잃었을 때 어떻게 야만이 되는지를 거기서 보았소. 그렇소, 당신이 환상이라 부른 그 영원한 희망 말이오. 희망 없이는, 그리고 정의에 대한 약속 없이는 인간은 고난을 이겨내지 못합니다. 그 희망과 약속을 이 세상에서 찾을 수 없다면 (하긴 이게 사실이지만) 다른 데서라도 찾아야 합니다. 그래요, 하늘나라 하나님의 왕국에서라도 찾아야 합니다. 그래서 난 다시 평양으로 돌아왔던 겁니다."

"하지만 목사님, 당신의 희망과 당신의 약속은요?"

"나의 희망? 될수록 많은 이들이 절망의 노예가 되지 않고, 될수록 많은 이들이 어떤 목적을 가지고서 이 세상의 고난을 이겨내고, 될수록 많은 이들이 평화와 믿음과 축복의 환상 속에서 눈을 감을 수 있었으면 하는 것, 그게 내 희망이오."

늦은 오후가 되면서 신 목사의 신열이 오르기 시작하더니 내려가지 않았다. 그는 너무도 허약해져서 교회로 돌아가겠다는 말조차 꺼내질 못했다. 민 소령은 내게 자기 말이 틀림없다, 목사가 지금 결핵 말기에 도달해 있다고 말했다.

저녁 7시경 나는 민 소령에게 그의 당번병을 신 목사 옆에 붙어 있게 해달라 부탁해놓고 밖으로 나갔다.

밤 10시 반, 방으로 돌아와보니 신 목사는 헐떡이며 침대에 일어나 앉아 있었고 당번병이 그를 부축해주고 있었다. 방금 다량의 각혈을 했다는 것이었다. 내가 그에게로 몸을 굽히자 그는 나를 알아보고는 입에 대고 있던 손수건을 내리며 웃음을 띠어보려 했다. 그의 눈 아래 가 검게 움푹 파인 걸 보자 나는 더럭 겁이 났다. 나는 그의 손을 쥐었다. 그는 되레 내 손이 걱정이라는 듯 나지막이 말했다. "손이 차갑구려. 밖에 나갔었소?"

나는 머리를 끄덕였다.

"내가 이제 죽나 보다 생각했소. 바보 같은 생각이지."

당번병과 나는 그를 침대에 누이고 담요를 덮어주었다. 나는 당번병에게 민 소령이 지금 바쁘지 않으면 좀 모시고 오라고 일렀다.

신 목사가 눈을 뜨더니 말했다. "아까는 잠시 무서운 생각이 들었소."

"그냥 주무십시오."

"저 환자들 소리 들리오? 난 저들이 아파하는 소리와 신음하는 소리를 들었소. 지금도 계속 듣고 있소."

"그런 덴 신경 쓰지 마십시오." 나는 사정했다. "어서 주무시도록 하세요."

"저 사람들, 지금 죽어가고 있는 거지요?" 그가 속삭이듯 말했다. "많이들 죽게 되오?"

"그렇지 않습니다, 목사님." 나는 거짓말을 했다. 민 소령은 지난 이틀 동안 부상자들 중에 열넷이 죽어나갔고 스무 명가량이 중태인데 그중 아마 절반은 죽을 것이라고 내게 말했었다.

신 목사는 더는 아무 말도 않은 채 눈을 감고 있었다.

당번병이 돌아오더니 민 소령은 지금 수술 집도 중이라 당장 올 수가 없다고 전했다.

나는 신 목사 곁에 한동안 앉아 있다가 옷을 입은 채로 내 침대에 가 드러누웠다. 그러나 잠은 오지 않았다.

조금 후 신 목사의 들릴락 말락 꺼칠한 목소리가 나를 불렀다.

"내게 무슨 일이 생기면, 날 위해 좀 기도해주겠소?"

잠시 동안 나는 아무 말도 할 수가 없었다.

"기도해본 일 있소?"

"기독교 신에게 말입니까? 그에게라면 어릴 때 기도한 일이 있습니다."

"그럼 됐소, 그거면 됐어. 당신 목소리라면 하늘에 들릴 거야."

"한번 해보지요." 나는 그렇게밖에는 뭐라고 대답할 말이 생각나지 않았다.

34

　다음 날 아침 방첩대에 나가보니 파견대의 3분의 1은 밤사이 서울로 떠난 뒤였다. 아군 전선이 뜻밖에도 갑작스레 무너지는 바람에 부대끼리의 통신 연락은 물론 전선과 후방 사이의 교신도 일대 혼란에 빠져 있었다. 전투부대들로부터 들어오던 정보 보고도 거의 끊어지고 없었다. 분위기는 긴장돼 있었고 나는 언제라도 철수할 수 있도록 대기하라는 지시를 받았다.

　오후 늦게야 겨우 병원으로 돌아온 나는 민 소령으로부터 그가 자리를 비운 사이 신 목사가 병원을 빠져나갔다는 얘길 들었다. 민 소령의 말에 의하면 일단의 목사들이 아침나절에 신 목사를 만나러 와서 한 시간쯤 같이들 있었다는 것이다. 그러자 또 정오 조금 못 되어서 신 목사 교회의 관리인 부부가 찾아왔었다고 했다. "그 부부가 찾아왔을 땐 나도 여기 있었지만 그 뒤 병원사령부에 일이 있어 나갔단 말씀이야. 한데 돌아와 보니 신 목사는 가고 없었소. 그 바보 같은 당번병 녀석은 신 목사가 나가는데도 붙잡을 생각은 못하고 가만있었던 거지. 당번병은 그 관리인 부부 말고도 다른 사람들이 많이 찾아왔다고 합디다. 모두 신 목사를 만나겠다며 밖에서 기다렸다는 거요. 아마 그 목사 교회의 사람들이겠지."

소령은 상사 한 명과 당번병을 신 목사의 교회로 보내 그를 즉시 병원으로 데려오도록 지시했다. 신 목사는 마침 예배를 보고 있던 중이어서 찾아간 사람들이 끝까지 기다렸지만 아무리 가자고 설득해도 막무가내였다는 것이다.

"그래 이번엔 내가 직접 찾아갔소. 어쩌다 내가 이 일에 끌려든 건지, 또 왜 내가 다른 일까지 제쳐놓고 당신의 그 목사 친구를 데리러 간 건지 나도 잘 모르겠소. 난 그저 죽은 우리 안사람 때문에 내가 목사들에게 좀 끌리곤 한다고만 생각하고 있지요. 아내가 다니던 교회 목사도 우리 집에 자주 왔소. 아주 명랑한 사람이어서 우린 좋은 친구가 됐었지. 내가 그 친구 설교를 들으러 간 적은 없었지만 말이오. 지금 내가 무슨 얘길 하고 있나? 참, 내가 찾아갔더니 당신 친구는 없고 피난민들뿐입디다. 보아하니 병자도 많은 것 같더군. 거기서 어떤 장로 같아 뵈는 사람에게 신 목사의 집을 물어 또 그쪽으로 가질 않았겠소? 마침 집에 있더군. 한데 집 지키는 사람이 나와서 전하기를 목사는 아무도 만나지 않겠다는 거였소. 좌우간 아무개가 왔다고 이름을 대게 했지만 그래도 소용이 없었소. 만나지 않겠다더구먼. 목사님이 뭘 하고 있느냐 물었더니 기도하고 있다는 대답이었소."

소령이 덧붙였다. "그러니 대위, 이젠 당신이 가서 데려오시오. 저 모양으로 내버려두면 며칠 못 가요. 기도한다고 폐가 좋아지나."

나는 신 목사의 집으로 떠나면서 민 소령에게 서울로 가는 병원 열차가 있는지, 그가 환자들을 서울로 후송도 하고 있는지 물었다. 다음 날 아침 일찍 평양을 떠나는 열차가 있다는 대답이었다. 나는 그 차편으로 신 목사를 보내고 싶으니 좀 주선해줄 수 있겠느냐고 소령에게 물었다.

"못할 이유가 뭐 있겠소. 우리 의사도 한 사람 같이 갈 수 있을 거요." 그러고는 내 눈치를 살피다가 그가 말했다. "우리가 평양을 사수할 건 아니지? 어떻소? 기밀이라면 말하지 않아도 되지만."

나는 최악의 경우 아군은 평양을 사수하지 않을 것이라고 말했다.

"최악의 경우라…… 그래 그런 사태가 곧 닥칠 거란 말이지?"

나는 고개를 끄덕여 보였다.

"여긴 지금 움직이면 안 되는 중환자가 20명 있소. 어떻게 해야 할지 정말 난감하구먼."

나는 신 목사가 딴 사람은 몰라도 나라면 만나주겠거니 속으로 바라면서 그의 집으로 차를 몰았다. 그러나 내가 왔다는 말을 안에 전하고 나온 관리인은 목사님이 지금 아무도 만나고 싶어 하지 않는다고 말했다.

"나중 다시 와주십시오." 관리인 노인은 눈물이 글썽해서 말했다. "목사님은 대위님이라면 믿습니다. 병세가 위독한데 이 근처에 어디 의사가 있습니까. 다 떠났지요. 전 그저 시킨 대로 했습니다만 목사님이 어째서 자기를 집으로 데려와 달라고 우긴 건지 알 수가 없습니다.

교회 사람들이 와서 기다린다는 얘기만은 하지 말걸 그랬나 봅니다. 목사님은 위독한 지경인데 여기 교인들은 잘 모르고 있어요. 걱정입니다."

"목사님이 위중하니 만나러 오지 말라고 하십시오."

"그들은 매일 밤낮으로 교회에서 만나 목사님을 찾습니다. 목사님이 있어야 한다는 거예요. 특별 기도회를 연다는 얘기도 있어요. 그뿐입니까. 다른 교회 목사들도 모조리 밤이면 찾아와 끝도 없이 얘길 해댑니다. 목사님이 잠자리에 들어야 할 시간인데도 말입니다. 그러니 제가 어떡합니까? 목사님이 편찮으시니 혼자 있게 해달라고 간청했지만 아무도 들은 척하지 않아요. 그들은 모두 겁을 먹고 있어서 목사님이 두려워하지 말라고 안심시켜주길 기다리는 겁니다. 제가 무슨 수로 그들을 말립니까?"

나는 노인더러 내가 돌아올 때까지 아무도 들여보내지 말라고 이른 뒤 서울행 병원 열차에 관한 쪽지를 써서 신 목사에게 전하도록 했다.

나는 방첩대로 가서 한 시간쯤 보낸 뒤 다시 신 목사의 집으로 찾아갔다.

그는 여전히 나를 만나지 않겠다는 것이었고 내가 전한 쪽지에 대해서도 아무 회답이 없었다.

"목사님 말씀이 용기를 가지시라고요. 그래야 자기도 용기를 얻을 수 있다고 하셨어요. 그 말씀뿐이었습니다."

35

그 후 며칠 나는 신 목사를 만나지 못했다. 평양시의 분위기는 날로 긴장에 싸여갔고 시간이 지나면서 병사들의 사기도 더 떨어져갔다.

어느 오후, 나는 관구 사령부 회의에 참석하고 방첩대로 돌아가는 길에 시청 넓은 광장에서 시위행렬과 맞닥뜨렸다. 시위 군중들은 시청 광장에서 대회를 가진 후 시가지 행진에 나선 것이었다. 중공군 개입에 항의하고 유엔이 신속히 보복에 나서도록 요구하는 관제 대중 데모였다. 교통정리를 하고 있던 헌병이 내 지프를 세우는 통에 나는 데모대가 지나가는 걸 자세히 지켜볼 수 있었다.

날씨는 맑아 햇살이 비치고 있었으나 바람은 차가웠다. 온갖 색깔의 기치들이 바람에 펄럭였다. 교사들의 행렬이 내 지프가 서 있는 데까지 다가왔고 그 뒤로 검은 교복 차림의 고등학생 행렬이 뒤따랐다.

학생들은 선율에 맞춰 외치고 있었다. "타도하자 중공군! 대한민국 만세! 유엔 만세!" 학생들 다음으로는 평양시 노동연맹이, 그다음으로는 반공청년연합회가 이따금 구호를 외치며 뱀처럼 꿈틀꿈틀 지나갔다. 아이들은 대부분 무슨 영문인지도 모르고 태극기와 성조기, 몇 개의 유엔기 등을 흔들며 행렬을 따라다니고 있었고, 개중에는 키득키득 웃는 아이들도 있었다. 고등학교 악대 하나가 곡조도 맞지 않는 국군 행진곡을 빵빵 울리며 지나갔고 노소 아낙네들이 그 뒤를 따랐다. 그다음이 신 목사였다.

신 목사의 앞에는 두 명의 젊은이가 '평양기독교연합'이라 쓴 기치를 들고 있었고 바로 뒤에는 검정색 두루마기 차림의 남자 열두 명이 검은 띠를 단 순교자 열두 명의 초상을 가슴에 받쳐 들고 행진했다. 그 행렬 중간에, 순교자들의 초상을 좌우 양편에 거느린 신 목사가 역시 검은 외투 차림으로 꼿꼿이 선 자세로 천천히 걷고 있었다. 순교자들의 초상을 담은 사진틀의 유리가 번쩍번쩍 햇살을 반사했다. 신 목사 앞에는 순교자들의 초상을 받쳐 든 행렬보다 약간 뒤처진 위치에서 어떤 노인 한 사람과 고 군목이 플래카드 하나를 높이 추켜올린 자세로 걷고 있었다. 그 플래카드에는 이렇게 쓰여 있었다. '열두 순교자의 정신으로 일어나라! 기독교 형제들이여, 승리를 위해 단결하고 기도하자!' 바로 그 뒤에 목사들이 서고 그다음에는 신도들의 행렬이었는데 그 목사들 중에는 내가 알아볼 만한 사람도 더러 끼어 있었다. 행렬이 잠시 멈추었다. 악대는 수자Souza의 행진곡을 연주 중이었다. 행렬은 다시 움직이기 시작했고 신 목사의 모습은 더 보이지 않았다. 헬리콥터 한 대가 공중에 나타나 군중들의 머리 위로 전단을 뿌렸다.

너풀너풀 흩날리는 전단이 햇살에 반사되어 반짝거렸다. 바람이 전단들을 한 번 허공으로 빨아 올렸다가 이내 길바닥으로 내려 몰았다. 나는 지프에서 내려 전단 하나를 주워 보았다. '승리는 임박했다! 아군 반격 개시!'라 쓰여 있었다.

오후 느지막이, 내가 방첩대에 가 있는데 장 대령에게서 전화가 걸려왔다. 그는 내가 아직 평양에 있다는 걸 알고 있었다.

"오늘 신 목사를 봤어, 군목도 보고." 나는 나도 그 두 사람을 보았노라 말했다.

"도대체 그 사람들 여지껏 여기서 뭣들 하고 있지? 그리고 또 그런 식으로 행진을 할 건 뭐야!"

나는 그때까지의 일을 그에게 간단히 설명했다.

"그럼 그들이 가지 않을 거라는 얘긴가?" 나는 아직 확실히는 모르겠노라 대답했다.

"신 목사는 이제 누가 뭐래도 이곳 기독교계 지도자가 돼 있는 것 같아. 그러니 쉽게 움직이기 어려운 거야. 내 말 잘 듣게. 방첩대는 내일 아침 여길 떠나게 돼 있어. 이건 사실이야. 무슨 수를 써서라도 두 목사들을 데리고 나가게. 둘 다 데리고 나가야 해, 알겠나?"

나는 최선을 다하겠다고 말했다.

"끝내 가지 않겠다면 그땐 내가 무슨 방법을 생각해보겠네."

그날 저녁 나는 방첩대에서 다음 날 아침 평양을 떠나라는 공식 지시를 받았다. 나는 다시 신 목사의 집을 찾아갔으나 그는 교회에 가고 없다는 얘기였다.

과연 그는 교회에 있었다. 그는 두 손에 성경을 펴 들고 조그만 탁자의 촛불 두 개 사이에서 신도들을 향해 서 있었다. 신도들은 모두 무릎을 꿇은 자세였고 그들 뒤에는 피난민들이 모여 있었다. 신 목사는 가만히 서 있는 나를 발견하고는 성경을 탁자 위에 내려놓고 내게로 다가왔다.

나는 다음 날 아침 평양을 떠나라는 명령이 떨어졌다고 말했다.

"그렇다면 아까 그 전단 내용은 사실이 아니었구려." 그가 나직하게 말했다. 그는 천천히 고개를 돌려 신도들과 피난민의 무리를 둘러보았다.

교회 안의 모든 눈길이 모두 내게로 와서 꽂히는 것 같았다. "우린 전투에서 졌습니다" 하고 나는 털어놓았다.

"안녕히 가시오, 대위." 그는 내게 작별을 고했다. "무사히 가길 바라오." 그러면서 그는 손을 내밀었으나 나는 그 손을 잡지 않았다. "잘 가시오. 난 다시 예배를 계속해야겠소."

그는 돌아섰다. 그러나 나는 사람들의 눈길이 우리의 동작 하나하나를 지켜보고 있다고 의식하면서 그를 붙들었다.

"도와주시오, 대위! 내게 용기를 주시오. 당신과 작별할 수 있는 용기를 주시오!"

"저 사람들에게 떠나라고 얘기해주십시오." 나는 말했다. "우리가 지금 이기고 있지 않다는 얘길 해주십시오. 평양을 사수하지 않는다고 말입니다."

"모두 알고 있소."

"알고 있다면 왜들 떠나지 않는 겁니까?"

"간들 어디까지 갈 수 있겠소? 그들이 그 고통을 얼마 동안이나 견디어내겠소? 젊은 사람들은 이미 떠났소. 그러나 노약자와 아녀자들은 떠날 수가 없소. 그들은 너무 약해요."

"목사님은요?"

"나는 그들 곁에 있어야 합니다. 아무도 그래 줄 사람이 없다면 나만이라도 남아서 하나님이 그들을 돌보고 있고 나도 그들을 돌보고 있다고 믿게 해야 합니다. 잘 가시오, 대위."

나는 그의 엄숙한 시선에 굴복했다. 나는 그의 손을 쥐었다. "안녕히 계십시오, 목사님. 떠나기 전에 제가 해드릴 일은 없을까요?"

그의 핏기 없는 얼굴이 미소를 띠고 있는 것 같았다. 그는 내 두 손을 잡고 말했다.

"나를 도와주시오! 어디에 가 있건 내 일을 도와주시오."

나는 그와 그렇게 작별한다는 것이 견딜 수 없었다.

신 목사가 다시 소곤거리듯 말했다. "인간을 사랑하시오, 대위. 그들을 사랑해주시오! 용기를 갖고 십자가를 지시오. 절망과 싸우고 인간을 사랑하고 이 유한한 인간을 동정해줄 용기를 가지시오."

그는 나를 떠나 그의 신도들에게로 돌아갔다. "형제들이여, 기도합시다."

신도들이 머리를 숙였다. 신 목사는 잠시 내게로 눈길을 주면서 보일락 말락 고개를 끄덕였다.

나는 그에게 머리를 숙여 보인 뒤 물러 나왔다. 신을 가진 사람들과 그 사람들을 사랑하는 한 인간의 기도 소리를 뒤에 남기고 나는 문을 닫았다.

나는 방첩대에 들러 철수에 필요한 장비를 보급받았다. 철수 도중 적 게릴라들의 공격 가능성에 대비해서 기관단총 한 자루와 탄약도 지급받았다.

고 군목은 만날 수가 없었다. 그는 평양 서쪽 수마일 지점에 교인들이 모금한 돈으로 피난민 수용소를 하나 세웠는데, 거기로 갔다는 것이었다.

병원으로 돌아와보니 거기서도 철수가 시작되고 있었다. 구급차에 환자들이 실리고 있었다. 입구에서 민 소령을 만났는데 그는 환자 대부분을 후송했다고 말했다. "그런데 중환자가 스무 명가량 있어요. 움직이면 그들은 죽고 맙니다. 그들을 어떡하느냐, 내 재량대로 하라는 겁니다. 내 재량이라니! 제기랄, 그냥 버리고 떠나라는 지시는 왜 못해? 재량대로 하라는 건 두고 가라는 얘기면서 말야!"

나는 그의 팔을 잡고 말했다. "최선을 다해봅시다." 사실 그런 말밖에는 나로선 아무 할 말이 없었다.

"그 환자들은 어쨌건 죽을 거요. 어차피 그렇게 될 거라는 것이 내 상관들의 생각인 것 같소."

눈송이가 너울거리며 자동차 전조등 불빛 속으로 들락거렸다. 구급차들은 한 대 한 대 어두운 밤 속으로 사라져갔다.

36

그날 밤 자정이 조금 넘어 나는 내 방에서 혼자 창밖을 내다보았다. 총퇴각이 시작되고 있었다.

탱크와 야포들이 북으로부터 쿵쿵거리며 시가지로 밀려 내려왔다가 강 건너 남쪽으로 내려갔다. 강 남쪽에서는 빈 트럭들이 전조등을 켜고 다리를 건너 끝도 없이 시내로 들어오고 있었다. 병력을 철수시키러 북으로 가는 트럭들이었다. 새벽 3시가 되자 남으로 내려가는 차량과 북으로 올라가는 차량들의 통행이 절정을 이루었다. 북쪽에서 내려온 트럭들은 병력을 가득가득 태우고 시가지를 지나 남으로 굴러갔다. 강 건너 공군기지에서는 군용기들이 끊임없이 춥고 바람 거센 밤하늘로 솟아올랐고 탐조등 불빛이 어두운 밤하늘을 꿰뚫으며 서로 교차했다. 야포 행렬이 연달아 도시 밖으로 빠져나갔다. 길고 검은 포신들이 트럭 불빛을 받아 희미하게 모습을 드러냈다. 헌병 지프 한 대가 붉은 불을 켜고 그 혼잡 속을 갈지자로 누비며 다녔다. 그로부터 다시 한 시간쯤 지나자 멀리서 포격 소리가 들려오기 시작했다. 캄캄한 북쪽 밤하늘 지평이 끊임없이 번쩍이며 울렸다. 드디어 보병들이 나타나기 시작했고 이따금 기관총이 따르르 울렸다. 갑자기 도시 상공 전체가 불빛으로 환해졌다. 컴컴한 건물들과 탱크, 트럭, 대포, 병력, 가로등, 황막한 상가 점포들의 진열창, 언덕 위의 종루 등이 한꺼번에 차가운 인광 속에서 반짝 드러났다. 탐조등이 하늘을 이리저리 누비며 뒤엉키고 공중에서 소이탄들이 터졌다. 갑자기 터져 나온 요란한 대공 포화로 밤의 대기가 진동했고 제트 전투기들이 머리 위를 스쳐갔다. 잠시 천지에는 어둠이 덮이고 갑작스러운 정적이 찾아왔다. 그러자 다시 각종 차량의 엔진 걸리는 소리가 들리기 시작했고 보병들의 무거운 발걸음 소리가 뒤를 이었다. 모두 다리 쪽으로 흘러가고 있었다.

나는 떠날 준비가 돼 있었다. 출발을 보고하기 위해 방첩대로 전화를 걸었으나 아무 응답이 없었다. 나는 전화선을 끊고 전화기와 무전기를 파괴한 다음 방을 나왔다. 층계를 내려가는 동안 내 발걸음 소리가 텅 빈 건물에 울렸다. 아래층까지 내려왔을 때, 전에 브리핑실로 쓰던 방 쪽에서 삐걱 문이 열리더니 나직이 소곤거리는 소리가 들렸다. "이 대위? 당신이오?"

"누구요?"

캄캄한 어둠 속에서 손전등 불빛이 확 켜졌다. "나요, 나." 민 소령이었다.

"아직도 여기? 뭘 하고 있는 겁니까?"

"될수록 최후까지 남아 있는 겁니다." 그는 내 쪽으로 다가오며 말했다. "저기 부상자 스물두 명이 죽어가고 있어요." 그는 브리핑실을 가리켜 보였다. "나머지는 모두 내보냈소."

"이젠 소령님도 나가셔야지요, 더 지체 말고."

"또 살그머니 빠져나가는구먼. 동란 초기에 서울을 빠져나가듯 말이오."

"가시지요, 소령님. 그만하면 충분히 오래 있었으니."

"그 목사 친구는 어찌 됐소?"

나는 신 목사가 평양에 남기로 했다고 전해주었다.

"목사라는 사람들은 알다가도 모르겠어." 그는 말했다. "그들의 심정도 이해는 갑니다. 우리 안사람이 다니던 교회의 목사도 서울에 남아 있다가 납치당했어요. 숨든가 어떻게 해보라고 일렀는데도 듣지 않더라고. 도망가지 않겠다는 거였소."

"이젠 제가 소령님께 철수하라고 말할 차례입니다. 가십시다, 소령님. 가요!"

"난 뭐 성인이 될 생각도 없고 그럴 용기도 없소. 그저 최소한 품위는 잃지 않으려는 것뿐이오."

갑자기 지프 한 대가 건물 입구 앞에 찌익 정거했다.

"불을 꺼요!" 나는 소령에게 말하고 그를 내 등 뒤로 밀어붙였다.

누군가가 정문을 발로 걷어차 열고는 건물 안으로 달려 들어오면서 내 이름을 불렀다. 나는 민 소령한테서 손전등을 낚아채어 앞으로 나섰다.

방첩대에서 나온 상사였다. "연락을 취하려 했지만 전화선이 끊어졌더군요. 대령님께서는 장교님의 출발 여부를 확인해보라 하셨습니다. 우린 지금 철수합니다. 몇 시간 후엔 교량을 폭파하게 돼 있으니 장교님께서도 서둘러주십시오."

상사가 떠난 뒤 나는 소령에게 말했다. "자, 소령님, 품위는 충분히 지켰으니 이제 가십시다."

"좋소, 나도 그럴 생각이오. 한데 잠깐만 기다려주시오. 편지를 한 장 써놓고 가야겠소."

나는 무슨 소린지 알 수가 없었다.

"저쪽 편 군의관에게 쪽지를 하나 남겨두고 싶소. 그가 중국인이건 북한 의사건 소련인이건 상관없소. 그가 진짜 의사라면 내 편지를 읽고 심정을 이해할 거요. 난 저 중환자들에 관한 의료기록과 남겨둘 만한 치료약은 모두 남겨두었소."

그는 자기 환자들을 마지막으로 보고 오겠다고 말했다. 내가 같이 가주겠노라 했지만 그는 거절했다. "당신은 오지 않는 게 좋아. 최소한 그런 일까지 당신한테 부탁하진 않겠소. 곧 돌아오리다." 그는 환자들이 있는 방으로 들어갔다.

다시 방을 나왔을 때 그는 말했다. "벌써 여섯이 죽었소. 네 명쯤은 살아날 것도 같은데 알 수 없구먼." 그러고 나서 그는 침울한 어조로 덧붙였다. "그들을 위해 기도를 해보려 했지만 되지 않습디다. 신성 모독이라는 생각이 들었소. 그래서 저들의 품위를 지켜주십시오, 라고밖엔 말할 수가 없었소."

우리는 말없이 건물을 떠났다. 소령이 자기 지프로 앞장을 서고 나는 내 지프로 뒤를 따랐다. 거리는 거의 비어 있었다. 철수는 이미 대부분 끝난 것 같았다. 다리에까지 도착했을 땐 차량과 병력이 뒤엉켜 강을 건너는 중이었다. 기관총을 설치한 지프가 인도교 근처 거리를 순찰하고 있었다. 피난민들이 몰려들자 헌병대가 그들을 가로막았다. 사람들의 발소리와 차량 엔진 소리가 요란했고 한국어로 "일반 시민들은 하류로 내려가시오! 시민들은 하류의 교량을 이용하시오!" 하고 외치는 소리가 들렸다. 한국어에 섞여 영어도 들려왔다. 어두운 하늘로 비행기들이 날아갔다.

민 소령의 지프가 갑자기 차량 대열에서 이탈해 나왔다. 그는 "잘 가시오, 이 대위!" 하고 외치더니 내가 뭐라 말하기도 전에 지프를 한 번 부욱 앞으로 몰고 나갔다가 휙 돌아 시내 쪽으로 되돌아 질주하기 시작했다. "허리 업! 허리 업!" 미군 헌병 하나가 희미한 전등을 흔들며 외쳐댔다. 나는 삐걱거리는 다리 위로 지프를 몰고 올라섰다.

다리를 건너고 있는 도중에 내 오른쪽 강 하류에서 폭음이 들리면서 지프가 진동했다. 시꺼먼 밤하늘에 화염이 솟아올랐다. 하류의 교량이 폭파된 것이었다. 나는 미군 트럭과 한국군 트럭 사이에 끼어 계속 앞으로 차를 몰았다. 느린 행렬이었다. 30분쯤 후, 다리를 건너 2마일쯤 왔을까 말까 한 지점에서 모두 차가 막혀 정거하고 있는 동안 귀를 찢는 폭음이 몇 번 연거푸 들려왔다. 야전잠바 차림의 미군 병사 몇이 내 앞 미군 트럭에 타고 있다가 덮개 위로 머리를 쳐들고 내다봤다. 그중의 하나가 외쳤다. "저 망할 다리가 내려앉는군!" 그러자 또 하나가 소리를 질렀다. "저것 좀 봐!" 나는 지프에서 내려 평양 시가 쪽을 돌아보았다. 그 운명의 도시는 화염에 싸여 있었다.

37

서울에 도착하자 나는 육군 정보부대 중에서도 북한에 남은 우리 측 정보원들과 직접 연락을 취하고 있는 특수부서의 한 과에 배속되었다. 덕분에 나는 무엇보다도 장 대령의 활동을 추적할 수 있었다. 그가 평양에서 계속 비밀 보고를 보내오고 있었기 때문이다.

박 군은 동부 전선 어딘가에, 아마 흥남 근처인 듯한 곳에 와 있는 것 같았다. 만주와 시베리아 접경에서 후퇴한 아군은 흥남에서 철수를 기다리며 교두보를 만들고 있는 중이었다. 한편 야전병원 사령부는 서울에 임시 사령부를 설치했는데 그곳에 알아보니 민 소령은 공식적으로는 실종이라 돼 있었다.

성탄절을 이틀 앞두고 아군은 흥남 철수를 끝냄으로써 북한으로부터의 총퇴각을 모두 완료했다. 다음 날 나의 전속 요청이 허락되어 나는 새 임지로 떠날 차비를 하기 시작했다. 서울 바로 북쪽의 국군 모보병연대로 가게 되어 있었다.

바로 성탄절 전날 밤 나는 일찌감치 퀀셋 막사에서 미군 휴대식량으로 혼자 저녁을 먹은 뒤 아우렐리우스의 『명상록』 일본어 번역판을 읽고 있다가 뜻밖의 방문자를 맞았다. 나이는 내 또래 돼 보이는 육군 대위였는데 완전한 전투복 차림이었다.

서로 인사가 끝나자 대위는 철모를 벗고 움푹 꺼진 뺨을 손으로 문지르며 말했다. "이삼 일 전 평양에서 돌아왔습니다. 장 대령께서 전해 달라며 이걸 주더군요." 그는 자그마한 봉투 하나를 꺼내어 내게 건네줬다. 대위 자신은 평양 동북방 약 50마일 떨어진 지역에서 비밀정보 활동을 벌이고 있다가 아군의 평양 철수가 시작되기 직전 중공군에게 작전 지역을 유린당하고 서울로 후퇴하라는 지시를 받아 평양으로 철수했었다는 것이었다. 평양은 이미 아군 철수가 끝난 뒤였지만 마침 장 대령과 접선이 됐다고 그는 말했다. 그는 장 대령이 마련해준 평양 은닉처에서 이틀을 머문 다음 서해안의 작은 어촌으로 철수한 뒤 거기서 아직 우리 해병대가 점령 중인 연안 도서로 옮겨 갔다가 하루 뒤 한국 해군 수송선 편으로 인천에 후송됐다는 얘기였다. "장 대령께서 그걸 주면서" 하고 대위는 내가 받아 쥐고 있는 봉투를 가리키며 말했다. "꼭 이 대위한테 전하라고 하셨습니다." 그리고 그는 일어섰다. 바쁜 모양이었다.

그가 떠난 뒤 나는 장 대령의 편지를 읽었다.

내가 확보하고 있는 루트를 통해 이 사람을 막 보내려는 참이오.

아주 안전한 루트지. 신 목사를 만나 이 사람과 함께 내려 보내려고 백방으로 설득했지만 허사였소. 신 목사를 상대로 더 따지고 설득하고 얘기한다는 건 전혀 불가능하오. 종내 여기 남겠다는 결심이오. 군목도 마찬가지요. 내 비밀 루트가 절대로 안전하니 내려가도록 하라고 입이 닳게 설득했지만 막무가내요. 지금까지는 둘 다 무사하오. 빨갱이들이 아직 그들에게까지 손을 대진 못한 거지. 다시한 번 설득해보겠소. 내 루트는 내가 거느리는 게릴라 요원들이 지키고 있어 아주 안전한 통로인데 이걸 이용하지 않는다면 말이 안되지. 평양은 지금 개판이오. 되놈들의 차이나타운이 되고 말았어. 빌어먹을! 행운을 빌며, 장 대령.

추신―이 쪽지를 쓰고 나니까 고 군목이 평양에서 종적을 감추었다는 보고가 방금 들어왔군. 잘했지, 잘한 일이야. 그의 신도들이 그를 강제로 끌어다 어디 숨긴 모양이오.

38

공산군이 전면 공세를 펴기 시작한 수일 후인 1951년 1월 4일, 우리는 초토화된 서울을 버리고 한강 훨씬 남쪽으로 후퇴했다. 1월 하순께에 가서 우리 쪽 반격이 시작됐지만 부서질 대로 부서진 수도 서울이 다시 우리 손에 들어온 것은 3월 14일이었다.

나는 중대를 이끌고 한강 동쪽의 적 교두보 분쇄 작전에 참가한 뒤 시가전을 벌이던 중 부상을 당했다. 얼마 동안 야전병원에서 치료를 받은 후 대구로 후송되었다가 4월 둘째 주 부산 육군병원 요양소로 옮겨졌다.

서울이 적 수중에 떨어지기 전 주요 정부 부서와 관청들은 임시 수도 부산으로 철수했다. 육군본부만이 대구에 있었을 뿐 모두가 부산으로 밀려들었다. 내가 아직 입원 중이던 어느 맑은 날 오후 나는 뜻밖에도 장 대령의 방문을 받았다.

대령은 큼지막한 종이 봉지를 내 침대 한쪽 끝에 놓으며 말했다. "자네 소재를 파악하느라 한참 걸렸네. 자네가 정보 쪽에서 떠난 뒤라 더 어려웠어. 좌우간, 또 만나게 됐군. 사과를 좀 사 왔지, 좋아할 것 같아서." 그는 대구 부관실을 통해 겨우 내 소재를 알아낸 다음 마침 해병대 사령부의 모씨와 만나기 위해 부산으로 온 김에 나를 찾아보기로 했다는 것이었다. 육군 정보당국이 장 대령을 일단 북한에서 빼내어 새로운 임무를 맡기기로 했다는 얘기였다. "날 철수시키느라 초계정 한 척을 보냈더군. 돌아와보니 내게 주어진 새 임무란 북한과 만주 연안의 적 시설들을 기습 파괴하는, 말하자면 치고 빠지는 게릴라 작전이었네. 내 수하엔 북한 출신 지원병들과 군 정보요원, 해병 특공대 등이 있고 해군이 지원을 해주기로 돼 있어."

나는 평양에서의 그의 작전에 관한 얘기를 내심 묻고 싶었으나 그는 그 문제에 관해선 일절 언급할 기미를 보이지 않았다. 우리는 한동안 그의 새 작전 임무에 관해 얘길 주고받았다. 그는 내게 사과를 하나 깎아준 뒤 창문께로 걸어가더니 눈 아래 깔린 시가지 너머 바다 쪽으로 시선을 주며 내 병실에서 바라다보이는 경치가 참 좋다고 말했다.

잠시 후 다시 의자로 돌아와 앉은 그는 사과 한 개를 더 깎으면서 "아무래도 신 목사가 죽은 것 같아" 하고 말했다. 그러나 그는 얼른 덧붙였다. "물론 확실하진 않아. 내가 확실히 아는 건 그가 평양에서 체포되어 투옥됐다는 사실이지. 중공군이 평양에 들어온 직후에도 난 그 사람을 보았어. 그 후 몇 주 동안은 기독교 예배 활동이 그냥 허락

되었었지." 장 대령은 사과 한쪽을 잘라 입에 넣고는 계속했다. "그 뒤 다시 만나보려 했지만 이미 때가 늦었어. 끌려가고 난 뒤였거든. 알아보니 빨갱이들이 어느 일요일 교회를 덮쳐 예배를 중단시키고 신 목사를 연행해갔다는 거야. 그 무렵은 놈들이 종교 모임이나 집회는 모두 금지시킨 때였어. 평양에 남아 있던 다른 몇몇 목사들도 모두 끌려갔어. 그들이 어디에 끌려가 있고 어떻게 됐는지는 금방 알아낼 수 있었지. 그래서 난 부하들을 시켜 신 목사와 그 밖의 목사들이 잡혀 가 있는 장소를 교인들 사이에 비밀리에 퍼뜨려 알려주게 했다네. 적어도 그 정도는 내가 교인들을 위해 해줄 수 있는 일이었거든."

대령의 얘기는 계속됐다. "그랬더니 성탄절 전날 밤이 되자 목사들이 잡혀가 있는 감옥으로 일단의 교인들이 몰려가 크리스마스캐럴을 불러댔지 뭔가. 체포하겠다는 놈들의 위협에도 아랑곳 않고 반시간이 넘도록 노랠 불렀다네. 빨갱이들은 노래 부르는 것쯤이야 별수 있으랴 싶어 그랬던지 좌우간 교인들이 노랠 다 하고 돌아가게 내버려뒀어. 그러나 비밀경찰은 생각이 달랐지. 다음 날 놈들은 목사들을 다른 감옥으로 이송했고 그 후 며칠 안 있어 북쪽으로 끌고 갔네. 이게 신 목사와 기타 목사들에 관해서 내가 알고 있는 마지막 사실이야."

장 대령은 칼을 칼집에 집어넣은 뒤 사과 껍질을 종이 봉지에 주워 담았다. "내가 마지막으로 만났을 때 신 목사는 중환자였어. 그가 죽지 않았나 싶은 생각이 드는 것도 그래서일세. 그 몸으로는 그 고초를 견뎌내지 못했을 거야. 놈들은 교회란 교회는 모두 폐쇄하고 교인들 사이에 영향력이 있다 싶은 사람이면 모조리 체포했어. 기독교인들뿐만이 아니지. 인민재판과 공개처형이 평양 시내 모든 광장에서 매일 계속됐거든. 우리는 놈들의 주요 기관 몇 개, 심지어 비밀경찰 본부까지도 폭파하려면 할 수 있었지만 그랬다간 무고한 양민들이 더 많이 피를 보게 되겠더군. 그래서 규모가 큰 보복은 삼가고 대신 고위 빨갱이 몇 놈을 해치웠어."

우리는 한참 서로 말 없이 앉아 있었다.

장 대령은 박 군 소식을 물었다. 그러나 나도 박 군의 소식은 전혀 모르고 있는 형편이었다. 장 대령은 또 고 군목이 내게 병문안을 왔더냐고 물었다.

"군목은 어찌 됐습니까?"

"아, 이거 미안하네. 난 자네가 소식을 들은 줄 알고 있었지. 자네도 알다시피 그 친구 평양서 또 한 번 납치됐었지 뭔가. 아냐, 아냐, 그런 눈으로 날 쳐다보지 말게. 내가 한 게 아니라 그의 신도들이 했어. 억지로 그를 숨게 한 다음 평양 밖으로 탈출시킨 거야. 어떻게 한 건지는 아무도 모르지. 군목은 그 후 소속 여단으로 돌아갔다가 지금은 군에서 나왔어. 자네가 여기 입원해 있는 줄은 모르는 모양이군. 그 사람도 여기 부산에 와 있네. 그래서 난 자네가 알고 있으려니 생각한 거지. 사실 그 친구를 만나보러 가던 길이야. 자네가 여기 있다고 전해주지."

장 대령의 얘길 들으면 고 군목은 서울 전투가 있은 후 군에서 물러나 부산항 밖의 한 작은 섬에서 북한 피난민촌 교회를 세웠다는 것이었다. 그 섬에는 피난민 2천 명 정도가 모여 있는데 그중에 기독교 교인도 상당수는 될 것이라고 장 대령은 말했다.

"과연 교인들은 교인들이야. 어딜 가나 교회를 세우거든, 난민촌에

서까지도. 또 늘 돌봐줄 목사도 있지."

"교회 얘기가 났으니 말인데" 하고 대령은 얘길 계속했다. "기억하고 있나? 우리 평양 파견대가 주둔했던 건물 건너편 교회 말야. 노상 종이 댕그랑거리던 그 교회─이젠 깨끗이 날아갔네. 우리가 들어 있던 그 건물도 날아갔고. 자네들이 철수하고 중공군이 밀려들던 바로 그날 우리 폭격기들이 가서 평양 바닥을 쑥대밭 만들었지. 우리가 있던 건물 일대는 완전히 잿더미가 됐어." 그러면서 그는 일어섰다. "자, 난 가봐야겠군, 대위. 건강을 회복 중인 걸 보니 반가우이. 퇴원하면 제대해서 다시 대학으로 돌아가게 되길 바라네."

39

　내 건강은 좋아지고 있었으나 회복이 빠른 편은 아니어서 나는 한참 더 입원해 있어야 했다. 그러던 어느 날, 장 대령이 다녀간 지 두 주째가 되어 고 목사가 나를 보러 왔다. 처음 그가 내 방에 안내되어 왔을 때 나는 그를 금방 알아보지 못했다. 그는 콧수염이 없어졌고 몸도 상당히 축이 나 있었다. 그는 내 옆의 열린 창문 쪽으로 와서 섰다. 나는 그에게 장 대령을 만나보았느냐고 물었다.

　"만났소. 천막촌으로 왔더군. 진작 이 대위 문안을 오고 싶었지만 섬을 떠나기가 어려웠소." 그는 피난민 천막촌에는 신자가 한 2백 명은 되고, 매일처럼 새로 피난민들이 도착한다고 말했다. "북한 구석구석에서 내려오고 있소. 그들이 어떻게 탈출해 나오는지 나로선 도저히 짐작이 가질 않지만 좌우간 계속 내려오고 있단 말야. 혼자서도 오고 몇 사람씩 모여서 육로나 해상으로도 탈출해 오고 있는 거요. 하지만 탈출 루트도 머지않아 모두 막히고 말 거요."

바다 쪽에서 불어온 시원한 바람에 창문 커튼이 나부꼈다. 그는 창밖으로 시선을 돌리며 항구의 동쪽을 손으로 가리켰다. "우리 난민촌은 저기요. 모두 천막살이를 하고 있으니까 다들 천막촌이라 부르지. 언제 한번 들러주시오. 평양서 온 교인들도 꽤 있고 모두가 신 목사를 알고 있소. 하지만 그 사람에 대해선 아직 아무 확실한 소식도 듣질 못했다오. 그가 어떻게 됐는지 정확히 아는 사람은 하나도 없는 것 같거든."

"장 대령한테서 신 목사 얘길 못 들으셨던가요?"

고 목사는 창가에 서 있다가 내게로 오더니 어두운 얼굴로 나를 바라보며 말했다. "장 대령은 죽었소!" 그는 목이 메어 있었다. 한동안 감정을 달래고 있던 그는 내게 편지 한 장을 내보였다.

……장 대령이 조국과 민족을 위해 의무를 다하다가 전사했다는 사실을 비탄한 마음으로 귀하에게 알려드립니다. 본관은 귀하와 장 대령이 수많은 어려움을 같이 겪으며 절친하게 지내온 사이였다는 것을 알고 있기 때문에 그의 전사 소식이 귀하에게 얼마나 큰 슬픔일지 짐작합니다. 금번의 작전을 책임 맡은 지휘 장교로서 장 대령은 그 자신이 직접 그 공격에 참여할 필요까지는 없었습니다. 그러나 그는 참여했고, 남만주 연안 모처에서 전사했습니다. 더 이상 밝힐 수 없음을 미안하게 생각합니다. 하지만 그의 죽음은 고결하고 용감한 것이었습니다. 그와 그의 수하 병력이 해안에서 철수를 준

비하고 있던 중 적의 집중 공격을 받았고 그로 인해 아군 특공대 병력 전원이 무사히 철수하기는 어렵게 됐습니다. 장 대령을 비롯한 수명의 대원들이 뒤에 남아 적을 저지하는 동안 나머지 대원들은 상륙정으로 철수할 수가 있었습니다. 수일 후 우리는 정보요원을 통해 우리 대원 하나가 적에게 생포됐으나 그 역시 부상으로 얼마 후 죽었고 장 대령을 비롯한 여타 대원들은 그 당시 전투에서 전사했다는 사실을 알아냈습니다. 장 대령의 죽음은 그가 임무 이상의 것을 수행하다가 바친 희생이며 따라서 본관은 그의 영웅적 희생을 예를 갖추어 추모하기 위해 필요한 조처를 취하도록 해놓았습니다. 본관은 귀하가 편리한 때에 대구로 와서 본관을 만나주시기 바랍니다. 장 대령이 귀하 앞으로 남긴 얼마간의 돈을 본관이 가지고 있기 때문입니다. 본관은 또 장 대령과 함께 일했던 장교들로부터 조금씩 기부금을 내도록 했으니 귀하가 대구로 와서 이 돈을 수령해주시기 바랍니다. 본관 역시 귀하를 한 번 더 만나보고 싶고 이 돈을 직접 전해드리고 싶습니다. 귀하가 천막촌 교회에서 쓸 성경을 이 돈으로 구입하라는 것이 장 대령의 뜻이었습니다. 그는 귀하의 교회에 성경이 넉넉지 못해 신도들에게 고루 나눠주지 못하고 있음을 보았던 것입니다……

40

5월 둘째 주께가 되자 나는 잠깐씩 병원 밖으로 나가 시내 나들이를 하고 와도 좋다는 허락을 받았다. 어느 날 오후 막 산보를 나갔다가 돌아오는 길인데 의사가 젊은 해병 상사 한 사람을 데리고 내 방으로 찾아왔다.

상사는 자동차로 세 시간쯤 걸리는 부산 서쪽 군항 진해에서 온 길이었다. 그는 그곳 해군병원 군목의 보조요원이었다.

"해군병원 군목이 대위를 데리러 보냈군요." 의사가 말했다.

"박 대위님에 관한 일인데요" 하고 상사가 설명하기 시작했다. "그분의 기록 카드에는 유사시 대위님께 연락을 취하라고 돼 있더군요. 박 대위님은 5월 2일 동부 전선에서 부상당했습니다. 우린 이 대위님이 여기 계시다는 걸 알아냈죠. 저와 함께 가서 박 대위님을 만나주시면 고맙겠습니다."

의사가 먼저 말했다. "갔다 와도 괜찮을 것 같소. 그 정도 여행은."

해병 상사는 나를 진해로 태우고 갔다가 다시 부산까지 데려다주기로 되어 있었다.

우리가 진해 해군병원에 도착했을 때는 황혼이 서서히 다가오고 있을 무렵이었다. 병원 군목은 박 군의 병실로 가고 없었다. 상사의 안내를 받아 박 군의 입원실로 가보니 병원 군목은 침대 옆 어두운 불빛속에 앉아 기도를 하고 있었다. 군목의 희끗희끗한 은백색 머리 너머로 나는 흰 베개에 반쯤 파묻힌 박 군의 검은 옆얼굴을 볼 수 있었다. 나는 방 밖에서 군목이 나오기를 기다렸다. 그는 얼마 안 있어 나왔다.

그는 내가 와준 데 감사를 표한 후 박 군이 지난 두 시간 동안 혼수상태라며 좀 있다 오자고 말했다. 군목은 창백한 얼굴에 주름살이 많이 팬 노인이었다. 우리는 병원 밖으로 걸어 나와 진해만이 바라다보이는 널찍한 정원을 나란히 걸었다. 항구에는 회색의 전함들이 소리없이 정박해 있었고 먼 수평선은 마악 넘어가는 일몰의 핏빛 광선으로 붉게 타고 있었다. 우리는 잔디밭에 앉았다.

"아무래도 오래 버티지 못할 것 같아요" 하고 군목이 말했다. "이곳병원으로 이송되기 전에 그 사람 가슴에서 총알 세 개를 파냈다는 얘길 들었습니다. 그러나 처음 왔을 땐 괜찮은 것 같았어요. 그런데 어느날 그가 나를 부르더니 자기는 인류만큼이나 오래된 죄인이라고 말하질 않겠습니까. 해병장교한테서 그런 얘길 듣게 되다니, 이상한 일 아닙니까. 하지만 그는 자기 부친이 기독교 목사였다는 얘길 했고 그제

302

야 난 이해를 했습니다. 그저 목사였다는 얘기뿐이더군요. 그 후 이따금씩 얘길 나누었습니다. 그러는 동안 그의 상태가 나빠지기 시작하더니 오늘 아침에는 의사 말이 박 대위가 살아나지 못할 것 같다는 겁니다. 그래서 이 대위를 데리러 보낸 겁니다. 진작 사람을 보냈어야 했는데 박 대위의 기록 카드가 어제야 도착했거든요."

군목은 말을 계속했다. "오늘 오후 박 대위에게 당신이 온다고 말해 줬습니다. 그는 이미 말을 하기가 어려울 정도로 악화되어 있었지만 간신히 다음 구절을 나더러 받아쓰게 했습니다." 군목은 종이 한 장을 꺼내주며 말했다. "나로선 무슨 말인지 이해가 잘 안 되지만 당신은 알겠지요."

쪽지의 글귀는 이러했다.

역사의 벼랑에 그동안 매달려왔지만
이젠 포기하네. 손 놓을 준비가 됐네그려.

어두워가는 바다 쪽에서 쌀쌀한 바람이 불어왔다. 국기 게양대의 길쭉한 그림자가 비탈진 정원 위로 뻗어 있었다. 손바닥에 느껴지는 잔디의 감촉이 차가웠다.

"그가 죽으면 기독교식 장례를 치러주시겠습니까?" 내가 말했다.

"물론이오. 목사의 아드님에겐 그게 적절하지 않겠습니까." 그러면서 군목은 파이프에 불을 댕겼다. "오늘은 내 손님이 되어주시오. 장교 클럽에 가서 저녁을 대접하리다. 그러고 나서 병실로 가보지요."

나는 고맙다는 인사를 하고 그를 따라 정원을 건너갔다.

그날 밤 내가 침상 곁을 지키고 있는 동안 박 군은 끝내 의식을 되찾지 못한 채 새벽 3시경 조용히 숨을 거두었다.

다음 날 오후 늦게 박 군은 진해시 뒤쪽 암녹색 대한해협이 바라다 보이는 야트막한 언덕의 해군 묘지에 묻혔다. 군목은 성경을 낭독하고 기도를 드렸다. 무덤 위의 흰색 십자가가 뜨거운 태양 아래 빛나고 있었고 누군가가 진달래꽃 몇 가지를 꺾어다 축축한 암갈색 무덤 위에 꽂아두었다. 군목의 나직한 목소리가 "아멘" 하고 들려왔다.

그로부터 며칠 후 해병대 사령부에서는 박 군에게 주는 훈장 세 개와 함께 해군 작전참모부장이 보낸 다음과 같은 표창장을 내게로 전해왔다.

……자기 대대의 전술적 재배치가 무사히 완료될 때까지 후위 작전을 지휘하라는 명령을 받고 그는 중대의 잔여 병력을 지휘하여 극히 중요한 산악 통로 하나를 영웅적으로 방어했으며 뛰어난 해병 장교로서의 능력을 발휘하여 대대의 최후 병력과 장비가 새로운 전열 위치를 확보할 때까지 적 1개 대대의 계속적인 공격을 가차 없이 격퇴했다……

41

퇴원을 며칠 앞둔 어느 일요일 오후 느지막이, 나는 나룻배를 타고 천막촌으로 고 목사를 만나러 갔다. 섬의 평퍼짐한 불모지에 암녹색 천막들이 줄줄이 늘어섰고 피난민 아이들이 이글대는 남한의 햇살 아래 먼지를 풀썩이며 맨발로 뛰놀고 있었다. 아이들은 한증막 같은 천막의 시커먼 출구를 들락날락하면서 천막들을 붙들어 매놓은 거미줄 같은 밧줄 위를 뛰어넘기도 하고 그 밑으로 기어 다니기도 했다. 천막 안에서는 두런거리는 소리가 새어 나오고 있었고 아낙네들은 천막 사이의 밧줄에 빨래를 내다 널고 있었다. 그중의 천막 하나에 적십자 표지가 그려진 것이 있었는데 그 앞에 노인들이 모여 앉아 있는 게 보였다.

나는 숨이 막힐 듯한 무더운 천막 안에서 판자 몇 쪽을 맞대어 붙이느라 못질을 하고 있는 고 목사를 찾아냈다. 그는 나를 천막 밖으로 데리고 나와 망치로 천막을 가리키며 말했다.

"이게 내 교회요. 장마가 오기 전에 마루를 좀 깔아볼까 하던 참이오." 그는 해안 쪽이 좀 시원할지 모르니 그쪽으로 가서 얘기나 하자고 말했다. "낮엔 남자들을 별로 볼 수가 없소." 그는 바닷가로 가는 동안 설명했다. "낮 동안엔 모두 부산으로 나가 일을 하거든. 심지어 주일에도 나간다오."

우리는 물 위로 불쑥 튀어나온 널찍한 바위에 가서 앉았다. 화물선 한 척이 항구 밖으로 빠져나가고 있었고 등 뒤로 부산 쪽에서는 자동차 소리와 하역 중인 기중기들의 덜컹거리는 소리가 들려왔다. 바다 물살이 우리 발밑에서 조용히 찰싹거렸다.

나는 그에게 박 군의 죽음을 알렸다.

그는 시종 입을 다문 채 천천히 고개만 끄덕이고 있었다.

오랜 침묵이 있은 다음 그가 입을 열었다. "그동안 도무지 종잡을 수 없어 어리둥절했던 판인데 마침 당신이 와주어 반갑소. 얘길 좀 해 봅시다. 아시겠지만 여긴 문자 그대로 북한 구석구석에서 밀려온 기독교 신자들이 모여 있소. 이젠 서로 잘 알게 된 터라 나는 그들을 하나하나 붙들고 물어보았소, 신 목사가 어찌 됐는지 혹 아느냐고 말이오." 그는 카키색 셔츠의 팔소매를 걷어 올리며 잠시 말을 멈추었다. "난 예배를 볼 때마다 빼놓지 않고 그걸 물어보고 있소. 또 새로 들어오는 사람이 있으면 그에게도 물어보지요. 내가 신 목사 안부를 캐고 있다는 소문은 이제 온 천막촌에 다 퍼져 있소. 한데 이상한 것은 내가 지금까지 얘길 해본 사람 중에 신 목사를 보았다는 사람이 열두엇 된다는 사실이오. 평양에서 온 사람 가운데는 신 목사가 잘 살아 있다고 말하는 사람도 서넛 있어요. 그 사람들 얘긴 별로 놀라운 건 아닙니다. 어쩌면 그들 얘기가 사실인지도 모르니 말이오. 하지만 장 대령이 했던 얘기가 있지 않소? 또 내가 제일 어리둥절한 건, 평양 출신 아닌 사람들 중에도 신 목사를 보았다고 주장하는 사람이 꽤 많다는 거요. 내가 말하는 사람과 똑같이 생긴 사람을 만주 국경의 한 작은 읍에서 보았다는 사람이 있나 하면 서해안에서 보았다는 사람도 있고 동해안 어느 어촌에서 보았다는 사람도 있소. 그 사람들 말을 믿기는 어렵지. 하지만 그들은 자기들이 본 사람이야말로 내가 묘사한 그 사람과 딱 들어맞는다고 주장하고 있으니 당신은 이걸 어떻게 생각하오?"

나는 뭐라 말해야 할지 알 수 없었다.

그는 들고 있던 망치로 바위를 가볍게 톡톡 내려치며 말을 계속했다. "공산당들이 그를 이리저리 끌고 다닌다는 얘기일까?" 그는 이마를 찌푸렸다. "인민의 적이니 조국의 적이니 하며 말이오. 한데 또 난민들은 대부분 그가 자유롭다고들 얘기하고 있거든. 상상할 수 있겠소? 살아 있을 뿐 아니라 자유롭다니, 이거 원. 그 사람들 얘기대로 하자면 신 목사는 북한 도처에, 북한땅 모든 곳에 있는 것이 되오. 물론 지금 우리가 처한 이런 상황에선 사람들이 저쪽에 두고 온 많은 것들을 기억하거나 상상해보려는 자연스러운 경향을 갖게 되지만 말이오."

"수난의 기억 같은 거 말이죠?"

그는 나를 바라보며 고개를 끄덕였다. "한데 어젯밤에는 방금 이곳에 도착했다는 사람을 만났어요. 약 한 달 전에 평양서 나왔다는군. 교인은 아니지만 신문 등속을 통해 신 목사를 알고 있었다는 거요. 이 대위, 신 목사가 죽었다고 말한 사람은 이 섬에서 그 남자 하나뿐이오. 그의 얘기인즉, 신 목사는 4월 어느 날 평양에서 공개처형을 당했다는 거요.”

그 사람이 처형 현장을 직접 목격했다더냐고 나는 물어보았다.

고 목사는 고개를 저었다. “그게 문제요. 자기가 직접 본 건 아니란 거요. 그러니…… 누구 얘길 믿어야겠소?”

“이상한 일이군요. 각기 다른 지방에서 온 사람들이 모두 신 목사를 보았노라 주장하다니.”

“그러게 말이오. 그 사람들의 말을 내가 어떻게 반박하고 의심할 수 있겠소? 신 목사가 이러저러한 사람이니 본 적이 있느냐 물으면 그들은 자기들이 그를 알고 있다고 생각하거든.” 그는 망치로 다시 한 번 바위를 치며 말했다.

한참 뒤 그의 천막교회로 다시 돌아오자 고 목사는 좀 더 머물다 가라고 말했다. 나는 그러겠노라 대답한 뒤 나 때문에 천막교회 마룻바닥 까는 일이 늦어진 것 같아 미안하다고 말했다.

“원, 무슨 소릴. 급한 일도 아닌데. 그리고 언제나 내일이란 게 있지 않소?”

나는 그를 도와 널빤지와 못 따위를 치우고 천막 안을 깨끗이 쓸었다. 그런 다음 우리는 밖으로 나가 줄지어 늘어선 천막들과 뛰노는 아이들을 바라보며, 그리고 주변의 웅성대는 말소리를 들으며 햇볕 아래 앉았다. 고 목사는 주머니칼을 꺼내어 나무 십자가의 거친 표면을 매끈하니 손질하고 있었다. "오늘 아침에 만들었소. 교회라면 십자가가 있어야 하거든."

점차 공기가 선선해지는 것 같더니 천막 그림자가 우리가 앉은 쪽으로 길게 기어오기 시작했다. 나룻배들이 하루 일을 끝낸 사람들을 부산 쪽에서 실어 나르고 있었다. 떠들썩한 말소리와 발소리, 거기다 아이들의 떠드는 소리가, 뚜뚜 울리는 나룻배의 경적과 발동기 소리에 뒤섞였다. 배에서 내린 듯한 사람들이 사방에서 나타나더니 아까 우리가 앉았던 바위 쪽으로 가서 몸들을 씻었다. 부두 밖에 정박해 있는 구축함의 어두컴컴한 모습이 눈에 들어왔다. 고 목사는 손수건으로 십자가를 닦으며 저녁을 먹자고 말했다. 우리는 교회 바로 옆에 붙은 천막으로 들어가 통조림 음식을 나누었다. 바깥의 다른 천막들에서는 왁자지껄한 말소리와 웃음소리, 뚝배기며 냄비 부딪는 소리들이 들려왔다.

그가 일어섰다. "더운 물이 있나 가보고 오겠소. 차나 한 잔 하게."

천천히 땅거미가 내리덮였다.

식사 후 나는 고 목사와 함께 천막교회로 들어가 접이의자들을 쭉 펴놓았다. 저녁 예배를 위해서였다. 그는 입구 오른쪽에 의자 두 개를 놓고 그 위에 성경과 찬송가책들을 쌓아놓았다. 흰 무명 셔츠에다 종아리를 말아 올린 카키 바지 차림의 소년 하나가 맨발로 나타났다. 고 목사가 소년에게 나무 손잡이가 달린 놋쇠 종을 건네줬다. 소년은 천막 밖으로 나가 종을 흔들기 시작했다. 고 목사는 촛불 두 개를 켠 다음 임시 제단 구실을 하는 탁자 뒤로 가서 한 손에는 성경을, 다른 한 손에는 십자가를 들고 섰다. 나는 입구 쪽에 자리를 잡고 앉았다. 교인들이 모여들었다.

그렇게 해서 나는 무덥고 후덥지근한 대기 속의 콜타르 지붕 천막 교회에서 북한 피난민 교인들 틈에 섞여 앉아 그들의 웅얼대는 기도 소리며 넋 놓고 불러대는 찬송가 소리, 그리고 고 목사의 열정적인 설교를 들었다. 고 목사는 나무 십자가를 두 손으로 움켜쥔 채 촛불 뒤에 서 있었고 나는 탁자 위에 펄럭이는 두 개의 촛불을 바라보며 내가 과연 멀리 왔구나, 평양서 여기까지 멀리도 왔구나 싶은 생각에 잠겼다. 그러자 얼마 전까지의 온갖 사건들과 잊을 수 없는 장면들이 주마등처럼 내 기억 속에 몇 번이고 되살아났다.

신도들은 소리 없이 고개를 숙이고 있었다.

늦게 도착한 신자 한 사람이 천막 입구를 들치고 들어섰다. 촛불이 잠시 펄럭이면서 흰 나무 십자가를 붉은색으로 물들였다.

고 목사가 말했다. "우리 기도합시다…… 북녘에 남은 형제들을 위해 기도합시다."

사람들의 목소리, 그 웅얼거리는 기도 소리가 높아졌다간 낮아지고 낮아졌다간 높아지고 하면서 나를 휘감았다.

"우리 아버지시여." 고 목사가 기도를 시작했다.

"우리 아버지시여." 사람들의 목소리가 뒤따랐다.

사람들은 앞으로 얼마나 오랫동안, 하고 나는 생각에 잠겼다. 사람들은 도대체 얼마나 오랫동안 그들을 향해 들려오는 두 개의 목소리—하나는 역사의 안에서, 또 하나는 역사의 건너편 저 멀리에서 각기 구원과 정의를 약속하며 각각 자기 쪽에 충성해줄 것을 요구하는 그 두 개의 목소리를 듣고 있을 것인가? 문득 나는 신 목사의 집에서 있었던 그 폭동의 밤을 기억했다. 헌병과 위병들의 제지선 사이로 스며 나온 불빛 속에서 눈 위에 무릎을 꿇고 앉아 있던 한 무리 늙은 여자들의 모습을 나는 다시 보았고 세상의 모든 비탄을 담은 듯한 그들의 슬픈 노래를 다시 들었다. 그러나…… 그들이 나를 위해 비가를 부를 때까지는……

나는 교회 밖으로 걸어 나와 신을 가진 사람들, 그래서 '아멘'이라 말할 수 있는 사람들의 웅얼거리는 목소리를 들으며 밖에 서 있었다.

잠시 후 예배가 끝났는지 소년이 천막 밖으로 나와서 종을 흔들었다.

나는 걷기 시작했다. 줄지어 늘어선 난민 천막들─수많은 고난이 소리 없이 사람들의, 내 동포들의 가슴을 쥐어뜯고 있는 그 천막들을 지나 나는 넓은 바다가 와서 출렁이고 있는 해안 모래밭 쪽으로 걸어갔다. 거기에는 또 다른 한 무리의 피난민들이 별빛 반짝이는 밤하늘을 지붕 삼아 모여 앉아 두고 온 고향의 노래를 흥얼거리고 있었다. 그러자 나는 그때까지 한 번도 느껴보지 못했던, 신기하리만큼 홀가분한 마음으로 그들 사이에 섞여들었다.

소설『순교자』의 미스터리

2010년은 한국전쟁 발발 60주년이고 소설『순교자』의 초판 출간 46주년이 되는 해이다. 김은국Richard E. Kim의 첫 영문소설『순교자』가 'The Martyred'라는 제목으로 뉴욕에서 출판되어 나온 것은 1964년이다. 전쟁의 발생 시점과 소설 출간 연도 사이의 시간적 거리는 불과 14년이고, 전쟁이 휴전상태로 종식된 시점에서부터 계산하면 그 거리는 더 짧아져 10년 정도의 시간폭 안으로 좁혀진다. 10년이라면 전쟁의 경험을 소설로 작품화하기에는 너무도 짧은 기간이다. 현대 한국인의 육신과 영혼에 깊은 상처를 남긴 그 전쟁의 경험을 본격적으로 다루어낸 소설이 전쟁 발생 60년이 되는 지금 이 시점까지 대체 몇 권이나 나와 있는가를 생각해보면, 소설『순교자』의 출현은 경이로운 데가 있다. 이번에 문학동네가 세계문학전집 속에『순교자』를 포함시켜 재출간하기로 한 것은 독자들이 그 소설의 '경이로움'을 다시 생각해보고 재평가할 좋은 기회를 주고 있다. 『순교자』 초판 출간 당시 뉴욕 타임스 신문이 "이 작품은 욥, 도스토옙스키, 카뮈의 위대한 전통 속에 있다"고 평가하고 로스앤젤레스 타임스 서평자가 "이것은 우리가 위대한 소설이라 부를 소수의 20세기 작품군에 포함될 만한 눈부시고 강력한 소설brilliant and powerful novel"이라 경탄했던 일, 작가 필립 로스가 『순교자』를 읽고 "깊은 감동을 받았다"고 토로했던 일 등을 우리는 기억한다. 그로부터 46년이 지난 지금에도 『순교자』에 대한 그런 평가는 유효할까? 그것은 '세계문학전집'에 우리가 거리낌 없이 포함시킬 만한 '눈부시고 강력한 소설'인가? 이번 『순교자』의 국내 재출간은 그간 요란한 소문만 들었을 뿐 (절판 등의 이유로) 작품을 읽어볼 기회는 갖지 못했던 분들에게는 새로운 만남과 발견의 기회를, 한때 읽었으나 '희미한 옛 사랑의 그림자'처럼 그 읽었음의 기억이 가물거리는 분들에게는 재회와 재발견의 순간을 선사할 수 있을 것이다.

고백하자면, 나의 경우는 『순교자』와의 재회이고 재발견이다. 1964년 『순교자』의 첫 국역판이 나온 지 14년 후인 1978년 김은국은 『순교자』를 누군가 다시 번역해서 재출간되게 했으면 한다면서 그 재번역 작업을 내게 갖다 안겼는데, 이것이 독자 아닌 번역자로 내가 『순교자』와 맺게 된 첫 인연이다. 그리고 이번 문학동네가 『순교자』를 전집에 넣어 재출간하겠다면서 78년의 내 번역을 손질해달라 요청해오는 통에 나는 다시 번역자의 자격으로 『순교자』와 재회한 셈이다. 나로선 이 재회가 반가운 것이나 속으로는 아픔이 없지 않다. 78년 『순교자』를 재번역할 때 시간에 쫓기면서도 (당시는 내가 무슨 시답잖은 공부를 한답시고 밖에 나가 있다가 잠시 귀국해 있을 때였다) 내 딴에는 하느라고 했던 것 같은데 그때의 번역을 이번에 다시 검토하다보니 "이거 내가 한 거 맞아?"라는 자문이 튀어나올 정도로 사람 부끄럽게 하는 구석이 여러 곳 눈에 띄었다. 작가에게는 물론이고 독자에게도 미안하기 그지없는 일이다. 번역이 자칫 죄 짓고 빚 짊어지는 일일 수 있다는 것을 거듭 절감하게 하는 크고 작은 실수들을 이번 기회에 손질할 수 있게 된 것은 내가 『순교자』와의 재회를 반기는 이유의 하나이다. 번역에는 '결정판'이랄 것이 없는 법이지만, 그래도 이번 문학동네의 『순교자』는 내가 작가와 독자에게 지고 있는 빚을 웬만큼 갚을 수 있을 정도로는 다듬어진 것이기를 희망한다.

『순교자』와의 재회가 내게 '재발견'의 기회로 이어진 것도 반가운 일이다. 소설을 재독하면서 나는 내가 지난날 『순교자』의 한 번역자였으면서도 정작 이 소설의 매력과 강점을 정당하게 파악하고 있었던가라는 질문을 스스로 던져보지 않을 수 없었다. 다시 고백건대, 『순교자』 재번역을 수행하고 있던 1978년 당시에도 이 소설에 대한 나의 속내 평가는 그리 찬란한 것이 아니었다. 서른두 살 젊은 작가의 작품치고는 뛰어난 것이지만 한국 독자와의 관계에서는 문제가 없지 않다는 것이 솔직히 그때의 내 생각이었다. 소설 속의 등장인물들이 모두 한국인이고 사건 무대도 한국전쟁이지만 소설의 주제 자체는 너무도 서구적인 것이어서 그 서구적 주제와 한국인의 경험 내용 사이에는 잇기 어려운 간극이 존재한다고 나는 판단하고 있었다. '고통의 의미와 무의미'라는 문제는 『순교자』의 핵심에 놓인 큰 주제의 하나이다.

질문 형태로 바꾸면 그것은 "인간이 당하는 고통에 의미가 있는가?"라는 질문, "이 무의미한 세계에 사는 인간은 어디서 어떻게 의미를 얻고 자기 존재의 품위는 어떻게 확보하는가?"라는 질문으로 요약되는 주제이다. 그런데 문제는 이것이 한국인의 피부에 와 닿는 질문, 다수 한국인의 절실하고 절절한 관심사일 수 있는가라는 것이다. 나는 "아니다"로 판단했고, 그래서 『순교자』는 서구 독자에게는 매혹적인 것일 수 있어도 한국 독자에게는 엉뚱하고 서걱서걱한 '이방인' 소설로, 경우에 따라서는 생경한 주제의 치기 어린 과시에 몰두한 소설로 비칠 수 있을 것이라 생각했다. 말하자면 『순교자』는 인물, 시간, 장소 같은 외적 요소들은 한국의 것으로 임차하고 있으되 정신과 의식 같은 결정적인 내부 요소들은 서구적인 것들로 채우고 있다는 것이 지난날 이 소설에 대한 나의 의견이었던 셈이다. 물론 나의 이런 견해는 한국 독자들이 『순교자』에 어떤 반응을 보일까라는 제한된 문제를 우선적으로 고려했을 때의 것이지 반드시 이 소설에 대한 나의 전체적 평가를 담은 것은 아니다. 그러나 그렇다 할지라도, 『순교자』를 다시 읽는 동안 나는 내 견해의 상당 부분에 수정이 필요하다는 생각을 하게 되었다. 나는 『순교자』를 재발견한 것이다.

인간이 이 세계에 산다는 것의 이상함과 곤혹스러움을 깊게 생각해보고 그 사유의 바탕에 뿌리를 둔 문제의식으로부터 사건과 주제 구성의 배경 동력을 얻어내는 것은 좋은 소설들이 가진 거의 공통적인 성공의 비결이다. 나는 이것을 작가의, 또는 소설의 '문제구성력'이라 부른다. 이 종류의 해설에는 별로 어울리지 않을 논평일지 모르지만 바로 그런 문제구성력의 결정적 빈곤은 한국소설이 대체로 안고 있는 오래된 고질의 하나이자 좀체 벗어나지 못하는 지방적 한계의 하나이다. 소설 속에 사건은 있으되 그 사건을 구성하는 방식들이 인간의 삶과 운명에 관한 보편적 주제의 특수한 탐색으로 나아가지 못하는 것이 '지방적 한계'이다.『순교자』의 재발견에 관한 나의 이 짧은 보고서에서 내가 적극적으로 말하고 싶은 것은 김은국의 이 소설이 한국전쟁을 배경으로 한 어떤 특수한 사건을 인간의 보편적 운명에 관한 '세계문학적' 주제와 연결시키고 있다는 점의 중요성이다. 나는 이것이 소설『순교자』의 큰 업적이라 생각한다. 죽음은 인간의 보편적 운명이며 그 운명에 나포된 인간의 절망, 피로움, 수난, 불의不義는 인간의 보편적 고통이다. 그런데 그 고통에 무슨 의미가 있는가? 고통을 보상할 정의가 있는가? 고통이 의미 없고 인간 존재 자체가 무의미하다면 인간은 그 난국에 어떻게 대처할 것인가?『순교자』가 파고드는 것은 이런 질문들이며 그 질문들에 대한 특수한 응답의 방식들이다. 소설 속의 신비로운 인물 신 목사는 그런 특수한 응답의 방식을 대표한다.『순교자』를 통해 의미 있는 질문과 응답의 감동적 전개를 만날 수 있다는 것은 우리의 행운이며 이 시대에 우리가 소설을 읽는 행위에서 얻을 수 있는 행복한 소득이다. 그 소득은 어떤 경영학적 산법으로도 계산할 수 없고 계산되지 않는, 더 정확히는 계산행위의 포기 위에서만 얻어지는 즐거운 재산이다. 이 시대의 소설은 '잡담' 차원을 넘어 훨씬 더 강력해져야 한다.『순교자』에서 우리는 그런 '강력한 소설'을 만난다.

『순교자』가 독자를 사로잡는 힘은 대단하다. 첫 장을 읽는 독자는 자기도 모르게 그다음 장으로 빠져들고, 이어 3장과 4장, 그리고 또 그다음 장들로 마치 마법에 흘린 사람처럼 숨 돌릴 틈 없이 소설의 사건 속으로 빨려든다. 독자를 생포하는 이 흡입력의 비밀은 무엇일까? 사건 전개의 빠른 템포, 극도로 말을 아끼고 너절한 감상을 배제한 고도의 언어적 긴축과 절제, 흥미로운 인물들, 예상을 깨는 전환과 반전, 건조한 문체 뒤에 깊게 숨겨진 폭발적 열정—이런 요소들은 『순교자』가 꿀통처럼 독자를 끌어당기는 이상한 힘의 진원이다. '침묵'도 비밀의 하나이다. 『순교자』는 역설적이게도 많은 부분에서 정보공급을 차단하는 침묵의 기법으로 되레 판단정보를 암시하고 독자의 상상력을 자극한다. 그러나 이 모든 비밀들 중에서도 내가 보기에 가장 강력한 것은 사건 그 자체의 비밀스러운 구성이다. 소설 속의 사건들은 겹겹의 미스터리에 싸여 있고 등장인물들은 제각각 풀어야 할 그들 나름의 미스터리와 찾아내야 할 진실을 갖고 있다. 이 비밀스러운 게임에서 등장인물들은 제각각 '진실의 사냥꾼'이거나 '진실의 보호자'이다. 작중의 장 대령에게는 그가 찾아야 한다고 생각하는 어떤 진실이 있고 화자인 이 대위에게는 그가 알고 싶은 진실이, 박인도에게는 또 그가 찾는 진실이 따로 있다. 이 겹겹의 미스터리들 속에서도 가장 신비로운 인물은 그 자신의 비밀을 깊게 감추고 드러내지 않는 신 목사이다. 이 소설을 단순 미스터리 게임 아닌 인간 영혼의 감동적 드라마로 올려놓는 것은 신 목사와 그의 비밀이다. 『순교자』는 등장인물들이 각자 무엇을 찾고 있고 무엇을 발견했으며 어떤 진실에 도달했는가라는 일종의 '비밀탐험' 속으로 독자를 초대한다. 그 탐험은 독자 자신의 몫이며 해설자가 시건방지게 끼어들어 그 탐험의 즐거움을 반감시켜도 될 사안이 아니다.

318

그러나 해설자도 독자이기 때문에 이 소설을 읽은 다른 독자들과의 소통을 위해 그의 탐험을 인도한 지도 하나를 슬그머니 내밀어볼 권리는 있다. 그것은 비밀의 양파껍질에 관한 간편 지도이다. 육본 정보국 평양 파견대장 장 대령이 쫓는 진실은 공산당국에 끌려간 열네 명의 목사들 가운데 어째서 두 사람—신 목사와 한 목사는 총살을 면하고 살아남았는가라는 문제이다. 그가 이 문제를 캐고 드는 이유는 진실을 드러내기 위해서가 아니라 진실을 감추기 위해서이다. 그의 동기는 진실 발견에 있지 않고 국가 이익의 보호와 선전 목적을 위해 거룩한 기독교 '순교자'들을 만들어내는 데 있다. 그가 쫓는 것은 생존자 신 목사이고 신 목사만이 아는 비밀의 성격(반역, 배반, 부역)을 미리 탐지해서 '순교자 만들기'에 차질이 생기지 않게 하는 것이 그의 이해관계이다. 장 대령의 부하인 정보장교 이 대위는 신 목사에게서 처형 현장의 진실을 알아내고자 하지만, 그 진실이 장 대령의 이해관계와는 맞지 않는 난처한 진실(죽은 목사들이 모두 거룩한 순교자는 아니라는)임을 알게 되고 이 고약한 진실을 덮으려 드는 장 대령과 충돌한다. 그는 "진실은 진실이기 때문에 밝혀져야 한다. 진실은 뇌물을 먹일 수 없다"고 주장하고 장 대령은 "진실은 덮어두어도 진실"이라 말한다. 이 대위의 친구이고 죽은 박 목사의 아들인 해병 대위 박인도는 그의 '광신적인' 아버지 박 목사가 마지막 순간까지 흔들림 없는 기독교도로 죽어갔는지 어떤지의 여부를 알고 싶어 한다.

　이 쫓고 쫓기는 진실 게임의 한복판에 놓인 신 목사는 수수께끼 같은 처신과 행동으로 장 대령을 곤궁에 몰아넣고 이 대위를 당황하게 한다. 처음 그는 죽은 목사들의 처형 현장에 자기는 없었노라 말했다가 나중 번복한다. 그는 장 대령과는 다른 이유에서 처형 현장의 진실을 감추고자 한다. 그러나 죽은 목사들이 모두 거룩한 순교자는 아니라는 사실이 드러나고 자신의 무고함이 밝혀졌을 때에도 신 목사는 그가 처형 현장에서 다른 목사들을 '배반'했노라 거짓 증언함으로써 장 대령의 이해계산법을 초월해버린다. 신 목사의 인품에 깊은 신뢰를 갖고 있는 이 대위로서도 신 목사의 이런 거듭된 '거짓말'이 이해되지 않는다. 그는 신 목사에게 "왜 사람들을 속여야 하는가?"고 대들고 답변해줄 것을 요구한다. "당신의 신은 그의 백성들이 당하고 있는 고통을 알고 있는가? 아무 관심도 없지 않은가? 그런데 왜 당신은 사람들을 속이는가?"고 그는 신 목사에게 도전한다. 이때부터 소설은 신 목사와 이 대위 사이의 고뇌에 찬 정신적 비밀의 드라마로 올라선다. 이 대위의 질문에 대한 신 목사의 응답이 무엇이며 그가 말한 '새로운 신앙'과 그 '신앙의 진리'가 무엇인가는 해설자가 함부로 나불거릴 성질의 것이 아니다. 다만, "희망이 없을 때 인간은 동물이 되고 약속이 없을 때 인간은 야만이 된다"는 신 목사의 말, 신을 믿지 않는 이 대위를 향해 그가 "당신도 알고 있기 때문에 당신 자신의 십자가를 지고 있다"고 말하는 대목 등은 의미심장하다. 무엇을 알고 있단 말인가? 두 사람이 공통으로 알고 있는 것이 도대체 무엇이기에 그들은 마치 형제처럼 서로에 대한 깊은 이해와 존경에 도달하는가? 이 부분이 이 소설의 비밀을 푸는 열쇠이다.

2010년 4월
도정일

* 이 연보는 대부분 김욱동 저 『김은국―그의 삶과 문학』(서울대학교 출판부, 2007)에 수록된 자료에 의거하여 작성되었음을 밝혀둡니다.

1932년	3월 13일, 함경남도 함흥에서 부친 김찬도와 모친 이옥현 사이에서 2남 2녀의 장남으로 태어남. 수원고등농림학교에 재직 중이던 부친, 항일운동으로 옥고를 치름.
1933년	원산에서 교사로 근무하던 부친이 두만강 근처 남양에 일시 머문 뒤 가족을 데리고 만주 간도 룽징龍井으로 건너가 교편을 잡음.
1936년	여동생 김은숙 태어남.
1938년	부친이 가족과 함께 고향인 황해도 황주로 돌아와 '신생新生'이라는 사과농장을 경영. 김은국은 황주에서 초등학교를 다님.
1939년	제2차 세계대전 발발.
1940년	2월, 조선인 창씨개명이 실시되자 김은국 집안은 강압에 못 이겨 '이와모토岩本'라는 일본식 성을 지음. 여동생 김은경이 태어남.
1942년	남동생 김은영이 태어남.
1944년	평양고등보통학교(평양제2중학교)에 입학(37회 졸업생에 해당).
1945년	8월, 평양고보 2학년 때 근로 노동에 동원됨. 학교를 중퇴하고 황주로 돌아와 8월 15일 해방을 맞이함.

1947년	여름, 홀로 월남. 가을, 먼저 월남한 아버지와 함께 목포로 내려가 정착, 목포고등학교(구 목포중학교)에 다님.
1948년	목포고등학교를 5회로 졸업. 극작가 차범석은 김은국과 동기, 소설가 최인훈은 이 학교 2년 후배.
1950년	서울대학교 상과대학 경제학과에 입학. 6월 25일 한국전쟁 발발, 내무서원들에게 붙잡히지만 극적으로 탈출. 인천에 숨어 지내다 인천상륙작전으로 들어온 유엔군에 합세. 가을, 한국군 해병대 사관후보생으로 입대, 진해에서 훈련받음.
1952년	한국군 보병에 지원, 광주 보병학교에서 훈련받고 보병 소위로 임관.
1953년	미군 제2군단 제7사단 사령관 아서 G. 트루도 소장의 부관으로 근무.
1954년	강원도 화천에서 근무 중 포병 사령관이던 박정희를 처음 만남. 12월, 육군 보병 중위로 명예 제대.
1955년	2월, 트루도 소장과 뉴욕대학교의 샬럿 D. 마이네크 교수의 도움으로 부산에서 화물선을 타고 미국으로 건너감. 제대군인원호법G.I. Bill에 따라 미국 미들베리대학교에 입학, 역사학과 정치학을 전공.
1959년	필수과목인 과학강좌 학점을 얻지 못해 학사학위를 받지 못한 채 미들베리대학교 수료.
1960년	2월, 덴마크 및 독일계 미국 여성 퍼넬러피 앤 그롤과 결혼. 아들 데이비드(한국명 김송훈)가 태어남. 4월 19일, 한국에서 학생혁명이 일어남. 미국 존스홉킨스대학교에서 창작을 전공, 문학 석사학위(MA)를 받음.
1961년	5월 16일, 한국에서 군사 쿠데타 발발.
1962년	아이오와대학교 작가워크숍 과정을 이수하고 창작 석사학위(MFA)를 받음. 폴 엥글 교수를 만나 본격적으로 창작 지도를

받음. 석사학위 청구 작품으로 제출한 작품이 2년 후 발표한 『순교자*The Martyred*』의 모태가 됨. 포드 재단 장학금을 받음. 딸 멜리사 태어남.

1963년   하버드대학교 동아시아어문학과에서 문학 석사학위를 받음. 캘리포니아 주 롱비치주립대학교 영문학과에서 강사 생활 시작.

1964년   첫 장편소설『순교자』출간. 장왕록 번역으로 한국어판『순교자』출간. 국립극단에서『순교자』를 연극으로 각색(김기팔), 해오름극장에서 공연(연출 허규). 매사추세츠대학교 영문학과 조교수로 부임, 창작 강의 시작. 미국 시민권 획득. 7월, 10년 만에 한국 방문.

1965년   『순교자』가 이진섭·김강윤 각색, 유현목 감독으로 영화화됨. 제임스 웨이드가 작곡한 오페라 〈순교자〉 공연.

1966년   구겐하임 장학금을 받음. 박정희 대통령을 만남. 월간지 〈애틀랜틱 먼슬리〉에 르포기사 '오 나의 한국!'을 발표.

1967년   한국계 미국 작가로는 처음으로 노벨문학상 후보에 오름.

1968년   두 번째 장편소설『심판자*The Innocent*』출간. 나영균 번역으로 한국어판『심판자』출간. 6월, 두 번째로 한국 방문.

1970년   시라큐스대학교에서 초빙교수로 강의. 6월, 세 번째 장편소설『잃어버린 이름*Lost Names*』출간. 도정일 번역으로 한국어판『빼앗긴 이름』출간. 이 무렵 네 번째 장편소설 '잃어버린 넋'을 구상, 집필하기 시작. 6월, 서울에서 개최된 제37차 국제 펜클럽 대회에 한국 대표로 참석, '지하 생활자의 수기'라는 제목으로 강연. 계간지『동서문학』주최로 열린 '재미교포 작가 좌담회'에 참석. 초당 강용흘을 처음 만남.

1974년   이범선의 단편소설「오발탄」을 영어로 번역, 〈한국일보〉가 주최하는 제5회 현대한국문학 번역상 대상 수상.

1975년   5월, 〈뉴욕 타임스 매거진〉의 한국 관계 기사 취재와 작품 자료

수집차 네 번째로 한국 방문. 이때 전방을 비롯해 울산, 경주, 포항 등지를 둘러봄. 샌디에이고주립대학교에서 초빙교수로 강의. 이 강의를 끝으로 1977년 미국 대학 강단을 떠나 집필에만 몰두함.

1978년 미국 국립예술기금 장학금을 받음. 도정일 번역으로 한국어판 『순교자』 재출간.

1980년 소련 블라디보스토크에서 모스크바까지 6박 7일 동안 시베리아 대륙 횡단열차를 타고 TV 르포 프로그램 제작.

1981년 8월, 풀브라이트 교환교수로 귀국, 서울대학교 영문학과에서 3년간 영국문학과 미국문학을 강의. 〈코리아헤럴드〉와 〈조선일보〉에 칼럼 연재. KBS TV 다큐멘터리 〈한국 기독교 2백년〉 발표.

1982년 아들 데이비드가 매사추세츠대학교 정치학과 졸업. 작가 자신의 번역으로 한국어판 『순교자』를 출간.

1983년 한국어로 쓴 동화 『파랑새 이야기』 출간. 6월, 목포대학교 영문학과에서 '나의 작가 생활'을 주제로 강연. KBS TV 다큐멘터리 〈한국전쟁〉을 발표. T. C. 매클루언의 『대지와 더불어: 인디언의 삶의 자화상』을 한국어로 번역 출간. 딸 멜리사, 브라운대학교 환경공학과 졸업.

1984년 5월, 작품 전집 출판 문제를 상의하기 위해 귀국. 11월, 서울 세종문화회관에서 열린 범세계 한국예술가회의에 참석, 부회장으로 당선됨. 로스앤젤레스에서 열린 제2차 범세계 한국예술가회의 참석. KBS TV 다큐멘터리 〈일본에 대하여〉 발표.

1985년 한국어로 쓴 산문집 『잃어버린 시간을 찾아서』 출간. KBS TV 다큐멘터리 〈전쟁 학살에 대한 생각〉 발표. 3월, 매사추세츠 주 슈츠베리와 서울에 저작권 대행기관인 '트랜스-리터러리 에이전시'를 세움(2002년 폐쇄). 북한을 다녀옴. 제이콥 브로노우스키의 『인간 등정의 발자취』를 한국어로 번역 출간. 『잃어버린 이름』이 3·1절 특집극으로 MBC TV 드라마(3부작)로 방영(김한영 연출). 딸 멜리사가 뉴욕대학교에서 저널리즘으로 석사학위를 받음.

1986년 도쿄에서 열린 제3차 범세계 한국예술가회의에 참석. 4월, 국제저작권 대행업체 관계로 귀국. 어니스트 헤밍웨이의 『에덴동산』을 한국어로 번역 출간.

1987년 여름, KBS TV 다큐멘터리 촬영을 위해 중국 방문. KBS TV 다큐멘터리 〈만주로 가는 길〉 발표. 스위스 루가노에서 열린 제49차 국제펜클럽대회에 참석.

1988년 봄, KBS TV 다큐멘터리 촬영을 위해 소련 방문. KBS TV 다큐멘터리 〈소련의 잃어버린 한인을 찾아서〉 발표. 솔 벨로의 『죽음보다도 더한 실연』을 한국어로 번역 출간.

1989년 포토에세이집 『소련과 중국 그리고 잃어버린 동족들』 출간. KBS TV 다큐멘터리 〈시베리아 대륙 횡단철도〉 발표.

1990년 10월, 대한민국 정부로부터 문화예술 창달에 기여한 공로로 옥관문화훈장 받음.

1991년 제럴드 맥더모트의 『태양으로 가는 화살』을 한국어로 번역 출간. 자신의 번역으로 『잃어버린 이름』 한국어판 출간.

1992년 11월 1일, 아들 데이비드가 뉴욕 출신의 캐롤라인 커빙튼 앨런과 메릴랜드 주 옥슨힐에서 결혼.

1994년 9월 21일, 부친 김찬도가 샌프란시스코에서 타계.

1996년 5월 28일, 모친 이옥현이 샌프란시스코에서 교통사고로 타계.

1999년 6월, 몬태나주립대학교 주최 '한국전:한국과 미국의 대화'에 참석.

2004년 제이콥 브로노우스키의 『인간 등정의 발자취』를 김현숙과 재번역 출간.

2009년   6월 23일, 매사추세츠 주 슈츠베리에서 암 투병 중 타계. 향년
        77세.

문학동네 세계문학전집 발간에 부쳐

세계문학은 국민문학 혹은 지역문학을 떠나 존재하는 문학이 아니지만 그것들의 총합도 아니다. 세계문학이라는 용어에는 그 나름의 언어와 전통을 갖고 있는 국민문학이나 지역문학의 존재를 인정하면서 그것을 넘어서는 문학의 보편적 질서에 대한 관념이 새겨져 있다. 그 용어를 처음 고안한 19세기 유럽인들은 유럽문학을 중심으로 그 질서를 구축했지만 풍부한 국민문학의 전통을 가지고 있는 현대의 문학 강국들은 나름의 방식으로 세계문학을 이해하면서 정전(正典)의 목록을 작성하고 또 수정한다.

한국에서도 세계문학 관념은 우리 사회와 문화의 변화 속에서 거듭 수정돼왔다. 어느 시기에는 제국 일본의 교양주의를 반영한 세계문학 관념이, 어느 시기에는 제3세계 민족주의에 동조한 세계문학 관념이 출현했고, 그러한 관념을 실천한 전집물이 출판됐다. 21세기 한국에 새로운 세계문학전집이 필요하다는 것은 명백하다. 우리의 지성과 감성의 기준에 부합하는 세계문학을 다시 구상할 때가 되었다.

문학동네 세계문학전집은 범세계적으로 통용되는 고전에 대한 상식을 존중하면서도 지난 반세기 동안 해외 주요 언어권에서 창작과 연구의 진전에 따라 일어난 정전의 변동을 고려하여 편성되었다. 그래서 불멸의 명작은 물론 동시대 세계의 중요한 정치·문화적 실천에 영감을 준 새로운 작품들을 두루 포함시켰다.

창립 이후 지금까지 한국문학 및 번역문학 출판에서 가장 전문적이고 생산적인 그룹을 대표해온 문학동네가 그간 축적한 문학 출판 경험을 바탕으로 새로운 세계문학전집을 펴낸다. 인류가 무지와 몽매의 어둠 속을 방황하면서도 끝내 길을 잃지 않은 것은 세계문학사의 하늘에 떠 있는 빛나는 별들이 길잡이가 되어주었기 때문이다. 우리가 자부심과 사명감 속에서 그리게 될 이 새로운 별자리가 독자들의 관심과 애정에 힘입어 우리 모두의 뿌듯한 자산이 되기를 소망한다.

문학동네 세계문학전집 편집위원
민은경, 박유하, 변현태, 송병선, 이재룡, 홍길표, 남진우, 황종연

세계문학전집 041
순교자

1판 1쇄 2010년 8월 26일
1판16쇄 2024년 1월 5일

지은이 김은국 | 옮긴이 도정일

책임편집 이은현 | 편집 임선영 | 독자모니터 이태균
디자인 윤정우 송윤형 한충현 최미영 | 저작권 박지영 형소진 최은진 서연주 오서영
마케팅 정민호 서지화 한민아 이민경 안남영 왕지경 황승현 김혜원 김하연 김예진
브랜딩 함유지 함근아 고보미 박민재 김희숙 박다솔 조다현 정승민 배진성
제작 강신은 김동욱 이순호 | 제작처 영신사

펴낸곳 (주)문학동네 | 펴낸이 김소영
출판등록 1993년 10월 22일 제2003-000045호
주소 10881 경기도 파주시 회동길 210
전자우편 editor@munhak.com | 대표전화 031)955-8888 | 팩스 031)955-8855
문의전화 031)955-1927(마케팅), 031)955-1916(편집)
문학동네카페 http://cafe.naver.com/mhdn
인스타그램 @munhakdongne | 트위터 @munhakdongne
북클럽문학동네 http://bookclubmunhak.com

ISBN 978-89-546-1181-7 04840
      978-89-546-0901-2 (세트)

잘못된 책은 구입하신 서점에서 교환해드립니다.
기타 교환 문의 031) 955-2661, 3580

www.munhak.com

문학동네 세계문학전집

● 문학동네 세계문학전집은 계속 출간됩니다